우리,

먹으면서

애기해요

우리, 먹으면서 애기해요

성수선 지음

오픈하우스

먹고, 읽고, 쓰고, 사랑하다

내 정체성 또는 내 생활을 압축해서 보여주는 네 개의 동사를 선택하라고 한다면, 단연 이 네 개가 아닐까 한다. 먹다, 읽다, 쓰다, 사랑하다. 이 네 개의 동사는 각자 독립적으로 행동하지 않고 늘 뭉쳐 다니며 서로 의존적이다. 사랑하는 사람들과 함께 먹고, 혼자 먹으면서도 누군가를 생각하고, 먹으면서 언젠가 읽었던 책 속의 문장들을 떠올리고, 먹고 나서는 그 기억들을 글로 쓴다. 난 20년 넘게 직장 생활을 하고 있는 현직 회사원이며, 퇴근 후에는 꾸준히 뭔가를 읽거나 쓰는 사람이다. 회사 생활을 하며 네 권의 책을 쓸 수 있었던 건 내가 남들보다 부지런하거나 특별한 재능이 있어서가 아니라, 매일매일 운동선수가 몸을 풀듯이 읽고 쓰는 것이 내 일상의 한 부분이었기 때문이다. 또한, 읽고 쓰는 것이 내가 버티는 힘이었기 때문이다. 지금 당신의 귀한 손에 들려 있는 이 작은 책은 나의 다섯 번째 산문집이며, 음식을 소재로 세상을 바라보는 이야기들이다.

이 책에는 내가 무척이나 좋아하고 자주 가는 단골집들, 또는 한두 번밖에 간 적은 없지만 강한 인상을 받았던 식당들이 대거 등장한다. 비싸고 화려한 레스토랑은 거의 없다. 당신이 바쁘게 걷다가 지나쳤을 작은 식당들, 동네 막걸릿집, 선술집, 백반집, 중국집, 분식집, 치킨집들이 배경화면처럼 나온다. 어쩌면 당신과 나는 언젠가 한 번쯤 마주친 사이일지도 모른다. 서로의 말이 다 들리는 비좁은 식당의 옆 테이블에 앉아 각자의 얘기를 떠들고 있었을지도 모른다. 당신이 먼저 쓰고 내려놓은 고춧가루 통을 내가 넘겨받아 힘차게 흔들었을지도 모른다. 당신이 벗어놓고 나간 앞치마를 내가 걸치고서 불판 앞에 앉아 고기를 구웠을지도 모른다.

그리고 이 책에는 내가 사랑하는, 또는 사랑했던 사람들이 대거 등장한다. 늘 나의 든든한 버팀목인 가족들부터 친구들, 선후배들, 추억을 공유했던 사람들과 미래를 함께하고 싶은 사람들까지. 자주 가는 식당 주인이나 요리사들, 정선의 한 고깃집에서 연탄불을 날랐던 젊은 직원, 서귀포에서 해물 라면을 파는 등 굽은 해녀 할망, 구수한 충청도 사투리로 기다리게 해서 미안하다고 말하던 떡볶이집 할머니, 마파두부를 처음 만들었다고 알려진 중국 쓰촨성의 여인 진마파에 이르기까지 셀 수 없이 많은 사람들이 등장해서 소곤소곤 사소한 얘기들을 하기도 하고, 아무렇지도 않게 엄청난 인생의 비의를 들려주기도 한다. 인생의 깨달음 또는 가르침을 주는 현자들은 늘 우리 가까이에 있다.

이 책에 나온 어딘가를 당신이 찾게 된다면 우리는 마주치게 될지도 모른다. 같은 음식을 먹으며 각자의 힘들었던 하루를 마감하게 될지도 모른다. 음식점 주인이 한마디 툭 던진 말에 뜻밖의 위로를 받게 될지도 모르고, 추억을 소환하는 잊고 있던 맛에 눈물을 글썽이게 될지도 모른다. 부모님 생각이 나서 포장을 해서 달려가게 될지도 모르고, 언젠가 사랑하는 사람이 생기면 다시 찾고 싶다는 소망을 품게 될지도 모른다. 맛있는 음식은 사랑을 확인하는 리트머스지니까.

태어나서 지금까지 내게 가장 많은 밥을 지어준 사람, 내 인생의 현인이자 이 세상에서 나를 제일 잘 아는 성수선 전문가 울 엄마 감금련 여사에게 새로운 책으로 세상을 만나는 모든 기쁨을 바친다. 그리고 내가 세상에서 가장 사랑하는 식당 서교동 진진의 왕육성 사부님께 오래오래 계속 진진을 해달라는 부탁을 드리고 싶다. 매년 생일마다 사랑하는 사람들과 진진에서 저녁을 먹고 싶은 소망이 있다. 마지막으로 이 책의 첫 번째 독자인 이민정 편집장에게 특별한 감사를 전한다. 그녀는 편집이라는 업무의 영역을 넘어 내가 쓴 원고를 몇십 번씩, 외울 만큼 읽고 또 읽어줬다. 모든 작가의 로망인 최고의 독자가 아닐 수 없다.

소중한 사람에게 숟가락을 쥐여 주며 어서 먹으라고 말하는 마음으로 이 책을 썼다. 당신이 이 책을 읽으며 조금은 더 행복했으면 좋겠다. 맛있는 음식을 먹을 때처럼.

2019년 겨울
성수선

차례

작가의 말 • 5

1장 그거면 됐다

행복은 강도가 아니라 빈도다 • 16

물 안 들어올 때는 놀아라 • 21

이름을 불러주세요 • 27

끈적끈적 북적북적 • 32

사랑이 뭐 대수야? • 38

오늘도, 무사! • 43

하리보의 슬로건 • 47

먹어야겠다, 살아야겠다 • 51

영원히 살 것도 아닌데 • 56

고맙다는 말 • 61

적당한 우연과 즉흥적 선택 • 66

흰밥과 가재미와 나 • 72

간단한 산수 • 77

쉬면 더 불편한 사람 • 82

서울의 달 • 87

인생은 알 수가 없어 • 91

2장 미련은 남의 것

시들시들한 야채에 대한 고찰 • 98

아무것도 해줄 게 없어서 • 102

버려야 할 것이 무엇인지 아는 순간 • 107

싫어하는 것들에 대하여 • 113

Be kind to yourself • 118

뇌를 잘라버리세요 • 124

상처는 되돌아온다 • 129

주말엔 뭐해요? • 133

인생역전포장마차 • 138

내 마음속의 싹스틱 • 143

돌멍게의 추억 • 147

행복할 의무 • 153

다시 시작하는 이들을 위하여! • 159

3장 이제 조금 알 것 같기도 하고

사소하지만 강력한 습관 • 168

연탄불의 속성 • 173

태백에 가는 일을 좋아한다 • 177

결국은 나의 문제 • 183

사랑한다는 말로도 위로가 되지 않는 • 188

일단 한번 • 193

딴생각하지 말아요 • 199

명의의 처방 • 204

싫존주의 • 209

삶의 질을 높이는 혼밥 • 215

진정한 하드코어 • 221

예측 가능한 사람 • 227

김치찌개의 세계 • 231

노지 것으로 줍서 • 236

4장 고수는 생각보다 가까이에 있다

내 인생의 스승 • 242

이성당의 진심 • 248

그냥 장사하는 기라예 • 253

산수로 계산할 수 없는 일 • 258

좋은 걸 먹이고 싶은 사람의 마음 • 264

먹어본 자가 맛을 안다 • 270

최고의 조력자 • 276

기다리게 해서 미안해유 • 282

망원동 반나절 데이트권 • 288

꽁치김밥에서 배우는 마케팅 • 293

빨간 뚜껑 • 298

장인의 비효율적인 일념 • 304

할 일이 없어서 • 310

배려의 기본 • 315

퇴사를 반대합니다 • 320

일러두기

국립국어원의 표기 원칙을 따르되, 일부는 글맛을 살리기 위해 관용적인 표현을
사용하였습니다.

행복은 강도가 아니라 빈도다

. . .

누군가 내게 가장 좋아하는 음식이 뭐냐고 물으면 선착순으로 퀴즈 정답을 맞추는 사람처럼 흥분해서 "짜장면!"하고 외치곤 한다. 떠올리는 것만으로 기분이 좋아진다. 인천, 평택, 군산 등에는 화교들이 운영하는 숨겨진 보물 같은 중식당들이 밀집해 있다. 나는 가끔 이곳들로 당일치기나 1박 2일 일정의 '짜장면 투어'를 간다. 다른 일정은 없다. 오직 짜장면만 먹는다. 삼척, 목포 등 그곳이 어디든 맛있는 짜장면집이 있다는 소리가 들리면 지체 없이 길을 나선다. 짜장면을 향한 나의 사랑은 무조건, 무조건이다. 언젠가 짜장면을 주제로 책을 써보고 싶은 야심마저 있다.

나의 '짜장면홀릭'을 알게 되는 사람들은 어김없이 어디 짜장면이 제일 맛있냐고 묻는다. 이런 질문은 정신건강에 해롭다. 무인도에 갈 때 뭔가 하나만 가져갈 수 있다면 뭘 가져갈 거냐는 질문처럼 머리를 쥐어뜯게 만든다. 면, 소스, 스타일 등 저마다 개성이 다 다르기 때문이다. 그래도 딱 하나만 꼽아 보라고 한다면, 목포 구舊도심에 위치한 오래된 중국집 중화루의 '중깐(중화루 간짜장)'을 고르겠다. 이 집 중깐을 먹고 목포와 아무런 인연도 연고도 없던 나는 그만, 목포를 사랑하게 되었다.

목포 구도심에는 상주인구가 적다. 새로 지은 고층 아파트가 밀집한 신도시로 대부분의 주민들이 이주하면서 텅 비어버렸다. 전형적인 도심 공동화 현상이다. 단언컨대 중화루의 중깐은 대한민국 최고의 짜장면이지만, 인구가 줄다 보니 중화루를 찾는 손님은 많지 않다. 화교인 이 집 사장님 부부도 당신들의 짜장면이 얼마나 훌륭한지 잘 모르는 것 같았다. 중깐을 먹으러 아침 일찍 기차를 타고 서울에서 왔다고 진실을 말해도, 설마 하는 표정으로 이렇게 말씀하시며 웃고 만다.

"말도 참 예쁘게 하네. 겸사겸사 왔겠죠, 뭐. 허허."

중깐의 소스에는 잘게 다진 돼지고기, 양파, 양배추가 가득 들어 있다. 먹고 나면 속이 부대끼는 인위적인 단맛이 아니라, 양파와 양배추를 센 불에 달달 볶아서 내는 감칠맛이 일품이다. 순가락으로 푹푹 떠먹고 싶을 정도다. 어떻게 뽑았는지 궁금한 얇은 면 위에는 잘 구운 계란프라이가 수줍게 올라가 있다. 주문 받을 때마다 계란을 하나씩 부치는 게 보통 번거로운 일이 아닐 텐데, 정성스레 부친 반숙 상태의 노른자가 영롱하다. 두근거리는 마음으로 계란프라이가 얹힌 면 위에 소스를 가득 붓고 비비면, 비눗방울이 터지듯 노른자가 톡 터진다. 면발에 소스가 쏙쏙 스며들어 완벽하게 합체된 상태에서 한 젓가락 먹으면, 정말이지 왕복 KTX 값이 아깝지 않다는 생각이 든다.

> 행복은 '한 방'으로 해결되는 것이 아니다. 모든 쾌락은 곧 소멸되기 때문에, 한 번의 커다란 기쁨보다 작은 기쁨을 여러 번 느끼는 것이 절대적이다.
>
> _『행복의 기원』| 서은국 | 21세기북스 | 2014

연세대 심리학과 서은국 교수의 『행복의 기원』은 최근 몇 년간 읽은 책 중에서 가장 밑줄을 많이 그은 책이다. 그동안 어렴풋이 생각해 온 '행복의 실체'가 너무나 체계적으로, 일목요연하고 힘 있게 정리되어 있어서 격하게 공감하며 몇 번을 다시 읽었다.

행복은 거창한 개념이 아니다. 행복은 경험의 영역이다. 남들이 인정하는 대단한 일을 할 때가 아니라, 내게 기쁨이나 만족감을 주는 일을 자주 해야 행복하다.

"대박 나세요"라는 말을 덕담처럼 건네는 세상에 살고 있지만,

'대박'이 난다고 해서 행복이 지속되는 것은 아니다. 인간은 어떤 환경에나 금방 적응한다. 대학만 가면, 취직만 하면, 승진만 하면, 원하는 사람과 결혼만 하면 이 세상을 다 가질 것 같지만, 또 금방 익숙해지고 새로운 고민과 문제들에 직면한다. 살아가면서 그렇게 스펙터클하거나 인생을 한 방에 역전시키는 엄청난 일들은 생각보다 많이 일어나지 않는다. 우리에게는 대박이나 한 방보다 작지만 확실한 행복, 자주 느낄 수 있는 행복이 필요하다.

　나는 하고많은 음식 중에서 짜장면을 제일 좋아하는 내가 참 좋다. 짜장면은 어디에나 있고, 비싸지도 않고, 언제든 먹고 싶을 때 먹을 수 있으니까. 그래서 자주 행복해질 수 있으니까.

　행복의 핵심을 한 장의 사진에 담는다면 어떤 모습일까? 이 책의 내용과 지금까지의 다양한 연구 결과들을 총체적으로 생각했을 때, 그것은 좋아하는 사람과 함께 음식을 먹는 장면이다.

_같은 책

아, 나는 나도 모르는 사이에 '행복의 핵심'에 머물러 있었구나! 내가 가장 좋아하고 자주 하는 일을 저명한 심리학자가 행복의 핵심이라고 명쾌하게 정의해주니, 앞으로 칼로리 걱정 따위 집어치우고 더 기꺼운 마음으로 짜장면을 먹겠다.

평양에는 '선주후면'이라는 말이 있다고 한다. 먼저 술을 마시고 냉면을 먹는 식사법을 이렇게 부르는 것이다. 나의 행복은 '선짜후커'다. 좋아하는 사람과 짜장면을 먹고 나와 뜨거운 아메리카노를 한 잔 들고 천천히 걸을 때, 더할 나위 없이 행복하다. 샥스핀, 불도장, 해삼주스 같은 비싼 건 안 먹어도 되니까 맛있는 짜장면을 자주자주 먹고 싶다. 행복은 강도가 아니라 빈도다.

물 안 들어올 때는 놀아라

:

아침잠이 많은 편이라 해돋이 명소라 불리는 곳에 가서도 일출을 못 보고 자는 경우가 많지만, 아주 가끔, 떠오르는 아침 해를 보러 훌쩍 떠날 때가 있다. 바다에서 솟아오르는 붉은 해를 보면 지친 내 마음에도 쨍한 해가 뜰 것 같은 그런 기분. (그런 이유로 계란프라이도 절대 노른자를 터뜨리지 않는다. 언제나 이름도 예쁜 써니 사이드 업!) 충남 당진 왜목항은 서울에서 두 시간이 채 안 걸리는 거리라, 금요일에 퇴근하고 훌쩍 떠나기 좋다. 제주 바다처럼 막 눈이 시리게 아름답거나 동적이지는 않지만, 잔잔한 서해안의 서정적인 매력이 있다.

4월 중순이라 이른 아침은 꽤 쌀쌀했다. 편의점 커피를 마시며 긴 해변을 천천히 걸었다. 누군가 지난밤에 터뜨렸던 폭죽의 잔해들이 여기저기 흩어져 있었다. 〈누가 해변에서 함부로 불꽃놀

이를 하는가〉라는 김애란의 소설 제목이 떠올랐다. 제발 해변에서 폭죽을 터뜨리지 않았으면 좋겠다. 터뜨리는 사람들은 즐겁겠지만, 조용한 휴식을 위해 바다를 찾은 사람들은 늦은 밤 폭죽 소리에 잠에서 깨거나 사나운 꿈을 꾼다. '편의점 커피도 꽤 맛있네' 같은 시시한 생각을 하며 걷고 있는데, 물이 빠져나간 해변에 묶여 있는 작은 고깃배들이 눈에 들어왔다. 고깃배들이 일 나가기 전에 잠을 자는 것처럼 밧줄에 묶인 채 갯벌에 배를 대고 우두커니 누워 있었다. 그 모습이 참 평온해 보였다.

'물 들어올 때 노 저어라'라는 말이 있다. 연예인들은 바짝 인기가 있을 때, 체력이 바닥날 때까지 광고를 찍고 온갖 예능 프로에 출연한다. 인기라는 게 있다가 없다가 하는 거니까, 인기 있을 때 벌어야 하니까, 옛말대로 물 들어왔을 때 쉬지 않고 노 저어야 하니까. 연예인뿐만 아니라 모두가 그런 강박에 시달린다. 기회가 주어졌을 때 최선을 다하자, 기회를 잡자, 마음속으로 구호를 외치면서. 그런데, 그런 말이 있으면, '물 안 들어올 때는 놀아라'라는 말도 있어야 공평한 거 아닌가? 묶여 있는 배들을 보며 그런 생각을 했다. 물 빠진 다음에 배가 뭘 하나? 놀아야지. 사람도 그런 거 아닌가? 물 들어왔을 때 쉴 새 없이 일했으면, 물 빠진 다음엔 놀아야 한다.

언젠가 한 여성 직장인 포럼에 참가한 적이 있다. 유명한 강사들이 총출동해서 여성과 일, 여성의 커리어 개발에 대해 강의하는 자리였는데, 그중 아직도 기억나는, 힘들 때마다 마음을 다잡아주는 고마운 강의가 있었다. 그녀는 모 대기업 여성 임원 출신의 커리어 전문 강사였는데, 50대 후반의 나이에도 긴 생머리에 선이 딱 떨어지는 슈트를 입고 열정을 다해 말했다. 강의라기보다는 제발 어리석은 결정을 하지 말라고 후배들에게 간절하게 말하고 있는 것 같았다. 그녀는 힘주어 말했다.

"때로는 개점휴업을 할 때도 있어야 합니다."

더 열심히 노력하라는 말이 아닌, 남같이 해서는 남보다 앞설 수 없다는 질책이 아닌, 늘 자신을 단련하고 개발하라는 충고가 아닌, 때로는 '개점휴업'을 하라는 말. 이래도 저래도 안 될 때는 쉬라는 말, 하지만 그만두지는 말라는 말, 쉬어도 길 위에서 쉬라는 말. 직장 생활을 하며 들어본 수많은 조언 중에 가장 진심 어린 말이었다. 강의 중간이었는데 나도 모르게 박수를 쳤다. 나만 감동한 게 아니었는지 여러 명이 따라서 박수를 쳤고, 그녀는 그날 강의 중간에 박수 세례를 받은 유일한 강사였다.

"모든 성장은 계단식으로 일어납니다. 정체기가 있어야 하는 거죠. 그 정체기를 견뎌내야 합니다. 딴생각 말고 물에 젖은 낙엽처럼 붙어 있으세요. 컴퓨터 바탕 화면을 물에 젖은 낙엽 사진으로 바꾸세요. 보면서 마음을 다잡으세요."

그녀는 바탕 화면을 물에 젖은 낙엽 사진으로 바꾸라고 말하면서 웃기도 했다. 직장 생활을 하며 크고 작은 부침과 위기를 겪었을 참가자들 모두 따라 웃었다. 그녀의 말에 전적으로 동의한다. 정체기가 오면 전전긍긍하며 자기 자신을 괴롭히는 대신, 쉬면서 다음 기회를 기다려야 한다. 모든 살아 있는 생물들은 정체기를 겪는다. 슬럼프가 오지 않는 사람은 지구상에 한 명도 없다. 그 시기를 잘 버텨야 한다. 절대 그만두면 안 된다. 가게 문을 닫고 쉬지 말고, 문을 열어 놓고 쉬어야 한다. 그녀 말대로 개점휴업! 조바심 내지 말고, 느긋하게 다음 기회를 기다려야 한다. 그래야 기회도 지나가다가 얻어걸린다.

물 빠진 갯벌에서 개점휴업을 하고 있는 배들을 바라보며 생각에 잠긴 사이에 아침 해가 조용히 떠올랐다. 뒤돌아보니 많은 사람들이 숙소 발코니에 나와 새로운 태양이 떠오르는 아침 하늘을 바라보고 있었다. 다들 같은 하늘을 보며 무슨 생각을 할까? 일출 대신 아침잠을 선택한 친구에게 아침 먹으러 가게 들어오라는 카톡이 왔다. "실치를 넣은 아욱 된장국 먹으러 가자." 야들야들한 실치가 제철인 4월이었다.

실치는 베도라치의 치어로, 마트 건어물 코너에 가면 흔히 볼 수 있는 뱅어포를 만드는 작디작은 생선이다.* 실치는 4월에서 5월 사이에 잡히고, 실치가 많이 잡히는 당진 장고항에서는 매년 4월 말에 실치 축제를 연다. 5월 중순만 되어도 실치 뼈가 억세져서 회로 못 먹고 뱅어포로 만든다고 하니, 짧은 기간에만 먹을 수 있는 계절 한정판이다.

된장국은 된장찌개와 다르다. 찌개가 걸쭉하고 진하다면, 국은 국물이 더 개운하고 시원하다. 아욱, 시금치에 실치를 가득 넣은 된장국이 일품이었다. 옆 테이블 사람들은 아침부터 실치회를 먹으며 술잔을 기울였다. 쌀쌀한 해변을 걷다가 뜨끈한 국물이 들어가자 몸도 마음도 나른해졌다. 도대체 실치가 몇 마리가 든 거야, 고놈 참 작기도 하네 하며 국을 떠먹던 친구에게 말했다.

"우리 물 안 들어올 때는 놀자."

친구는 이건 또 뭔 말이야 하는 표정으로 잠시 고개를 들었다가 숟가락질을 계속했다.

물 들어올 때 노 저으면, 물 안 들어올 때는 놀아야 한다. 그래야 물 들어올 때 노 저을 힘도 생긴다. 일이 안 풀릴 때, 정체기가 계속될 때, 덜컥 슬럼프가 찾아와서 무기력할 때, 불안해하지 말고 쉴 때는 푹 쉬자. 어차피 물은 빠지면 다시 들어온다. 조수 간

---

* 원래 뱅어포는 뱅어로 만들었으나, 뱅어가 희귀해지면서 지금은 주로 실치로 만든다.

만은 달의 인력이 지구에 미치는 자연현상으로 누구도 피해가지 못한다. 그러니, 물 안 들어올 때는 놀자. 나도 그리고 당신도.

이름을 불러주세요

.
.
.

중국에 가면 말이 통하지 않아 곤란할 때가 있다. 상하이, 광저우 같은 큰 도시들은 덜하지만 시골 마을에 가면 영어가 아예 통하지 않는다. 로컬 식당에 가서 읽을 수 없는 글자들로 가득한 두꺼운 메뉴판을 보면 한숨이 나온다. 음식 사진이라도 있으면 좋을 텐데, 관광지가 아닌 이상 상형문자 같은 글자만 빼곡히 적혀 있다. 만약 옆 테이블에서 식사를 하는 누군가가 있다면 저것과 같은 것을 달라고 손가락으로 가리키기라도 하겠지만, 손님이 아무도 없다면 어쩔 도리 없이 객관식 문제의 답을 찍듯이 메뉴판을 보고 찍어야 한다. 이럴 때 모험을 피하는 나만의 방법이 있다. 바로 '마파두부'를 시키는 것이다. '마파두부'라고 말하면 거의 알아듣는다. (정확한 중국어 발음은 '마파두푸'에 가깝다.) 맛도 우리가 아는 그 맛과 크게 다르지 않다. 전 세계 중국집 어디에나 있는 메뉴. 부담 없고, 적당히 맵고, 상대적으로 열량도 낮고, 단백질까지 풍부한 마파두부.

나는 평소에도 마파두부를 즐겨 먹는 편이다. 특히 양꼬치집
에서 먹는 마파두부를 좋아한다. 양꼬치가 물릴 때쯤 마파두부를
시켜 먹으면 입 안이 개운해져 남은 양꼬치도 맛있게 먹을 수 있
다. 마파두부는 집에서 만들기도 쉽다. 두반장에 입맛에 맞는 양
념을 가미해서 만들어도 되고, 시중에 파는 마파두부 소스를 써
도 평균 이상의 맛이 난다. 소스에 사각으로 썬 두부와 다진 돼지
고기를 넣고 끓이기만 하면 훌륭한 한 끼 식사가 된다.

그런데 나는 이 '마파두부'라는 이름이 싫다. 이름의 뜻을 알게
된다면 누구라도 서글픈 마음이 들지 않을까. '마麻'는 얼굴이 '얽
었다'는 뜻이고, '파婆'는 늙은이를 뜻한다. 즉, 마파는 '늙은 곰보
여자'를 부르는 말이다. 마파두부를 시킬 때마다 죽어서도 여전
히 '마파'라고 불리는, 앞으로도 영원히 '마파'라고 불리게 될 낯
모르는 여자의 얼굴을 자꾸만 떠올리게 된다.

모든 음식의 유래는 대부분 구전 설화와 같다. 이 설화에 따르
자면, 마파두부를 처음 만들었다고 전해지는 사람이 '진마파'이
다. 그런데 이는 실제 이름이 아니다. 1800년대 초 중국 쓰촨성
성도에서 태어났다는 그녀는 본래 성이 유씨였으나, 남편이 진씨

라 '진마파'라고 불렸다. 풀이하자면 '곰보 진씨 부인'. 가여운 그녀는 남편을 일찍 여의고 만복교라는 다리 근처에서 시누이와 함께 작은 식당을 했다. 성도로 향하는 가난한 상인들은 지나가는 길에 이곳에서 요기를 했다. 예나 지금이나 몸을 쓰려면 지방과 단백질이 필요하므로 등에 기름통을 메고 가던 기름 장수들은 어렵사리 구한 약간의 돼지고기와 기름을 그녀에게 주며 두부라도 좀 지져달라고 했다. 그녀는 가난한 장사치들에게 받은 약간의 돼지고기에 두부를 잔뜩 넣고, 매운 고추기름으로 지져서 먼 길 가는 사람들에게 든든한 끼니를 먹게 해줬다. 그리고 그 두부 요리가 인기를 얻으면서 '마파두부'라는 이름으로 알려지게 됐다.

피부과도, 성형도, 피부의 결점을 감춰주는 컨실러 같은 화장품도 없던 시절에 얼굴이 팬 자국으로 가득한 것도 서러웠을 텐데, 젊은 나이에 과부로 사는 것도 하루하루가 견디기 힘들었을 텐데, 이름도 아닌 '진마파'로 불렸다니 잔인하고 잔혹하기 이를 데 없다. (타인의 신체적 약점을 별명으로 부르며 놀리는 행위는 어릴 때부터 어른들이 근절시켜야 한다. 어려서 몰라서 그렇다, 장난으로 그랬다, 하며 아이 편을 들면 그 아이는 평생 무신경한 가해자로서 남을 괴롭히며 살게 될지도 모른다.) 비좁은 가게를 가득 채운 사내들이 "진마파, 여기 밥 좀 더 줘!", "진마파, 여기 술 한 잔 더!" 하며 끊임없이 그녀를 불러댔을 때 그녀의 심정은 어땠을까?

10여 년 전, '선영아 사랑해'라는 포스터가 화제였던 적이 있다. 대학가, 전봇대, 달리는 버스에 붙어 있던 광고 포스터를 보며 전국의 수많은 '선영이'들은 심장이 쿵 하고 내려앉았다. 이름이 선영이가 아니더라도, 누군가 자기 이름을 부르며 고백하는 모습을 떠올리는 것만으로 설렘을 느낀 여자들이 많았다. 한 포털 사이트의 광고였을 뿐이지만, '선영아 사랑해'라는 기획은 고백의 '구체성' 또는 '개별성'이 얼마나 중요한 것인지를 깨닫게 해줬다. 사람들은 "사랑해"가 아니라, "OO야 사랑해"라는 말을 듣고 싶어 한다. 사랑하는 사람이 자신의 이름을 불러주고, 그 이름을 가진 나라는 고유한 존재를 입체적으로 사랑해 주기를 바란다. 어쩌면 '진마파'라고 불렸던 그녀도 마음 가는 누군가가 자신의 이름을 다정하게 불러주기를 간절히 바랐을지도 모른다.

　마파두부를 먹으며 이런 상상을 해본 적이 있다. 비록 어렸을 때 심한 수두를 앓아 얼굴에 얽은 자국이 많이 생겼지만, 그녀는 자태가 곱고 웃는 모습이 예쁜 여자였다고. 일찍 남편을 잃고 가족들을 건사하느라 손님들과 싸우기도 하며 아등바등 악착같이 살았지만, 심성이 여리고 상처를 잘 받는 여자였다고. 어느 날 그녀가 만든 두부 요리를 먹은 한 젊은 기름 장수가 어떻게 알았는지 그녀의 이름을 부르며 잘 먹었다는 인사를 하고 떠났고, 그녀는 언제 다시 올지 모르는 그 남자를 기다리며 매일매일 최고의 두부 요리를 만들기 위해 노력했다고. 잊고 있던 그녀의 이름을 불러준, 언젠가 또다시 그녀의 이름을 불러줄지도 모르는 그 한 사람을 위해서. 그리고 한 사람을 위한 마음으로 만든 그 한 그릇의 음식이 전 세계인의 사랑을 받는 지금의 마파두부가 됐다고. 혼자 멋대로 상상한 것이지만 그 후로 마파두부를 먹을 때마다 괜히 아련해진다.

누군가가 다정하게 이름을 불러줄 때, 사랑하는 사람이 나지막한 목소리로 이름을 불러줄 때, 우리는 사랑받고 있음을 느낀다. 그리고 자신의 이름을 사랑하게 된다. 그 이름을 가진 나라는 존재도 사랑하게 된다. 어쩌면 자존감의 시작은 자신의 이름을 사랑하는 일부터인지도 모른다. 어렸을 때는 툭하면 '구두 수선', '어수선'이라고 놀림 받는 내 이름이 싫었다. 어른이 되면 무난하고 튀지 않는 이름으로 바꾸고 싶다는 생각도 했다. 하지만 지금의 나는 처음 만난 누군가에게 이렇게 인사할 때가 참 좋다.

"안녕하세요, 성수선입니다."

끈적끈적 북적북적

:

어느 이른 봄, 가족들과 함께 군산 여행을 다녀왔다. 새마을호가 역사 속으로 사라지기 전에 가족들과 함께 추억의 새마을호를 타고 여행해보고 싶었다. 1969년 '관광호'라는 이름으로 탄생한 새마을호는 새마을운동이 한창이던 1974년에 '새마을호'로 이름이 바뀌었다. 서울-부산 구간을 네 시간 50분이라는 당시로서는 획기적인 속도로 주파했던 새마을호는 2018년 4월 30일 장항선 운행을 끝으로 운행을 종료했다.

KTX가 생기기 전까지 새마을호는 '특급열차'였다. 자리도 넓고, 운치 있는 식당칸에서 경양식도 팔았다. 물끄러미 창밖 풍경을 바라보며 열차에서 파는 고급 도시락을 먹기도 했다. 2004년 4월, 경부고속철도가 개통되면서 새마을호는 최고의 자리를 잃었다. 세월 앞에 장사 없듯이 새로운 기술과 기종의 출현 앞에 새마을호의 운행 횟수는 점점 줄어들다가 결국 역사 속으로 사라지고 말았다. 춘천 가는 기차, 경춘선 무궁화호처럼.

오랜만에 탄 새마을호는 답답할 만큼 느렸다. 용산역에서 출발해 군산역까지 세 시간이 넘게 걸렸다. 창밖을 보며 가족들과 도란도란 얘기를 나누는 단란한 기차 여행을 상상했었는데, 막상 타보니 너무 느려서 좀이 쑤셨다. 난 내가 '아날로그'를 좋아하는 사람인 줄 알았는데, 고속열차보다는 완행열차의 낭만을 즐기는 사람이라고 생각했는데, 그게 아니었다. 내 몸은 이미 새로운 속도에 익숙해져 있었다. 용산-수원-천안-온양온천-예산-광천-대천-웅천-서천-장항, 이 많은 역들을 거쳐 마침내 군산에 도착했다. 기차에서 가만히 앉아 있기만 했는데도 무척 배가 고팠다. 우리는 군산역에서 택시를 타고 군산에서 가장 오래된 중국집 빈해원으로 향했다.

철근 콘크리트와 벽돌로 쌓은 2층 건물인 빈해원은 외관부터 무척 빈티지했다. 영화를 보다가 이런 장소를 어떻게 찾았을까 하며 놀랄 때가 있는데(그래서 영화계에는 '로케이션 매니저'라는 이색 직종도 있다고 한다), 빈해원은 누아르 영화를 찍기에 딱 보기에도 매력적이었다. 물씬 풍겨 나오는 근대의 느낌, 쇠락한 듯하면서도 화려한 건물. 외관에 감탄하며 실내로 들어서니 내부는 훨씬 넓고 고풍스러웠다.

1~2층이 개방된 공간으로 1층에서 위를 올려다보면 당장 무도회를 해도 될 것 같은 2층이 보인다. 높은 천장에는 샹들리에 대신 중국 홍등이 가득 달려 있어 1930년대 상하이 같은 이국적인 분위기를 자아낸다. 빈해원은 이처럼 독특한 내부 구조와 인테리어에 대한 보존 가치를 인정받아 2018년 8월 등록문화재 제723호로 지정되었다.

빈해원에서 가장 유명한 음식, 이 집의 시그니처 메뉴는 '물짜장'이다. 춘장을 넣지 않은 짜장으로 군산, 전주 등 전북 지역에서 유명하다. 여행 좀 하는 지인이 군산에 가면 꼭 물짜장을 먹어보라고 했기 때문에 더 기대가 됐다. 군산은 짬뽕의 성지로 유명한 곳이기에 짬뽕도 안 먹어볼 수 없었다. 어린이 한 명 포함 다섯 명이서 탕수육, 물짜장, 간짜장, 짬뽕, 잡채밥을 시켰다. 배가 고파 물을 벌컥벌컥 마시며 기다리고 있으려니, 주문한 음식들이 한꺼번에 나왔다.

처음 보는 물짜장은 비주얼이 무척 특이했다. 넓적한 접시에 담긴 면 위로 전분기가 많아 보이는 옅은 캐러멜색 소스가 가득 부어져 있었다. 각종 해물과 채소를 볶다가 물, 전분, 간장을 넣고 졸인 것 같았다. 항구 도시답게 오징어, 새우 등 여러 해산물도 인심 좋게 들어 있고, 짜장면의 단짝 친구인 양파도 가득했다.

짜장면을 비빌 때는 항상 설렌다. 물짜장은 처음이라 살짝 긴장되기까지 했다. 춘장을 쓰지 않아 평소에 먹던 까만 짜장면과 달리 생면이 비쳤다. 익숙하지 않은 소스의 투명함에 싱겁지 않을까 걱정했으나 한입 먹어보니 간이 딱 맞았다. 언뜻 단순해 보이는 음식이지만 상당한 내공이 필요할 것 같았다. 너무 묽어도 안 되고, 너무 걸쭉해도 안 되는 물짜장. 딱 적당한 점도와 농도를 만들어내기까지 얼마나 수많은 시행착오를 거쳤을까? 음식을 먹을 때 이런 생각을 하면 한없이 겸허해진다.

동생이 물짜장을 먹으며 말했다.

"이게, 맛있는데 끈적끈적해서 호불호가 갈리겠어. 끈적한 거 싫어하는 사람들도 있잖아."

'끈적끈적'이라는 동생의 말에, 순간 낮술이라도 마신 사람처럼 센티해졌다. 끈적끈적. 우리 가족의 관계를 나타내는 것 같은 표현. 서로 아픈 말도 하고 원망할 때도 있지만 싸우고 나서 막상 얼굴을 보면 웃음이 나고, 맛있는 걸 먹거나 좋은 곳을 구경할 때면 제일 먼저 생각나는 우리 가족. 문득, 이렇게 끈적끈적한 가족들과 함께 맛있고 끈적끈적한 물짜장을 먹을 수 있는 나는 참 행복한 사람이라는 생각이 들었다.

다소 거한 점심을 먹고 흐뭇한 마음으로 계산을 한 뒤 밖으로 나왔다. 3월 초라 아직 날씨가 꽤 추웠음에도 불구하고 엄청난 인파가 줄을 서 있었다. 그중 한 사람이 우리에게 맛있었냐고 물었다. 계속 기다릴지, 다른 데로 갈지 결정하려는 것 같았다. 그때 엄마가 소녀같이 천진난만한 미소를 지으며 말했다.

"맛있어요. 물짜장은 꼭 드셔 보세요."

내가 정말 많이 사랑하는 사람의 사랑스러운 표정. 우리는 소화도 시킬 겸 이런저런 대화를 나누며 숙소까지 천천히 걸었다.

군산은 한국의 근대를 체험할 수 있는 '시간여행자의 도시'다. 그래서 우리는 숙소도 군산에서 가장 오래된 숙박 시설이라는 '호텔 항도'로 잡았다. 호텔이라는 명칭을 쓰긴 하지만 대중목욕탕이 딸린 예스러운 여관이라고 하는 편이 더 어울릴 것 같다. 숙박객은 목욕탕을 무료로 이용할 수 있어 가족들끼리 묵기에 좋을 듯하다. 이곳은 일제 강점기에 총독부 영빈관으로 쓰였고 광복 후에는 미 군정청 관리가 살기도 했다. 1930년대 콘셉트로 방들을 리모델링해서 운치 있고 깨끗한 데다, 온돌방 하나에 5~7만 원 정도이니 가성비도 좋고, 무엇보다 주인장 내외가 매우 친절하다.

우리는 제일 큰 온돌방 하나만 예약했는데, 막상 가보니 방이 생각보다 작았다. 좀 좁을 것 같아서 방을 하나 더 잡으려고 했더니 사람 좋아 보이는 호텔 안주인이 눈을 찡긋하며 소곤소곤 말했다.

"그냥 좁게 자요. 북적북적. 부모님들은 그런 거 좋아해. 언제 이렇게 다 큰 자식들하고 북적북적 자보겠어요?"

'북적북적'이라는 안주인의 말에 나는 또 한 번 센티해졌다. 우리는 뜨끈한 온돌방에 나란히 누워 내가 어렸을 때처럼 다함께 TV를 보다가 일찍 잠자리에 들었다. 참으로 끈적끈적하고 북적북적한 가족 여행이었다.

사랑이 뭐 대수야?

장진 감독의 코미디를 좋아한다. '장진식 코미디'라는 스타일 혹은 장르를 개척하기도 한 그는 영화감독뿐 아니라 시나리오 작가로도 유명한데, 원빈의 영화 데뷔작인 「킬러들의 수다」, 팝콘 장면으로 큰 웃음을 주었던 「웰컴 투 동막골」도 그가 각본을 썼다. 대체 왜 그의 영화가 재미있는지 모르겠다는 사람도 있지만 나는 그의 영화를, 특히 그의 코미디 영화를 아주 좋아한다. 직접 만나본 적은 없지만 왠지 유머 코드도 잘 맞을 것 같다. 장진 감독의 작품 중 내가 가장 좋아하는 영화는 2004년 작품 「아는 여자」다. 개봉한 지 10년이 넘었지만, 지금 봐도 세련된, 한국 로맨틱 코미디 영화 중 최고라는 생각이 든다.

「아는 여자」의 주인공 야구선수 동치성(정재영 역)은 어느 날 애인에게 갑작스러운 이별을 통보받는다. 설상가상으로 3개월 시한부 판정까지 받는다. 자신에게는 애인도, 내년도 없다는 절망감에 그는 사랑을 찾아 헤매며 도대체 사랑이 무엇인지에 대해 알고 싶어 한다. 자신을 오랫동안 짝사랑해 온 여자 한이연(이나영역)이 지척에 있음에도 불구하고.

동치성은 은행에 대출을 받으러 갔다가 은행을 털러 온 강도들을 만난다. (당시 신인 배우였던 류승룡이 분홍색 복면을 한 '강도 1'로 나온다.) 어차피 시한부인 그는 강도들 앞에 엎드리는 대신, 복면을 한 강도들에게 묻는다.

"너희들은 살아보려고 총 들고 이런 짓이라도 하고 있지만, 난 죽으려고 대출 받는다. (분홍색 복면을 쓴 류승룡에게) 너, 너 사랑이 뭔지 알아?" (이렇게 뜬금없는 게 바로 '장진식 코미디'다.)

한 강도가 심드렁하게 말한다.

"사랑이 뭐 대수야? 여자 만났다 이름부터 물어보고, 이름 알면 그 이름을 가진 그 여자 사랑하는 거고, 그다음 나이 물어보고, 그다음은 뭐 좋아하는 음식…… 그렇게 평생 하다 보면 그게 사랑하는 거지."

난 이 대사에 반해서 영화의 각본집까지 사버렸다. 정말이지 이 대사가 너무 좋다. "이름 알면 그 이름을 가진 그 여자 사랑하는 거고." 맞는 말이다. 사랑이 별건가? 대순가? 이름 알면 그 이름을 가진 그 사람을 사랑하면 된다. 너무 많이 생각하고, 너무 많이 배려하는 사람들일수록 사랑에 서투른 것 같다. 혼자 앉아 생각만 하고 있으면 되는 일은 아무것도 없다.

은행 강도의 말에 영감을 받은 동치성은 마지막 장면에서 한이연에게 강도가 말한 순서대로 묻고, 그녀는 순서대로 대답한다.

- 한이연
- 스물네 살
- 사발면

좋아하는 음식이 '사발면'이라는 대답이 너무나 현실적이고 또 귀여워서 크게 소리 내 웃었다. 사실 아무리 부자라도 푸아그라나 캐비아, 불도장을 즐겨 먹는다는 사람은 없다. 하지만 좋아하는 음식이 라면이나 라면 국물이라는 사람은 아주 많다. 언젠가 「수요미식회」에 게스트로 나왔던 가수 조정치는 '미식' 프로그램에 출연했음에도 불구하고 제일 좋아하는 음식이 '라면 국물'이라고 말했다.

「아는 여자」는 워낙 좋아하는 영화라 몇 번을 다시 봤는데, 얼마 전에 이 장면을 보면서 생각했다. 누가 내게 이 순서대로 질문을 하면 뭐라고 대답하지?

　　- 성수선
　　- 몇 살일 것 같아요?
　　- 짜장면, 만두, 진진의 멘보샤, 고수를 가득 넣은 볶음밥⋯⋯

좋아하는 음식, 이게 문제다. 기다렸다는 듯이 다다다다- 밤새 말하면 질문한 사람이 당황할 테고, 그렇다고 '짜장면' 하나만 말했는데 질문한 사람이 '짬뽕파'라면 우리의 운명적 만남을 의심할 수도 있다. 그렇다면 음, 이게 좋겠다.

　　- 중국 음식

탁월한 대답이다. 중국 음식. 중국 음식을 너무나 좋아한다. 얼마 전 만난 후배가 날 보더니 호들갑을 떨며 말했다.

"언니, 제가 얼마 전에 학교 앞 중국집에 점심을 먹으러 갔는데요. 거기 사장님이랑 어떤 손님이 언니 얘기를 하고 있는 거예요. 성수선, 성수선, 언니 이름이 계속 들리더라구요. 신기해서 귀를 쫑긋 세우고 들었는데요. 언니가 얼마 전에 일주일에 두 번이나 연속해서 왔었다면서, 언니가 그렇게 중국 음식을 좋아한다고, 특히 만두를 좋아하는 거 같다고 하더라구요. 사장님이 한참 얘기

하다가 뭐라고 했는지 알아요? 저 완전 빵 터졌어요! 진지한 표정
으로 이렇게 말하더라구요.

　정말 잘 먹더군요."

　동치성처럼 누군가 내게 좋아하는 음식을 묻는다면 '중국 음
식'이라고 대답할 것이다. 그리고 만약 그 사람이 마음에 든다면
그를 광활한 중국 음식의 세계로 안내할 것이다. 몇 번만 만나도
그는 이 사실을 곧 알게 될 것이다.

　"성수선이라는 이름을 가진 여자는 중국 음식을 매우 좋아해
요. 그리고 정말, 잘 먹어요."

오늘도, 무사!

시리즈가 길어지다 보니 처음의 신선한 맛이 없어져서 이제는 보지 않지만, 초기의 일본 드라마 「심야 식당」은 다음 회를 기다릴 만큼 참 열심히도 봤다. 비엔나소시지, 어묵, 구운 김, 명란젓, 라면 같은 일상 속의 음식을 소재로 한 에피소드들이 잔잔하고 좋았다. 감탄하기도 했다. 아, 이렇게 별거 아닌 음식들로 이렇게 재미난 얘기들을 만들어낼 수도 있구나!

'어제의 카레'가 특히 그랬다. 뭔가 그럴듯해 보이는 이름이지만, 그냥 만든 지 하루 지난 카레일 뿐이다. 냉장고에서 차갑게 굳은 '어제의 카레'를 따뜻한 밥 위에 얹어 녹여가면서 먹는다. 김이 모락모락 나는 따뜻한 카레도 맛있지만, 차가운 카레를 따뜻한 밥 위에 올려 먹으면 참 맛있다. 차가운 카레가 뜨거운 밥알들 사이로 스며든다. 따끈한 밥의 온기로 데워진 큼직한 감자를 베어

물면 겉은 따뜻하지만 속은 아이스크림처럼 차갑다. 감자도 당근도 고기도. 아이스크림에 에스프레소를 부어 먹는 것 같은 재미가 느껴진다.

난 출근길에 커피를 가장 큰 사이즈로 사서 오전 내내 마신다. 뜨거운 걸 잘 못 마시기도 하지만, 온도가 내려가면서 커피 맛도 미묘하게 달라진다. 사람들은 커피가 식으면 큰일이라도 나는 줄 안다. "어머, 커피가 식었네요! 다시 갖다 드릴게요!" 하지만 식어버린 커피는 식어버린 대로 나름의 맛이 있다. 공기와 접촉하는 시간이 늘어나서 그런지 감칠맛 같은 게 나기도 하고, 아이스커피와는 또 다른 편안함을 준다.

그러고 보면 식어서, 식어버려서, 식어버린 후에 더 맛있는 것들이 많다. 볶음밥도 수분이 빠진 꼬들꼬들한 찬밥으로 해야 맛있고, 라면 국물에도 찬밥을 말아야 맛있고, 찌개도 식은 다음 한번 더 끓인 게 맛있고, 갈비도 남은 걸 싸와서 데워 먹으면 더 맛있다. 김치전도 식으면 맛없을 것 같지만, 떡볶이 국물에 적셔 먹으면 기가 막히게 맛있다. 음식은 막 만들어서 바로 먹어야 제일 맛있다고들 하지만, 그렇지 않은 경우도 많다. 연애도 그렇다. 활활 타올라 뜨거울 때만 좋은 건 아니다. 약간은 서늘한, 카디건을 하나 걸쳐야 딱 좋은 그런 온도가 좀 더 편안할 수 있다.

뮤지션 요조를 좋아해서 그녀가 진행하는 팟캐스트 「책, 이게 뭐라고」를 자주 듣는다. 그녀는 자신의 남자친구를 늘 '이종수'라고 부른다. '종수'도 아니고, '종수씨'도 아닌 이종수. 그렇게 담백하게 남자친구의 이름을 말하는 게 참 듣기 좋다. 난 요조를 만나본 적도 없고 실제로 그들이 친구 같은 연인인지 닭살 커플인지 알 수 없지만, 그녀가 남자친구의 이름을 성까지 붙여서 부르는 걸 듣고 있으면 기분이 좋아진다. 얼마 전에는 요조의 산문집 『오늘도, 무사*』를 읽었는데, 그녀는 프롤로그에 이렇게 썼다.

다양한 사람들의 이름이 등장할 것이다. 특별히 그 이름들을 일일이 외우려고 노력하지 않아도 괜찮다. 그러나 기억하면 좋은 이름이 두 개 있다.

하나는 책방 직원 1호이자 내 남자친구인 이종수이고, 또 하나는 책방 직원 2호인 내 구 열성팬 원성희이다. 이 두 사람의 이름 덕에 무사의 첫 1년이 정말로 무사했다고 생각한다.

특히 나는 이종수 덕에 책방뿐만 아니라 내 삶 전체가 무사하다고 느낀다.

_『오늘도, 무사』 | 요조 | 북노마드 | 2018

'나는 이종수 덕에 책방뿐만 아니라 내 삶 전체가 무사하다고

---

* '무사'는 요조가 제주에서 운영하는 책방 이름이다.

느낀다.' 어찌 보면 담담한 고백이지만 연인들끼리 많이 쓰는 오글거리는 애칭이나 흔한 애정 표현보다 더 큰 사랑이 느껴진다. 난 이 아름다운 커플의 연애를 엿보는 게 좋아서 이 책을 아껴가며 읽었다. 요조의 표현대로 이종수는 참 좋은 남자친구인 것 같다. 책에서 읽은 에피소드 하나.

어느 날 요조는 남자친구와 함께 밥을 먹다가 식당에서 흘러나온 '일기예보'의 노래를 듣고 울어버린다. 왜 우냐고 묻는 남자친구에게 그녀는 대답한다. 이렇게 예쁜 노래를 만들지 못하는 사실이 너무 슬퍼서 운다고. 그러자 요조의 남자친구 이종수는 말한다. 네가 실력이 부족해서 이런 노래를 못 만드는 게 아니라고. 이렇게 예쁜 노래가 저절로 나올 수 있게 자기가 더 많이 사랑해주었어야 했는데 그러지 못해서 그렇다고. 자기가 더 잘하겠다고.

세상에 이렇게 말할 수 있는 사람이 얼마나 될까. 나도 이런 사람을 만나고 싶다. 보고 싶어서 죽을 것 같고 심장이 터질 것처럼 뜨겁지 않아도, 가만가만 옆에 있어 주는 사람. 적당한 거리에서 기다려주는 사람. 뭘 특별히 도와주지 않아도 묵묵히 지지해 주는 사람. 함께 창밖을 보며 식은 커피를 마셔도 좋은 사람. 지금 이 순간이, 나의 삶 전체가 '무사하다고' 느끼게 해주는 사람.

스펙터클하고 신나는 하루보다 별일 없이 무사한 하루를 그런 사람과 함께 보내고 싶다. 오늘도, 무사!

하리보의 슬로건

. . .

도무지 믿기지 않지만 어렸을 때의 나는 매우 입이 짧고 밥 먹기 싫다고 도망 다니던 아이였다고 한다. 나의 하나뿐인 꼬마 조카도 그렇다. 또래 아이들이 다 좋아하는 아이스크림이나 햄버거, 치킨도 그다지 좋아하지 않는다. 그런 조카의 입맛을 사로잡은 군것질거리가 있다. 이제 혼자 전화도 걸 줄 알고 말도 잘하는 일곱 살짜리 조카는 내가 출장이나 여행을 갈 때마다 전화를 걸어서 말한다.

"이모, 젤리 사와, 젤리!"

요즘에는 마트나 편의점에도 다양한 수입 젤리들이 많다. 그중 가장 인기 많은, 젤리계의 베스트셀러는 바로 '하리보'다. 아마 젤리를 잘 안 먹는 사람들도 하리보라는 이름은 들어봤을 것이다. 티슈를 '크리넥스'라고 부르는 것처럼, 젤리를 '하리보'라고 부르는 아이들도 많다. 나도 하리보를 좋아한다. 조카 주려고 샀다가 내가 먹어버릴 때도 있다. 귀여운 아기곰을 입속에 넣기가 미안하지만, 그 특유의 쫄깃쫄깃함에 기분이 좋아진다. 색깔마다 맛이 달라서 골라 먹는 재미도 있다.

가끔 처음 본 사람들이 전공이 뭐냐고 물어본다. 화학회사에 다니고 있으니 당연히 화학, 화학공학, 재료공학 같은 뻔한 답이 나올 거라 예상했다가 '독문학'이라는 답을 들으면 흠칫 놀라며 되묻는다.

"독, 독문학이요? 그러니까 그…… 괴테, 카프카, 그런 거?"

영문학과를 나왔다고 다 영어를 잘하는 게 아니듯이, 독문학과를 나왔다고 해서 독일어를 잘하지는 않는다. 졸업한 지도 오래됐고, 많이 잊어버리기도 했다. 그래도 독일어가 들리면 반갑고, 고향 사람을 만난 것 같고, 묘한 향수가 느껴진다. 영화 「건축학개론」에서 김동률 노래가 나왔을 때의 기분이라고나 할까? 그래서 내게는 하리보가 더 특별하다.

하리보Haribo는 1920년 독일 본에서 시작된 기업이다. 곰 모양 젤리가 대표적이다 보니 하리보가 곰 이름인 줄 아는 사람들이 많은데, 하리보는 창업자의 이름 '한스 리겔Hans Riegel'에서 'Ha'와 'Ri'를 따고, 창업 장소인 도시 본에서 'Bo'를 따서 만든 합성어다. 이제 곧 창업 100주년이 되는 하리보는 전 세계에 1천 개가 넘는 공장이 있고, 하루에 생산하는 곰 모양 젤리(gummy bear)는 1억 개가 넘는다고 한다.

내가 하리보를 좋아하게 된 건 처음 봤을 때의 신선한 충격 때문이다. 노란색 아기곰이 그려진 귀여운 봉지에 이런 글귀가 있었다.

'Haribo macht Kinder froh(하리보는 아이들을 기쁘게 한다).'

독일 함부르크의 한 슈퍼에서 만난 이 한 문장에 나는 완전히 하리보에 반해버렸다.

아이들을 기쁘게 하기 위해 노력하겠다는 것도 아니고, 아이들을 기쁘게 하는 것이 하리보의 기업 철학이나 목표라는 것도 아니고, 더 이상 뺄 것도 보탤 것도 없는 확신에 찬 한 문장. 프랑스 화장품 브랜드 로레알의 'Because I'm Worth It(난 소중하니까)' 이후로 본 최고의 슬로건이다. 아이들을 기쁘게 하는 하리보가 잔뜩 쌓인 매대 앞에서 생각했다. 나도 누군가를 기쁘게 하고 싶다고.

조카를 기쁘게 하기가 점점 더 어려워지고 있다. 예전에는 젤리만 하나 사줘도 좋아했는데, 이제 아는 것도 갖고 싶은 것도 많아졌다. 터닝메카드는 왜 그렇게 종류가 많은지 사도 사도 끝이 없다. 에반, 테로, 타나토스, 피닉스, 슈마, 모스톤, 이제는 공룡메카드까지 나왔다. 이 무궁무진한 장난감의 세계에, 게다가 비싼 가격에 나는 매번 놀란다. 얼마 전에는 조카가 갖고 싶어 했던 터닝메카드 도시락통을 사줬다. (어린이집에서 급식을 하지만, 식판 모양의 도시락통을 가져가야 한다.) 선물을 받은 조카는 신이 나서 춤을 추며 노래를 불렀다.

"이모 예뻐요! 우리 이모 너무 예뻐요!"

선물을 받기 전에는 나를 볼 때 조카가 이런 장난을 쳤었다.

"이모 짱입니다. 짱 못생겼습니다!"

"이모 최고! 최고 못생겼습니다!"

"이모 대왕! 대왕 못생겼습니다!"

조카는 터닝메카드 도시락통을 받아 들고 내게 뽀뽀 세례를 퍼부은 후 이렇게 말했다.

"이모, 터닝메카드 물통도 있어!"

누군가를 기쁘게 한다는 건 쉬운 일이 아니다. 조카의 사랑을 받기 위해 '조카 바보' 이모들은 오늘도 열심히 일하고 부지런히 벌어야 한다. 하리보는 아이들을 기쁘게 하고, 나는 조카를 기쁘게 한다.

먹어야겠다, 살아야겠다

나는 오랜 세월 동안 라면, 김밥, 짜장면을 먹어왔다. 거리에서 싸고 간단히, 혼자서 끼니를 해결할 수 있는 음식이다. 칼국수, 육개장, 짬뽕, 우동도 먹었다. 부대찌개나 닭볶음탕, 쌈밥은 두 사람 이상이라야만 먹을 수 있다. 그 맛들은 내 정서의 밑바닥에 인 박여 있다. 나는 허름한 식당에 친밀감을 느낀다. 식당의 간판이나 건물 분위기를 밖에서 한번 쓱 훑어보면 그 맛을 짐작할 수 있다. 가게 이름이 촌스럽고 간판이 오래돼서 너덜거리고, 입구가 냄새에 찌들어 있는 식당의 음식은 대체로 먹을 만하다. 이런 느낌을 과학적으로 증명할 수는 없지만, 대체로 어긋나지 않는다. 낯선 지방의 소도시에 가서도 나는 간판의 느낌으로 밥 먹을 식당을 골라낸다.

_『라면을 끓이며』 중 〈라면을 끓이며〉 | 김훈 | 문학동네 | 2015

김훈 선생의 산문 〈라면을 끓이며〉의 첫 문단이다. 선생의 말처럼 부대찌개나 닭볶음탕, 쌈밥은 두 사람 이상이어야 시킬 수 있다. 혼자서 어느 소도시에 출장 갔다가 부대찌개가 먹고 싶어서 2인분을 시켜서 라면 사리까지 배 터지게 먹었다는 선배의 무용담(?)을 들어본 적이 있다. 한식이 대개 그렇다. 부글부글 끓여야 되고 반찬도 여러 가지 나오니 1인분 주문이 어렵다. 그리하여 혼자인 사람들은, 그러니까 '혼밥'을 먹는 사람들은, 1인분 주문이 가능한 메뉴 중에서 선택을 해야 한다. 라면, 김밥, 짜장면은 그중에서도 가장 만만하고 부담 없는 메뉴다. 혼밥계의 베스트셀러이자 스테디셀러.

유동인구가 많은 지하철역 입구나 시장통 언저리에는 작고 허름한 '즉석 짜장/우동'집들이 있다. 두세 평밖에 안 되는 좁은 공간에 플라스틱 테이블 몇 개가 전부인 가게들. 메뉴도 단출하다. 즉석 짜장, 즉석 우동, 김밥. 대개 만 원이면 세 개를 다 시킬 수 있다. 이런 가게들이 북적거리는 때는 주로 밤 10시 이후. 한잔 걸친 직장인들이 집에 가는 길에 들러 해장을 하거나, 끼니를 놓친 사람들이 늦은 저녁을 먹는 시간이다. 가게 안은 혼자 온 손님들이 대부분이라 조용한 편이다. 간혹 후루룩후루룩 면발 넘기는 소리, 아삭아삭 김치나 단무지를 씹는 소리, 혼자 먹는 사람들의 멋쩍음을 달래주는 TV 소리, 그리고 '즉석' 짜장 또는 우동의 면을 뽑아내는 제면기 돌아가는 소리가 들리는 정도다.

　나는 짜장면을 좋아하기 때문에 대체로 우동보다는 짜장면을 주문하는데, 즉석 짜장은 중국집의 짜장면과는 만드는 방식이 좀 다르다. 중국집의 짜장면은 면 위에 볶은 짜장을 올리지만, 즉석 짜장은 면 위에다가 국물에 가깝게 끓인 묽은 짜장 소스를 올린다. 중국집 짜장 소스처럼 양파, 돼지고기, 해물 등이 가득 들어간 게 아니라, 큼직하게 썬 감자 몇 조각과 돼지고기 몇 쪽이 전부지만 그래도 맛있다. 아니, 그래서 더 개운하다. 여기에 고춧가루까지 팍팍 뿌리면 얼큰한 맛에 속이 확 풀린다. 잘하는 집에서 먹어보면 짜장면도 해장 음식이라는 깨달음을 얻게 된다.

　즉석 짜장이 생각날 때 내가 가끔 찾는 곳은 모래내시장 입구에 있는 '20년 전통 모래내 즉석 우동·짜장'이다. 이곳 사장님 부부는 20년 동안 1톤 트럭으로 장사를 하다가 몇 년 전에 비로소 가게를 내셨다. 푸드 트럭이라는 개념 자체가 없던 시절부터 20년간 비가 오나 눈이 오나 더울 때나 추울 때나 비좁은 트럭에 쭈그리고 앉아 우동을 끓이고 파는 일은 결코 쉬운 일이 아니었을 것이다. 땀과 눈물과 인내와 부단한 노력의 대서사시. 그래서인지 이 집엔 트럭 시절부터 함께한 오래된 단골손님들이 많다. 우동이나 짜장면을 한 그릇 후딱 먹은 다음 자연스럽게 믹스커피를 타 마시는 사람이라면 단골일 확률이 높다.

  가격도 매우 저렴하다. 우동 4천원, 짜장 4천원, 깨를 솔솔 뿌린 김밥 2천원. 서울에서 이렇게 받아도 되나 싶은 가격이다. 김밥은 미리 말아 놓기도 하지만 우동이나 짜장면은 주문 즉시 사장님이 바로 반죽 덩어리를 제면기에 넣어 면을 뽑는다. (별거 아닌 것 같지만 구경하는 재미가 쏠쏠하다.) 20년 이상의 경력으로 달인의 반열에 오른 사장님은 무심하다 못해 심드렁한 표정으로 면을 끓는 물에 넣는다. 그러고 나서 3~4분 후면 주문한 음식이 나오는데, 음식이 나오는 동시에 손님들은 숙련된 바텐더처럼 테이블 위에 있던 고춧가루 통을 들고 흔든다. 우동 국물 위로, 까만 짜장 소스 위로 새빨간 고춧가루가 눈송이처럼 떨어진다.

  '즉석'이라는 단어가 들어간 명칭들이 많다. 즉석 증명사진, 즉석 복권, 즉석 카메라, 즉석 식품…… 바쁘게 돌아가는 세상에서 뭔가를 즉석에서 바로바로 할 수 있다는 건, 기다릴 필요가 없다는 건 매우 편리한 일이다. 하지만 동시에 뭔가를 포기해야 하는 일이기도 하다. 예전에 증명사진을 급히 제출해야 해서 제일 가까운 사진관에 들어가 사진을 찍고 바로 인화해달라고 한 적이 있다. 그러자 사진사가 몹시 곤란해하며 말했다.
  "그렇게 해드릴 수는 있지만 보정을 전혀 못해 드립니다. 괜찮으시겠어요?"

사진을 바로 인화해야 하면 보정할 시간이 없다. 잡티와 잔주름과 자외선에 상한 피부 결을 그대로 노출시켜야 한다. 다들 알아보기 힘들 정도로 보정을 한 사진을 내는데, 나만 비자발적으로 솔직해질 수밖에 없다. 동전으로 긁으면 바로 결과를 알 수 있는 즉석 복권의 상금이 크지 않은 것처럼, '즉석'이라는 말은 즉석에서 얻는 대신 뭔가를 너무 크게 바라서는 안 된다는 것을 전제한다.

즉석 짜장·우동을 먹으러 가면서 대단한 요리를 기대하는 사람은 없을 것이다. 익숙한 맛, 부담 없는 가격, 무엇보다 밤늦은 시간에 따뜻한 한 끼를 먹을 수 있는 곳이 존재한다는 것만으로 그저 감사할 따름이다.

젓가락을 쥐고 김이 모락모락 나는 짜장면을 바라보며 고춧가루 통을 힘차게 흔들다 보면 이상하게 담대한 마음 같은 게 생긴다. 됐어! 인생 그 까잇거, 별거 아니야! 내일 일은 내일 걱정해!

프랑스 시인 폴 발레리는 그의 시 〈해변의 묘지〉에 이렇게 썼다. "바람이 분다. 살아야겠다(Le vent se lève. Il faut tenter de vivre)." 나는 폴 발레리의 시를 빌려 고춧가루 통을 흔들며 이렇게 말한다. "먹어야겠다. 살아야겠다."

영원히 살 것도 아닌데

먼저 말을 못해서, 괜히 말했다가 거절당할까 봐, 그랬다가 친구 사이로도 못 만나게 될까 봐 혼자 고민하며 시간을 흘려보내고 있는 사람들에게 권하고 싶은 영화가 있다. 어떻게 눈앞에서 사랑을 놓치는지, 얼마나 멍청하게 찾아온 사랑을 등 떠밀어 보내는지, 사랑의 타이밍은 어떻게 머뭇거리는 자들을 쏙쏙 피해 가는지, 이 영화처럼 섬세하게 묘사한 영화는 드물다. (아이로니컬하게도 이 영화의 남녀 주인공 설경구와 송윤아는 스크린 밖 현실세계에서는 부부가 되었다. 영화를 찍으며 사랑은 놓치는 게 아니라 잡는 거라는 깨달음을 얻은 게 아닐까?) 주제곡인 〈사랑한다는 흔한 말〉을 김연우의 목소리로 듣는 것만으로 충분히 매력적인 영화, 「사랑을 놓치다」.

영화 속에서 사랑을 놓치고 또 놓치다 마지막에 우연히 다시 만난 남녀 주인공들은 신촌의 한 허름한 술집으로 들어간다. 그

곳은 빈티지한 분위기 때문에 종종 영화나 드라마의 촬영 장소로 쓰이는, 신촌에서 대학 생활을 했거나 신촌에 자주 갔던 사람들에게는 익숙한 '판자집'이다. 이름처럼 허름하고, 허름한 만큼 술도 안주도 싸다. 나도 가끔 간다. 이 집은 늘 사람이 많고 맞은편에 앉은 사람이 뭐라고 하는지도 잘 안 들릴 만큼 시끄러운데, 살다 보면 그런 분위기가 필요한 날도 있다. 나는 주로 비 오는 날엔 막걸리와 파전을, 맑은 날엔 소주와 임연수어 구이를 먹었다. 벽에는 신문지가 더덕더덕 붙어 있고, 그 신문지들은 다시 의미 없는 낙서들로 뒤덮여 있다. 시끌벅적한 분위기 속에서 만취한 사람들이 큰 소리로 떠드는 말을 들어보면 놀랄 만큼 거기서 거기다. 『무의미의 축제』라는 밀란 쿤데라의 소설 제목이 떠오른다. 내가 하는 말들도 마찬가지다. 우리가 하는 수많은 말 중에 대단한 의미가 있거나 중요한 말들이 실제로 그리 많지 않기도 하지만.

영화의 마지막 장면에서 남자는 여자에게 메뉴판을 내민다. 여자는 메뉴판을 들여다보다가 고르지 못하고 말한다. "니가 골라." 안주도 못 고르는 소심함에 마지막까지 애처로운 마음이 든다. 그 마음, 너무 잘 안다. 좋아하는 사람 앞에서 극도로 작아지고 긴장하게 되는 그 마음. 내가 고른 안주가 맛없으면 어쩌지? 안 좋아하는 거면 어쩌지? 못 먹는 거면 어쩌지? 뭘 해도 자신 없고 작은 거 하나 고르기도 겁나는 그 마음.

안주 선택권을 오랜 친구(대학 동창)이자 오랫동안 짝사랑해 온 남자에게 넘긴 여자는 화장실에 간다. 남자는 이별하는 옆 테이블의 젊은 연인들을 보며 지난날을 떠올리고, 화장실에서 돌아온 여자는 마주 앉아 활짝 웃는다. 영화는 그렇게 끝난다. 그들 앞에 어떤 만남이 펼쳐질지, 사랑을 놓치는 게 전공이자 습관인 주인공들이 결국엔 사랑을 하게 될지 상상하는 것은 관객의 몫이다. 나는 영화의 마지막 장면에서 그들의 미래보다 그들이 결국 어떤 안주를 시켰을까, 그게 궁금했다.

사랑 앞에 무지해서, 타이밍을 놓쳐서, 말을 못해서 사랑을 놓치고 또 놓쳤던 그들이 다시 만나 낮술을 마시며 시킨 안주는 뭘까? 설마 알탕? 고춧가루가 많이 들어서 치아 사이에 끼기 쉬운 음식을 시키지는 않겠지? 하면서도 영화 속의 눈치 없는 남자는 그러고도 남을 거라는 생각이 들었다. 자기를 만나러 정성껏 화장을 하고 온 여자에게 "너 요즘 연애하냐? 안 하던 화장을 다 하고"라고 말하는 속 터지는 남자니까. 가지 않으려고, 일부러 마지막 버스를 놓치려고 화장실에 있는 여자의 속도 모르고 꼭 타야 할 승객이 있으니 기다려달라고 버스 기사에게 사정하는 남자니까. 그래서 자기 앞에 온 사랑을 다 놓쳐버린 남자니까. 그렇게 눈치 없는 남자가 선택한 메뉴는 뭘까, 그게 정말 궁금했다.

한낮의 주점에서는 소주보다는 막걸리가 좋을 것 같다. 소주의 투명함보다는 불투명한 막걸리의 걸쭉함이 좋을 것 같다. 금방 잔이 비워지는 작은 소주잔보다는 두 손으로 잡을 수 있는 커다란 막걸리잔이 좋을 것 같다. 소주병보다는 막걸리 주전자를 사이에 두고 서로의 지난 얘기를 천천히 나누면 좋을 것 같다. 솔직하게, 있는 그대로. 막걸리는 순하고 부드러우니까, 막걸리만 먹어도 배부르니까 안주를 많이 안 먹어도 된다. (오랜만에 만나서 알탕 같은 걸 먹으며 숟가락질을 자주 하면 분위기가 산만해진다.) 안주는 해물파전 같은 국물 없는 음식을 시켜서 말이 끊어졌을 때 한 입씩 먹으면 좋을 것 같다.

이 영화에는 사랑의 어록집을 한 권 만들 수 있을 만큼 마음에 닿는 대사들이 많이 나온다. 여자 주인공 송윤아의 친구 역으로 배우 황석정이 나오는데, 남자친구와 헤어져서 울고불고 욕을 하고 화를 내던 그녀는 남자친구를 다시 만난 후, 그것도 자기가 먼저 연락해서 만난 후 뻘쭘한 표정으로 말한다.

"뭐 어때? 영원히 살 것도 아닌데."

맞다. 영원히 살 것도 아닌데, 사랑이 계절처럼 계속 돌아오는 것도 아닌데, 애꿎은 자존심 때문에 사랑을 놓쳐선 안 된다. 영화에서 사랑을 놓치고 실의에 빠진 남자에게 선배가 이런 얘기를 들려준다.

"예전에 말이야, 사과를 훔치다 들킨 도둑이 있었대. 주인이 농장에서 제일 큰 사과를 따오면 봐주겠다고, 없던 일로 하겠다고 했대. 그래서 제일 큰 사과를 따러 갔는데, 이거다 싶어서 따려고 하면 옆에 사과가 더 커 보이고, 그 사과를 따려고 하면 또 그 옆에 사과가 더 커 보이고, 그래서 시간이 다 갔는데 사과를 따지 못했대. 사랑이 그런 거야. 있을 때 잡지 않으면 놓치게 되는. 사랑을 잡아!"

사랑이 오면 잡아야 한다. 자존심, 창피함 따위는 잠시 내려두고. 그것이 나에게 찾아온 사랑에 대한 예의다. 사랑은 홈쇼핑 최대 세일처럼 자주 찾아오지 않는다.

고맙다는 말

나는 제주 올레의 정기 후원자다. 그렇게 아름다운 길을 만들어 준 사람들에게 고마워서, 올레길을 걸을 때마다 의지하게 되는 빨갛고 파란 길 안내 리본이 애틋해서, 이렇게 좋은 길을 한 사람이라도 더 찾게 되기를, 오래오래 사랑받기를 바라는 마음에서 매달 일정한 금액을 후원하고 있다.

오름에 올라 성산 일출봉과 우도를 한눈에 볼 수 있는 1코스부터 세화 하도리의 해녀 박물관에서 성산 종달리로 향하는 21코스까지 추자도, 우도, 가파도를 포함한 제주 전체가 크고 작은 아름다운 길들로 촘촘하게 이어져 있다. 올레길을 다 걸어보지는 못했지만, 내가 제일 좋아하고 자주 걷는 길은 서귀포 외돌개에서 속골을 지나 법환포구, 강정, 월평포구로 연결되는 7코스다. 쭉 해안으로 이어지는 이 길은 너무 아름다워서 처음에는 부지런히 사진을 찍다가 곧 손에서 카메라를 내려놓고 넋을 놓고 바다를 바라보며 걷게 된다. 처음엔 "너무 예쁘다!", "어쩜 이렇게 아름답지?" 같은 말들을 하지만 곧 말도 안 하게 된다. 그저 한 걸음한 걸음 순간에 집중하며 행복의 절정을 느끼게 되는 길. 그리고내가 7코스를 좋아하는 또 하나의 특별한 이유는 속골을 지나며들르는 '할망 라면' 때문이다.

서귀포 서호동에 있는 속골은 일 년 내내 용천수가 마르지 않고 바다로 향하는 계곡의 민물과 바다가 만나는 절경을 볼 수 있는 곳이다. 여름에도 서늘해서 제주 도민들이 시원한 계곡물에발을 담그고 바다를 바라보며 망중한을 즐기는 피서지였는데, 한TV 맛집 프로에 속골 유원지의 닭백숙이 소개되면서 이곳을 찾는 관광객들이 많아졌다. 일부러 찾지 않아도 올레 7코스를 걸으려면 속골을 지나갈 수밖에 없다. 커다란 야자수가 즐비한 이국적인 해안 길을 걷게 되는데, 이 길에 내가 오매불망 그리워하는'할망 라면'이 있다. 허리가 구부정한 은퇴한 해녀 할망(할머니)이바다 앞에 천막을 치고 라면을 끓여 파는 곳. 메뉴는 단 두 가지.해물 라면, 그리고 해삼, 멍게, 소라를 한 접시에 수북하게 담아서주는 해산물 모둠. 파도 소리만 들어도 속이 다 시원해지는 탁 트인 바다 바로 앞에서 장사를 하면 바가지를 씌우는 집들도 많은데, 할망 라면은 가격도 착하다. 해물이 가득 들어간 해물 라면 5

천원, 해산물 모둠 2만원.

　할망 라면 천막 밑 플라스틱 테이블에 앉아 눈앞에 펼쳐진 바다를 보고 있으면 이것만으로 제주에 잘 왔다는 생각이 든다. 저 멀리 호랑이가 웅크리고 앉은 형상을 닮았다는 범섬이 보인다. 카메라 앵글에 다 안 들어가는 드넓게 펼쳐진 바다를 보며 제주 막걸리를 한 잔 마시면 세상 부러울 게 없다. 손님들이 바다를 바라보며 그저 좋다는 말을 반복하고 있을 때, 우리 할망께서는 쭈그리고 앉아 바지런히 해물을 손질하고 라면을 끓이신다. 평생의 노동으로 굵은 핏줄이 툭툭 불거진 거친 손으로 씻고 치우고 칼질을 하느라 쉴 틈이 없다.

　난 제주에 갈 때마다 할망 라면에 간다. 물론 할머니는 나를 기억하지 못하시지만, 난 할머니를 보면 돌아가신 외할머니를 보는 것처럼 애틋하고 좋다. 한번은 할머니 드시라고 파인애플 맛 대만 맥주를 한 캔 사다 드렸는데, 할머니가 손사래를 치며 거절하셨다. 손님이 나한테 이런 걸 왜 주냐고, 내가 뭘 해주는 게 있다고 이런 걸 주냐고, 나 안 줘도 되니 네가 마시라고. 난 극구 사양하는 할머니께 재롱을 피우는 손녀처럼 웃으며 말했다. "저는 이거 맨날 먹어요. 그러니까 할머니 드세요." 웃음 앞에 장사 없다고 할머니는 어쩔 수 없이 맥주 캔을 받으셨다. 그리고 잠시 후,

손님들이 한 차례 몰려간 뒤 할머니가 잠깐 앉아 쉬면서 맥주를 홀짝이며 혼잣말을 하셨다. "거 달달한 게 맛있네."

외지에서 제주를 찾은 관광객들은, 그러니까 제주 사람들의 시각에서 '육지 사람'들은, 종종 제주 사람들이 친절하지 않다는 말을 한다. 올레길이 생기면서 할망 라면처럼 제주 토박이 할머니들이 장사를 하거나 민박을 하는 경우가 많은데, 할머니들이 패밀리 레스토랑 직원들처럼 호들갑스럽게 친절하거나 세련되게 손님을 대하지는 못한다. 할머니들은 손님들에게 요즘 식으로 친절하지 못할 뿐 아니라, 손님들의 친절과 호의에도 익숙하지 않다. 모질었던 제주의 근대사를 관통하며 팍팍하고 고단한 삶 속에서 '친절함'이라는 걸 겪어본 적이 거의 없었기 때문이다. 올레길에서 장사를 하거나 민박을 하는 할머니들은 처음에 손님들의 '감사합니다'라는 말이 낯설었다고 한다. '아니 왜 자기 돈 내고 밥을 먹고 잠을 자면서 나한테 고맙다고 하지?' 세상은 그녀들에게 친절하지 않았고, 그녀들은 들어본 적 없는 고맙다는 말에도 익숙하지 않았다. 할망 라면 할머니도 손님들의 '감사합니다'라는 인사에 아직도 가끔 이렇게 대꾸한다. "아이고 내가 고맙소."

뛰어나와서 요란하게 인사를 하고 손님의 한마디에 전 직원이 다 함께 구호를 외치듯 대답하는 것만이 친절이 아니다. 난 일부

패밀리 레스토랑들의 과한 친절함이 부담스럽고 싫다. 할망 라면 할머니는 잘 웃지도 않고 감정 표현도 서툴지만, 올레길을 지나며 자신의 가게에 들러주는 손님들에게 늘 감사함을 잊지 않는다. 와줘서 고맙다는 쑥스러운 말 대신 홍합 하나라도 더 담아 수북한 라면을 건넨다. 우리 할머니, 한번 안아 드리고 싶었는데 부끄러워서 한 번도 그러지 못했다. 다음엔 꼭, 다짐해 본다.

할머니들에게 낯설었던 고맙다는 말, 아무리 자주 말하고 또 말해도 지나치지 않다. 자주 하면 할수록 좋은 말, 감사합니다. 할머니들에게 고맙다는 말은 그녀들이 제공하는 서비스뿐만 아니라 그녀들의 존재 자체를 향한다. 그 자리에 있어 주셔서 감사합니다. 건강하세요.

적당한 우연과 즉흥적 선택

낯선 동네를 걷다가 우연히 들어가게 된 식당들이 있다. 간판 또는 상호가 마음에 든다거나, 가게 안에서 좋아하는 음악이 흘러나온다거나, 가게 안의 은은한 불빛이 포근하게 느껴진다거나, 음식을 먹고 있는 손님들의 표정이 행복해 보인다거나 하는 소소한 이유로. 건대 입구 역에서 살짝 떨어진 한적한 골목에 있는 '어멍네'가 그랬다.

건대 근처에 사는 선배님을 만나 저녁을 먹고, 오랜만에 만난 사람들과 그냥 헤어지기 아쉬워서 어디 갈까 골목을 헤매며 걷다가 '제주 향토 음식'이라고 써 있기에 들어간 곳이었는데, 테이블 세 개와 바가 있는 작고 아담한 가게였다. 바에는 야구 모자를 눌러 쓴 중년 남자가 혼자서 한라산 소주를 마시고 있었다. 뭘 시킬까 메뉴를 봤더니 돔베고기, 순대, 몸국, 고사리육개장, 고기국수이 다섯 개가 전부였다. 고심하며 메뉴를 고르고 있는 우리에게 단아한 분위기의 여사장님이 말씀하셨다.

"시간이 늦어서 돔베고기는 다 떨어졌어요."

우리는 몸국을 제외한 남은 메뉴를 다 시켰다. 주문한 지 15분이 지나도록 사장님은 물도 김치도 주시지 않고 주방에서 홀로 분주했다. 일행 중 한 명이 1차에서 마신 술이 다 깨는 것 같다고 하자 그 말을 들었는지 사장님이 말씀하셨다.

"아이쿠, 죄송해요. 제가 혼자 하다 보니. 포장 손님이 있어서 그거 먼저 하느라 그랬어요. 금방 드릴게요."

주인 혼자 하는 작은 식당에서 기다림은 필수다. 좀 오래 기다려야 하더라도 난 이런 작은 식당들이 좋다. 일사불란하게 척척 서빙되는 대형 프랜차이즈들만 있다면 얼마나 재미가 없을까? 우리의 일상을 다채롭게 해주는 작은 식당에서는 빨리 달라고 재촉하는 대신 느긋한 마음으로 기다릴 줄 알아야 한다.

잠시 후 기다리던 음식이 나왔다. 고기국수와 육개장을 나눠 먹을 수 있도록 국자와 개인접시를 넉넉하게 챙겨주신 사장님의 센스가 돋보였다. 돼지 사골을 우린 뽀얀 육수에 잘 삶은 국수, 그 위로 두툼한 돼지 수육이 올라간 고기국수를 보니 제주에서의 즐거웠던 기억들이 새록새록 떠올랐다. 누군가의 말처럼 추억의 절반은 맛이다. 우리는 설레는 마음으로 각자의 몫의 고기국수를 접시에 덜고 후루룩 한 입 먹었다. 그리고 일동 침묵.

"여기 서울 맞아? 제주에 와 있는 것 같아!"

나의 하이톤 목소리에 혼자서 한라산 소주를 마시고 있던 중년 남자가 뒤를 돌아보며 말했다.

"제주 좋아하시나 봐요? 저는 제주가 고향입니다."

주방 안에서 사장님도 말을 보탰다.

"저도요!"

이런 게 작은 식당의 매력이다. 주인과 각자 온 손님들이 어울리는 정겨운 분위기.

우리가 고기국수를 먹으며 맛있다고 하자 중년 남자는 마치 자기가 만든 음식이 인정받기라도 한 듯 기뻐하며 말했다.

"그죠? 맛있죠? 이거 진짜 제주에서 먹던 맛이에요!"

1차에서 든든히 먹고 2차로 간 곳이었기 때문에 고기국수를 하나만 시켰었는데, 서울 한복판에서 만난 반가운 제주의 맛에 우리는 순식간에 그릇을 비우고 한 그릇을 더 시켰다.

두 번째 고기국수를 기다리며 우리는 자연스레 대화를 이어나갔다.

"그런데 두 분은 왜 제주 말을 안 쓰세요?"

우리의 질문에 사장님과 중년 남자는 껄껄 웃으며 대답했다.

"못 알아들으니까 그렇죠. 제주 사람끼리 있을 때는 써요."

우리는 회식 자리에서 신입사원에게 노래해보라고 시키는 짓궂은 선배들처럼 약간의 취기를 빌려 말했다.

"그럼 두 분이서 제주 말로 대화해보시면 안 돼요?"

엉뚱한 손님들의 성화에 그들은 대화를 시작했다. 말이 빨라서 하나도 알아들을 수가 없었지만 뭔가 경쾌하고 유쾌한 것이 최소한 우리 욕은 아닌 것 같았다. 나는 좋아라 박수를 치며 말했다.

"제주 말 좀 할 줄 안다고 생각했었는데, 하나도 못 알아듣겠네요. 저도 제주 말 한번 해볼게요. 여기 고기국수 한 그릇 줍서."

작은 식당 주인과 혼자 온 손님, 우리 일행 네 명, 이렇게 여섯 명이서 다 함께 실컷 웃었다. 유명한 맛집만 검색해서 찾아다니면 절대 경험해볼 수 없는 근사한 시간. 여행도 그렇지만, 너무 빡빡한 계획보다는 적당한 우연과 즉흥적 선택이 그 시간을 더 반짝거리게 한다. 여행까지 가서 한 시간 단위 일정표를 따르는 건 생각만 해도 너무 답답하다.

예전에 모교 학부생 후배들의 진로 상담을 해주는 '멘토'로 활동한 적이 있다. 나의 첫 번째 멘티는 똘똘하고 야무진 경영학부 2학년 여학생이었다. 한번은 학교 앞에서 둘이 만나 커피를 마시며 이런저런 얘기를 했는데, 후배가 잠시 망설이더니 가방에서 다이어리를 꺼냈다.

"선배님, 이게 제 미래 계획이에요."

이제 막 스무 살이 된 후배의 다이어리에는 원대한 인생 장기 계획이 촘촘하게 기록돼 있었다. 남자친구와 한참을 의논해서 짠 계획이라고 했다. 몇 살에 취업을 하고, 몇 살에 결혼을 하고, 몇 살에 아이를 낳고, 몇 살에…… 그 촘촘하고 진지하며 상세한 계획 앞에 난 너무 놀라서 한동안 아무 말도 할 수가 없었다. 살면서 단 한 번도 그런 계획을 세워본 적이 없었기에 존경심도 들고, 한편으론 짠한 마음도 들었다. 나는 '멘토' 역할을 수행하기 위해 조심스럽게 말했다.

"훌륭한 계획이네. 그런데 말이야. 너무 상세한 계획보다는 방향성이 더 중요한 것 같아. 원하는 방향으로, 내가 꿈꾸는 방향으로 가기만 한다면 속도는 좀 느려도 괜찮거든. 너무 일정을 빠듯하게 세우면 하나가 틀어졌을 때 다음 일정이 어긋나고, 또 어긋나고, 그렇게 될 수도 있어. 마음을 좀 느긋하게 먹고 천천히 가도 좋아."

지금 생각해보니 스무 살짜리에게는 너무 어려운 얘기였을 것 같다. 인생에는 변수가 많다는 걸, 게다가 끊임없이 새로운 변수가 생긴다는 걸, 심지어 내가 통제할 수 없는 영역이 많다는 걸, 인생이 그렇게 친절하거나 호락호락하지 않다는 걸 찬찬히 말해주었는데, 이 선배 인생 참 우울하구나 싶었을지도 모른다. 괜히 말했다. 누가 말해주지 않아도 어차피 알게 될 텐데. 언젠가 그 후배를 다시 만난다면 물어보고 싶다. "생각보다 인생엔 변수나 우연이 많지? 그런데 그런 것도 재미있지 않아?"

여행을 떠나서, 또는 낯선 동네에서, 밥 먹을 장소를 굳이 검색하지 않아도 된다. 먼 오지로 모험을 떠나는 대신, 지나가다 눈에 들어오는 식당에 한번 들어가 보시라. 불쑥 문을 열고 들어가 평소 즐겨 먹지 않는 음식을 시켜 보시라. 조금 용기를 내서 주인에게 말을 건네 보시라. 우연과 즉흥에 몸을 맡길 때, 재미있는 일들은 의외로 많다.

흰밥과 가재미와 나

•
•
•

가수 선우정아를 좋아한다. 목소리 자체가 매력적일 뿐 아니라 노래들이 무척 고혹적이다. 끈적거리는 것 같으면서도 적당한 거리감이 있고, 퇴폐적인 것 같으면서도 설렘이나 희망이 둥둥 떠다닌다. 〈봄처녀〉, 〈고양이〉, 〈남〉 등 좋은 노래들이 많지만, 내가 제일 좋아하는 그녀의 노래는 〈구애〉다.

당신이 뭘 좋아하는지 당최 모르겠어서
이렇게 저렇게 꾸며보느라 우스운 꼴이지만

사랑받고 싶어요 더 많이 많이
I love you 루즈한 그 말도 너에게는
평생 듣고 싶어 자꾸 듣고 싶어
언제까지 기다려야 해 언제까지

선우정아의 노래를 들으면서 생각한다. 누군가에게 한 번이라도 이렇게 솔직하게 말해보고 싶다고. 나는 영업사원이다. 신입사원 때부터 지금까지 줄곧 해외영업을 해왔다. 매우 적극적으로, 용감하게, 할 수 있다를 외치며 도전, 도전, 도전! 그런데 연애에서만큼은 어처구니가 없을 정도로 소극적이었다. 한 후배가 기막히다는 듯 말했다.

"언니, 옛날 사람이야? 대시, 고백, 애프터, 그런 거 다 남자가 해야 돼? 아, 답답해."

오랫동안 영업 전선에서 터프하게 일해왔지만, 나의 어쩔 수 없는 정체성은 문청(문학청년)이다. 누군가에게, 내가 정말 사랑하는 누군가에게, 고백 또는 구애를 한다면 백석의 시를 빌려 말하고 싶다. 1990년대 후반부터 백석의 시가 국어 교과서에 실렸다고 하니(북한에서 활동한 월북 또는 재북 시인들의 작품이 그 전에는 교과서에 실리지 않았다), 그 전에 학교를 다녔거나 시에 관심이 없다면 백석을 모르는 사람도 있을 것이다.

백석은 필명이고 본명은 백기행, 1912년 평안북도 정주에서 태어났다. 20대 초반에 도쿄 유학을 다녀오기도 한 백석은 출중한 외모와 시대를 앞서는 헤어스타일로 이름 앞에 '모던 보이', '댄디 보이'라는 수식어가 붙는다. 1930년대를 배경으로 한 영화 「모던 보이」에서 주인공 박해일의 헤어스타일(한쪽으로 흘러내리는 좌우 비대칭의 웨이브 파마)은 몇 장 안 남은 백석의 사진을 보고 재현한 것이라고 한다. 서촌에 갔다가 '백석, 흰 당나귀'라는 이름의 카페를 본 적이 있는데, 〈나와 나타샤와 흰 당나귀〉는 가장 널리 알려진 백석의 시 제목이다.

백석의 시들은 매우 아름답다. 특히 백석의 시에는 국수, 밥, 가자미, 소주, 시래깃국, 술국 등 수많은 음식들이 등장한다. 아마도 한국 문학사에서 음식을 소재로 가장 빛나는 문학적 성취를 이룬 작가는 백석이 아닐까. 내가 제일 좋아하는 백석의 시는 〈선우사〉다. 처음 제목을 들었을 때는 절 이름인 줄 알았는데, '반찬 친구에게 바치는 말(膳友辭)'이라고 한다. 시는 이렇게 시작된다.

낡은 나조반에 흰밥도 가재미도 나도 나와 앉아서
쓸쓸한 저녁을 맞는다

흰밥과 가재미와 나는
우리들은 그 무슨 이야기라도 다 할 것 같다
우리들은 서로 미덥고 정답고 그리고 서로 좋구나

가자미를 반찬으로 혼자 저녁을 먹으며 이런 아름다운 시를 쓰다니 백석은 정말 천재였던 것 같다. 나도 가자미를, 노릇노릇 잘 구운 가자미를 무척 좋아하지만, 먹기에 바쁠 뿐이다. 내가 자주 가는 막걸릿집에서는 가자미 구이를 시키면 사장님이 위생 장갑을 끼고 잘 구운 가자미 한 마리를 통째로 들고 와서는 손님 앞에서 손으로 쭉쭉 찢고 뼈를 발라 준다. 엄마처럼. 이런 집에서는 술을 안 마실 수가 없다. 사장님은 먹기 좋게 생선을 발라주며 다정하게 말한다.

"따뜻할 때 어여 드세요."

누군가를 사랑하게 된다면, 내 모든 걸 걸고 사랑하고 싶은 사람이 생긴다면, 이제는 정말 용기를 내서 고백하고 싶다. 아무것도 아닌 것처럼 비 오는 날 막걸리나 한잔하자고 불러서 말해야지. 약간의 취기와 백석의 시를 빌려서. 이제는 친해져서 '언니'라고 부르게 된 막걸릿집 사장님이 가자미를 찢어주고 가면 살짝 심호흡을 하고 막걸리를 한 모금 마셔야지. 그리고 가자미를 한 점 권해야지. "먼저 드세요." 그러고는 다시 한 번 살짝 심호흡을 하고 백석의 〈선우사〉를 외워야지. 바로 이 구절을.

우리들은 가난해도 서럽지 않다
우리들은 외로워할 까닭도 없다
그리고 누구 하나 부럽지도 않다

흰밥과 가재미와 나는

우리들이 같이 있으면

세상 같은 건 밖에 나도 좋을 것 같다

이 시리도록 아름다운 구절을 다 외운 다음(아마도 많이 떨리겠지),
잔에 남은 막걸리를 쭉 들이켜야지. 그리고 그 사람의 눈을 바라
보며 이 구절만 한 번 더 말해야지. 이번엔 나의 화법으로, 이렇
게.

"우리가 같이 있으면 세상 같은 건 밖에 나도 좋을 것 같아.
……같이 있어 줄래?"

간단한 산수

나의 첫 번째 책은 해외영업 입문서 『나는 오늘도 유럽 출장 간다』이다. 2008년에 출간했으니 벌써 10년도 넘었다. 서점에 책이 배포되기 전에 출판사에서 막 인쇄한 책을 보내줬었는데, 너무 흥분해서 택배 상자를 뜯으며 손을 떨었던 기억이 아직도 생생하다. 그 후 세 권의 책을 더 썼다. 2009년 『밑줄 긋는 여자』, 2012년 『혼자인 내가 혼자인 너에게』, 2015년 『나의 일상에 너의 일상을 더해』.

이 중 제일 쓰기 힘들었던 책은, 쓰면서 가장 힘들었던 책은, 단연 첫 번째 책이다. 출판사랑 계약은 덜컥 해버렸는데, 뭘 어떻게 해야 할지 막막했다. 책 한 권을 쓴다는 것은, 블로그에 내가 쓰고 싶을 때마다 한 꼭지씩 올리는 것과는 전혀 다른 얘기다. 블로그에는 이 얘기 저 얘기 우주적 관심사들을 산만하게 써도 되지만,

책은 한 편 한 편의 글들이 책 전체를 관통하는 하나의 주제 또는 메시지를 향해 유기체를 이루어야 한다. 블로그에는 짧고 강렬하게 단 한 줄을 올려도 되고, 어떤 이슈에 분노하거나 흥분해서 하고 싶은 말이 많을 때는 읽기 힘들 정도로 길게 써도 되지만 한 권의 책으로 묶이는 글들은 일정한 호흡과 길이를 유지할 필요가 있다. 무엇보다도 책 한 권의 분량만큼 특정한 주제로 글을 쓴다는 게 쉬운 일이 아니다. 나 같은 경우, 직장 생활을 병행하면서 쓰려니 시간 확보도 어려웠다. 혼자 전전긍긍하다가 출판평론가 겸 글장이인 선배님께 조언을 구했다.

"일단 목차를 잡으세요. 그게 반입니다. 설계도가 있어야 집을 짓는 것과 같은 거죠. 간단한 산수가 필요합니다. 자, 생각해 보세요. 이번 책에 해외영업을 주제로 한 꼭지당 원고지 10~15매 분량으로 60꼭지를 싣는다고 합시다. 한 달에 10꼭지를 쓴다면 6개월이면 초고를 마칠 수 있죠. 그럼 일주일에 두세 꼭지를 써야 해요. 그렇게 간단한 산수를 먼저 하고, 일정한 분량을 꾸준히 써야 책을 낼 수 있습니다."

선배님의 조언이 없었다면 첫 번째 책을 마칠 수 없었을 것이다. 간단한 산수가 얼마나 중요한지, 회사 일을 하듯이 주간, 월간 단위로 작업량을 분배하는 것이 얼마나 중요한지 그때 처음 알았다. 일정한 흐름을 유지하기 위해서는 글이 안 써질 때도 억지로 앉아서 꾸역꾸역 써야 된다는 것도(나중에 다 고치거나 버리더라도) 알게 되었다. 바쁘다고, 피곤하다고, 안 써진다고 2~3주 쉬어 버리면 흐름이 다 끊어진다. 잘 써진다고 며칠 밤을 새워도 흐름이 끊긴다. 주간, 월간으로 할당된 작업량을 마친다는 직업인의 자세로 꾸준히 써야 한다.

'간단한 산수'에 대한 확신은 무라카미 하루키의 산문 『직업으로서의 소설가』를 읽으며 더욱 강화되었다. 하루키 같은 대작가도 잘 써질 때나 안 써질 때나 무조건 하루에 원고지 20매를 쓴다는데 달리 무슨 말이 필요한가? 하루에 20매를 쓰면 한 달에 600매, 6개월이면 3,600매. 그는 하와이에서 6개월간 쓴 원고 3,600매가 장편소설 『해변의 카프카』의 초고였다는 친절한 사례까지 들어준다.

하루키의 소설보다 에세이를 좋아한다는 사람들이 많은데, 나도 그중 한 명이다. 어쩌면 매일 일정한 분량의 글을 쓰고, 매일 일정한 구간을 달리고, 마라톤 대회까지 나가는 하루키의 규칙성과 성실함에 반한 사람들이 많아서일지도 모른다. (나는 그렇다.) 기행을 일삼는 천재 작가들보다 매일매일 일정한 시간에 작업실로 출근하고 일정한 분량을 쓴 다음에 퇴근한다는 작가들을 나는 사랑한다. 얼마 전에는 장편소설을 쓸 체력을 기르기 위해 담배를 끊었다는 소설가를 만났다. 그는 쑥스럽게 웃으며 말했다. "결국 소설은 엉덩이가 쓰는 거거든." 하마터면 반할 뻔했다.

한 가지 고백할 게 있다. 나는 매일매일 내가 뭘 먹었는지 기록한다. 사탕 한 알, 초콜릿 한 조각까지 모두. 앱을 사용하기 때문에 칼로리는 자동 계산된다. 저녁에 약속이 있을 때는 점심을 간단하게 먹고, 여행 다녀와서 갑자기 체중이 늘었을 때는 며칠간 타이트하게 식단을 조절해서 여행 전 체중으로 돌려놓는다. 가끔 너무 맛있어서 참지 못하고 과식을 하거나 스트레스로 폭식을 하지만, 다음 날이면 마음을 다잡으며 붓기가 살이 되지 않도록 나름 노력한다. 절대 이런 말에 현혹되면 안 된다. 맛있게 먹으면 0 칼로리!

음식 관련 글을 자주 쓰는 나도 늘 맛있는 걸 먹지는 않는다. 지속적으로 맛있는 걸 먹기 위해서는 관리가 필요하고 나에게는 그 관리가 앱에 식사를 기록하는 것이다. 식사 기록은 간단한 산수를 가능하게 한다. 지금의 체중을 유지하기 위해 하루 평균 몇 칼로리를 먹어야 하는가?

'간절히 원하면 온 우주가 나를 돕는다'는 말이 있다. 파울로 코엘료가 쓴 『연금술사』의 명문장으로 꼽히는 이 말은 자기계발서에 단골로 등장한다. 목표를 이루기 위해서는 간절함이나 열정도 중요하지만 '간단한 산수'가 선행되어야 한다. 유명 모델의 사진을 붙여 놓고 간절히 원한다고 해서 살이 빠지지는 않는다. 5킬로그램 감량을 원한다면 일주일에 0.5킬로그램씩 10주 같은 구체적인 계획이 필요하다. 책을 내고 싶으면 책상 위에 '베스트셀러 1위', '100만부 돌파' 같은 거창한 목표를 써놓고 간절히 원하는 대신 매일매일 일정한 분량을 써야 한다. 무엇을 하든, 간단한 산수가 먼저다.

쉬면 더 불편한 사람

· · ·

내 인생 최고의 감자탕은 줄 서서 먹는 유명한 식당이 아니라, 미국 뉴저지에 사시는 친구 삼촌 댁에 놀러 갔을 때 먹은 감자탕이었다. 감자탕은 뼈 손질부터 시작해서 손이 많이 가고, 돼지 등뼈를 푹 고아야 하는 특성상 냄새도 많이 나는 음식이다. 집에서 감자탕을 먹어본 적이 한 번도 없었는데, 한국도 아닌 멀고 먼 미국 뉴저지의 교포 가정에서 인생 최고의 감자탕을 만나게 되리라고는 상상도 해본 적이 없었다.

그때는 추수감사절이 얼마 남지 않은 11월 중순이었는데, 때이른 추위에 털이 달린 코트를 입고 친구네 삼촌 댁에 들어가자마자 감자탕 냄새가 진동을 했다. 친구의 사촌 동생이 뛰어나와서 친구를 왈칵 끌어안았는데 사촌 동생의 긴 머리에도 감자탕 냄새가 배어 있었다. 질 좋고 싼 돼지 등뼈를 사러 뉴욕 차이나타운까지 가고, 너무 크지 않고 단단한 감자를 사려고 농부가 직영하는 가게에도 가며 발품과 정성을 아끼지 않는 삼촌 부부는 멀리서 찾아온 조카에게 당신들이 가장 잘하는 음식을 차려 주셨다. 먹으면서 한국 오셔서 장사해도 되겠다고 칭찬을 하자, 당장 장사를 해도 된다고 너스레를 떠시며 교회 식구들에게 먹이기 위해 감자탕 100인분을 만들어본 적도 있다고 하셨다. 딸이 신입사원이었을 때는 국적도 인종도 다양한 같은 팀 팀원들을 모두 초대해서 상다리 부러지게 한국 음식을 대접한 적도 있다며 무용담처럼 말하는 초로의 부부는 넉넉하지 못한 살림이지만 사람들을 초대해서 먹이는 게 당신들의 가장 큰 즐거움이라고 하셨다.

유난히 사람들을 초대해서 먹이는 걸 좋아하는 사람들이 있다. 고마워할 줄도 모르는 사람들을 자꾸 불러서 먹이는 수고로움을 마다하지 않는 그들의 행동 동기가 뭔지를 유추하기는 쉽지 않다. 돈이 많아서도, 여유가 넘쳐서도 아니라는 걸 알기에 더 어렵다. 평소에 매우 검소하고 자신에게는 인색하면서도, 사람들에게 베풀기를 좋아하는 사람들을 보면 타고난 '천성'이라는 게 있는 것 같다. 내가 사랑하는 중식계에도 베풀기를 좋아하는 유명한 요리사가 있다. 롯데호텔 중식당 '도림'의 총주방장이자 광화문 '루이'의 오너 셰프인 여경옥.

그는 지인들을 불러서 먹이는 걸 유달리 좋아한다. 한번은 새해를 맞아 다 같이 밥이나 한번 먹자며 1월 초 토요일에 지인들을 몇십 명이나 루이로 초대했다. 그는 같이 앉아서 먹지 않고 부지런히 뛰어다니며 직접 서빙을 했다. 실내 온도가 높아서 모두 코트를 벗고 있었고 심지어 반팔 차림인 사람도 있었는데, 그는 하늘색 목도리를 꽁꽁 싸매고 이 테이블 저 테이블로 뛰어다니며 음식을 날랐다. 이마에 땀이 송송 맺혔다.

"안 더우세요? 왜 실내에서 목도리를 두르고 계세요?"

"몸살이 나서 목이 많이 부었어. 낮에 수액제도 한 대 맞았어."

기가 막혔다. 아프면 쉬어야지 지인들을 공짜로 초대해서 연초부터 웬 고생인가?

"아프면 쉬셔야죠. 왜 나오셔서 그래요? 제발 좀 앉아 있기라도 하세요."

그는 이마의 땀을 훔치며 말했다.

"내가 어렸을 때부터 일을 해가지고…… 아파도 쉬어본 적이 없거든. 그래서 쉬면 더 불편해."

아버지가 세 살 때 돌아가시고 가난한 유년 시절을 보냈던 그는 열여섯 살 때부터 중국집에서 배달 일을 했다고 한다. 거스름돈을 덜 받아와서 혼도 많이 났다고. 지금의 그는 얼굴도 이름도 널리 알려진 스타 셰프지만, 전혀 그런 티를 내지 않는다. 옷도 위낙 수수하게 입어서 모르는 사람이 보면 그냥 사람 좋은 동네 아저씨 같다. 그는 사람들을 초대해 놓고도 생색을 내는 대신 직접 서빙을 하느라 바쁘다. 그에게 왜 그렇게 사람들을 먹이는 걸 좋아하냐고 물어본 적이 있다.

"어렸을 때 너무 못 먹어서 그런지 사람들 먹는 거 보는 게 좋더라고. 내가 이렇게 베풀 수 있는 사람이 될지 누가 알았겠어?"

그는 자선 행사에도 누구보다 열심이다. 그럴 시간에 방송을 더 할 수도 있고 바쁜 일들도 많을 텐데, 그는 자신의 만족감이 더 큰 일을 선택한다.

루이에서 내가 제일 좋아하는 메뉴는 '중국 냉면'이다. 흑초로 상큼한 맛을 낸 중국 냉면. 여름철 한정 메뉴라는 게 아쉽다. 얼린 닭 육수에 힘이 넘치는 탱탱한 면과 해파리, 새우, 오징어, 오이, 당근 같은 토핑들이 잔뜩 들어 있다. 얼린 육수를 쓰기 때문에 먹으면서도 계속 춥다 싶을 만큼 시원하다. 살얼음이 동동, 다 먹을 때까지 떠 있다. 땅콩소스와 겨자가 따로 나오는데, 땅콩소스를 넣으면 고소한 맛이 확 올라오며 더위에 골골거리던 몸에 에너지가 급속 충전된다.

우리는 음식을 먹으며 에너지를 충전한다. 음식을 먹으며 살아 있음을 느끼고, 살아야겠다고 다짐할 때 음식을 찾는다. 오 헨리의 단편 〈마지막 잎새〉에서 마지막 잎이 떨어지면 자기도 죽는다며 아무것도 먹지 않고 누워 있던 젊은 여자 화가 존시도 폭우가 지나간 아침에 남아 있는 마지막 잎새를 보고는 고기 수프를 갖다 달라고 한다. 살아야겠다는 의지는 뭔가를 먹고 싶다는 욕망을 동반한다. 그런데 남이 먹는 걸 보면서 기쁨을 느끼고 에너지를 충전하는 사람들도 있다. 집 전체가 냄새로 진동하는데도 몇 시간씩 감자탕을 끓이는 저 멀리 뉴저지의 친구 삼촌, 가난한 배달 소년에서 최고의 요리사가 된 여경옥 셰프 같은 분들이 세상을 좀 더 따뜻하게 만든다. 어쩌면 이런 규칙(?)이 있다면 세상이 좀 더 살 만해질 것 같다. 누군가 나에게 밥을 지어주거나 사준다면, 나는 그에 대한 답례로 또 다른 두 명에게 베풀기. 그 두 명은 각자 또 다른 두 명에게 베풀고, 그들은 또, 그들은 또, 계속해서 베풀기.

나의 부모님은 어렸을 때부터 '재테크'를 가르치는 대신(당신들도 그게 뭔지 잘 모른다) 이런 말도 안 되는 가르침을 주입하셨다.

"밥을 먹고 나서 서로 계산을 안 하려고 신발 끈을 매고 있으면, 그냥 니가 내라."

덕분에 나의 카드 명세서에는 유난히 밥값이 많다. 그래도 후회는 없다. 다 먹고살자고 하는 일, 함께 먹으면 더 좋으니까!

서울의 달

⋮

"여태까지 가본 나라 중에 어디가 제일 마음에 들어요?"
"이 세상 어디든 선택할 수 있다면 어디에서 살고 싶어요?"
"공기가 깨끗한 먼 나라에서 살고 싶지 않아요?"

가끔 이런 질문을 받는다. 질문한 사람들이 실망스럽게도 난 재미없는 대답을 하고 만다.
"서울요. 전 서울이 제일 좋아요."

정말이다. 난 달콤하고 사악한 나의 도시 서울을 정말 사랑한다. 미세먼지로 숨이 잘 안 쉬어지는 날에도, KF94 마스크를 주문하며 투덜거릴 때도, 온갖 사건 사고로 점철된 뉴스를 보며 한숨을 쉴 때도 서울에 대한 사랑을 떨쳐버릴 수가 없다. 서울은 치명적으로 매력적이고 근사한 도시다. 그리고 서울 하늘 아래는 내가 가장 사랑하는 언어인 한국어로 실컷 수다를 떨 수 있는 친구들이 있다. 난 긴 여행이나 출장을 떠날 때, 비타민을 챙기듯 좋은 우리 작가들의 소설집을 한 권씩 들고 다닌다. (최근에는 윤대녕 선생의 모든 단편집을 다시 읽었다.) 비행기에서, 공항에서, 낯선 도시의 호텔 방에서, 초콜릿을 한 개씩 꺼내먹듯 단편을 하나씩 읽으면 그렇게 행복할 수가 없다. 낯선 도시에서 아름다운 한국어 문장을 읽으면 그만큼 더 애틋하다. 그렇게 부대끼고, 치이고, 아등바등하면서도 시끄럽고 소란스러운 서울을 여전히, 아니 점점 더 사랑한다.

외국에서 친구나 고객들이 올 때, 난 기쁜 마음으로 '서울 구경'을 시켜준다. 솔직히 가끔은 피곤하기도 하지만, 그들에게 내가 사랑하는 도시의 속살을 보여주는 건 설레는 일이다. 그래서 식사 장소를 정하는 일에도 공을 많이 들인다. '일기일회一期一會'라는 말이 있다. '평생 단 한 번의 만남, 일생에 단 한 번만 만나는 인연.' 모든 만남은 그런 마음가짐으로 대해야 인연이 길게 이어진다.

어느 겨울, 이스라엘인 친구 부부가 서울을 찾았다. 우리는 토요일 오후에 만나 북촌 한옥마을을 골목골목 천천히 걸었다. 언덕 위에 올라 눈앞에 펼쳐진 한옥과 고층빌딩, 혼잡한 차량과 인파가 맥락 없이 뒤얽힌 스펙터클한 풍경을 보자 친구 부부는 "뷰

티풀!"을 연달아 외치며 감탄했다. 걷다가 살짝 지쳤을 때, 우리는 근처 카페에 들어가 커피를 마시며 밀린 얘기를 나누었다.

이윽고 해가 저물었다. 드디어 저녁을 먹을 시간. 우리는 택시를 타고 충무로로 이동했다. 대한극장 뒤편에 위치한 '한국의 집'은 서울 한복판이라는 게 믿어지지 않을 만큼 조용하고 운치 있는 곳이다. 넓은 정원과 고풍스러운 한옥, 정겨운 장독들과 잘 키운 나무들, 멀리 서울타워가 보이는 멋진 풍경. 난 미리 예약한 별채 '녹음정'으로 친구들을 안내했다. 친구 부부는 입을 다물지 못하고 보는 것마다 사진을 찍기에 바빴다. 개인적으로는 코스 요리를 좋아하지 않지만, 한국을 처음 찾은 친구들을 위해 특별히 코스 요리를 시켰다. 정갈한 음식과 멋스러운 플레이팅에 친구 부부가 또다시 감탄을 연발했다. 가장 좋아한 건 '겉바속촉(겉은 바삭 속은 촉촉)'하게 구운 옥돔구이였다.

"어쩜 생선을 이렇게 구울 수가 있지? 이렇게 크리스피하게 잘 구운 생선은 처음이야! 이 생선 이름이 뭐야?"

'옥돔'을 몇 번씩이나 천천히 말해줬지만, 아무래도 그들이 정확히 발음하기엔 무리였다. 한국에서 제일 크고 아름다운 섬 제주에서 올라온 생선으로 옛날에는 임금님 수라상에 올렸던 귀한 생선이라고 말하자 친구가 놓치지 않고 메모를 했다. 음식도 스토리텔링이 곁들여지면 더 오래 각인된다.

긴 식사를 마치고 나오자 저녁 9시가 훌쩍 넘었다. 겨울의 끝자락이라 날이 꽤 찼다. 그때 친구 부부가 구두를 신더니 소리를 질렀다.

"신발이 따뜻해! 어떻게 된 거지?"

친구 부부의 말을 듣고 놀라서 구두를 신어보니 진짜로 구두가 따뜻하게 데워져 있었다. 그때 신발장을 유심히 보니 거기에 온도계가 달려 있었다. 온도는 너무 뜨겁지 않은 43도. 온열 기능이 있는 신발장은 난생 처음 보았다. 친구 부부도 세상에 이런 서비스는 처음이라며 탄성을 내뱉었고, 나도 상상조차 해본 적 없는 신발장의 온열 기능에 놀라 신발장에서 눈을 떼지 못했다.

따뜻한 신발을 신고 나와 밤하늘을 올려다봤다. 눈썹 같은 초승달이 밤하늘에 걸려 있었다. 난 초승달을 가리키며 말했다.

"저 달 이름이 뭔지 알아?"

고개를 갸우뚱하며 답을 찾고 있는 친구 부부에게 난 자랑스럽게 말했다.

"서울의 달!"

함께 바라본 서울의 달은 참 아름다웠다. 그리고 우리는 그 순간을 언제까지나 기억할 것이다. 서울은 참 근사한 도시다.

인생은 알 수가 없어

.
.
.

나에겐 회사 생활을 하며 만난 절친한 친구들이 있다. 같은 직장 동료로 만나 인생을 함께하는 친구가 된 귀한 사람들. '죽마고우'라고 부르는, 어렸을 때 친구가 제일 오래간다는 말이 있지만, 성인이 돼서 만난 직장 동료들은 이해관계가 얽혀 있어서 사심 없는 친구가 되기 어렵다는 말도 있지만, 동의하지 않는다. 난 학교 다닐 때 친구들보다 사회생활을 하며 만난 친구들과 훨씬 친하고 말도 잘 통한다. 언젠가 박찬욱 감독 인터뷰를 읽은 적이 있는데, 그도 이런 말을 했다.

"세계관이 성숙했을 때 뜻이 맞는 사람이 진짜 친구라고 생각해요."

얼마나 오래 알고 지냈느냐보다 서로의 욕망과 재능을 지지해주며 뜻이 맞는 사람, 꿈꿔 왔던 일을 같이 해보고 싶은 사람, 함께 얘기하고 있으면 불끈불끈 에너지가 솟아오르는 사람이 좋은 친구라고 생각한다.

　나의 다소 엉뚱한 면을 누구보다도 잘 이해해주고 내 말을 누
구보다도 열심히 들어주는 동갑내기 친구 전지혜(싹스틱 편에 나오
는 후배는 홍지혜)는 같은 회사 같은 팀에서 일했던 동료였다. 사무
실이 여의도에 있었는데, 퇴근 후 우리는 자주 이대, 홍대 앞을 아
지트로 함께 시간을 보냈다. 같이 미용실에 가기도 했고, 서로 연
애 상담을 해주며 술을 마시기도 했고, 회사 생활의 고충을 토로
하며 어깨를 두드려주기도 했다. 같이 있기만 하면 무서운 것도
없고 두려울 것도 없었다. 뭐가 그렇게 재미있었는지 같이 있으
면 시간 가는 줄을 몰랐다. 당시 지혜는 사내 커플이었다. 지혜는
전대리, 지혜 남자친구는 김대리, 나는 성대리. 당시의 전대리, 김
대리, 성대리는 시간이 흘러 우리가 어떤 모습이 될지, 어디에 있
을지, 어떤 삶을 살게 될지 전혀 상상하지 못했다. 청춘의 한 자락
을 보냈던, 젊음의 열정을 쏟아 부었던, 열심히 일하며 함께 성장
했던 그 회사를 셋 다 모두 떠나게 될 줄도 몰랐다.

　드라마 속 '그리고 10년 후' 같은 무심한 자막처럼 초현실적으
로 빠르게 시간이 흘렀다. 2002년 같은 회사의 대리들이었던 우
리들의 근황은 다음과 같다.

-전대리와 김대리는 2003년 6월 결혼해서 두 아이의 훌륭한 엄마 아빠가 되었다.

-김대리는 여러 개의 사업체를 운영하는 김사장이 되었다.

-일 벌이는 걸 좋아했던 김대리는 아직도 여전해서 덜컥 중국집을 하나 차려버렸다.

-남편이 벌인 일을 수습하느라 전대리는 중국집을 운영하는 사모님이 되었다.

-성대리는 2002년 말에 글을 쓴다며 무모하게 회사를 그만뒀다가, 2003년 6월에 지금 다니는 회사에 입사했다.

-세상 무서운 줄 알게 된 성대리는 그 후로 쭉 끈기 있게 버텨서 성부장이 되었다.

-회사를 다니며 틈틈이 네 권의 책을 썼다.

-어쩌다 보니 중국 음식 마니아가 되었다.

이것 참, 전대리가 중국집 사모님이 될 줄, 천방지축 성대리가 근엄한 성부장이 될 줄 누가 상상이나 했을까? 인생은 참, 알 수가 없다. 2002년의 전대리, 김대리, 성대리는 '중국 음식'과 아무런 연관이 없었다. 가끔 해장으로 짬뽕을 같이 먹었을 뿐. 이제 우린 만나면 중국 음식에 대한 심도 있는 토론도 한다.

전대리와 김대리의 중국집은 중랑구 신내동에 있는 '만다린
진'. 크지 않은 동네 중국집이지만 배달을 하지 않고, 좋은 재료로
만든 음식들을 최상의 상태에서 즐기는 '프리미엄 중화요리'를
지향한다. 연륜 있는 화교 요리사가 주방을 맡아서 음식도 훌륭
하다. 이 집에서 가장 사랑받는, 여느 중국집들과 차별화된 시그
니처 메뉴는 탕수육이다. 잘게 자른 고기를 튀기는 대신, 질 좋은
돼지 등심을 세로로 길게 잘라 튀긴다. 길쭉길쭉하게 튀긴 두툼
한 등심을 손님들이 직접 잘라 먹을 수 있도록 탕수육을 내갈 때
가위와 집게를 함께 제공한다. 어린아이를 데려온 손님들은 아이
가 먹기 좋게 작은 크기로 자르고, 술을 곁들이는 손님들은 안주
삼아 먹기 좋게 큼직하게 자른다. 소스는 따로 나가는 '찍먹'이다.
소스를 찍지 않고 튀긴 고기만 먹어도 맛있다. 튀김옷이 얇은 데
다, 튀김옷과 고기 사이가 공기로 부풀어 오르는 대신 고기에 딱
붙어 있다. 그 덕분에 맛있긴 하지만 '고기 함량'이 너무 높은 것
같아 물어봤다.

"이렇게 하면 원가 너무 많이 드는 거 아냐?"

사모님이 된 전대리가 희비가 교차하는 표정으로 말했다.

"이거 드시러 손님들이 오셔."

가끔 시간을 내기 어려운 지혜를 만나기 위해 만다린 진에 가
면, 지혜는 손님들 테이블을 둘러보고 손님이 나가실 때마다 카

운터에 서서 계산을 하느라 정신이 없다. 사모님답게 식사를 마치고 계산대를 찾은 손님들을 살갑게 챙긴다.

"맛있게 드셨어요?"

"음식은 입에 맞으셨어요?"

남편이 벌인 일을 어쩔 수 없이 수습하는 거라고 투덜투덜하면서도 최선을 다하는 우리 전대리. 예전이나 지금이나 일을 참 열심히 한다. 게다가 부부가 궁합도 참 좋은 것 같다. 한 명은 벌이고, 한 명은 수습하고.

중학교 다니는 아이들 뒷바라지에다 중국집을 운영하느라 바쁜 지혜의 생활과 여태 결혼도 안 하고 분주하게 회사에 다니는 나의 생활엔 공통분모가 거의 없다. 그럼에도 불구하고 전화기 너머로 목소리만 딱 들어도 서로의 기분을 알 수 있고, 만날 때마다 헤어지기 싫을 만큼 할 말도 많다. 우리는 서로가 특정한 상황에서 어떤 선택을 할지, 어떻게 행동할지 예측할 수 있는, 서로를 잘 아는 친구인 것이다. 얼마 전에는 처음으로 둘이서 여행을 다녀왔다. 가까운 도시로 떠난 1박 2일의 짧은 여행이었지만, 참 편하고 즐거웠다. 빡빡하게 계획을 세우거나 서로 맞추려고 눈치 보고 노력하는 게 아니라, 아침에 일어나면 "지금 몇 시야? 아침 먹고 더 자자"라고 말하는 여유가 넘치는 여행.

우리가 또 5년 후, 10년 후, 20년 후에 어떤 모습이 될지 우리는 전혀 예측할 수가 없다. 그저 우리에게 주어진 하루하루에 충실할 뿐. 계획을 아무리 치밀하게 세워도 내일은 우리가 통제할 수 없는 미지의 영역이다. 미리 걱정할 필요도 없고, 휴가지에서 다음 휴가 계획을 세우는 사람처럼 너무 앞서갈 필요도 없다. 지혜와 일 년에 두 번은 함께 여행을 다니기로 했다. 그러다 보면 어느새 성큼 우리의 새로운 미래가 다가오겠지. 인생은 참, 알 수가 없어.

2장

미련은
남의 것

시들시들한 야채에 대한 고찰

토마토가 몸에 좋다는 걸 모르는 사람은 없을 것이다. 토마토가 다이어트에 좋다는 걸 모르는 사람도 없을 것이다. 토마토는 우리가 생각하는 것보다 종류가 훨씬 많은데, 그중 방울토마토는 다이어터들의 생존템이라고도 할 수 있다. 부피가 작아 휴대하기 좋아서 핸드백에 넣어 다니며 수시로 꺼내 먹을 수 있고, 100g에 단 16kcal로 배부르게 먹어도 칼로리 걱정이 없다. 늘 다이어트 강박에서 자유롭지 못하다 보니, 마트에 가면 습관적으로 방울토마토를 사게 된다. 하지만, 방울토마토의 장점을 아는 것과 먹는 것은 전혀 다른 문제다. 좋다는 건 알지만 배고플 때 방울토마토가 생각나는 사람이 얼마나 될까? 더군다나 스트레스가 쌓인 상황이라면 새빨간 방울토마토가 아니라 시뻘건 낙지볶음이 먹고 싶다.

그러다 보니, 마트에서 사 온 방울토마토는 숙성시킬 일도 없는데 냉장고에 넣어 놓기만 하고 먹지를 않는다. 하루가 가고 이틀이 가고 일주일이 가면 방울토마토가 물컹물컹해진다. 그래도 아직 버릴 정도는 아니다. '그냥 먹긴 좀 그렇고, 파스타 할 때 넣어 먹어야지'라고 생각하며 냉장고 문을 닫지만 물컹물컹해진 방울토마토에는 좀처럼 손이 가지 않는다. 다시 일주일이 지나면 한 팩의 절반쯤은 방울토마토가 뭉개져서 물이 흘러나온 상태가 된다. 여기서 며칠 더 방치하면 드디어 못 볼 꼴을 볼 차례다. 하얀 곰팡이로 뒤덮인 방울토마토를 마주하는 순간, 더 이상 아깝다는 생각이 들지 않는다. 비위가 상해서 맨손으로 만지기도 싫다. 설거지할 때도 잘 끼지 않는 고무장갑을 단단히 끼고 바로 음식물쓰레기통으로 직행. 방울토마토뿐만 아니라 사다 놓은 야채들은 대체로 이런 결말을 맞이한다.

사람들은 참 묘한 심리를 가지고 있다. 시들시들한 상태에서는 괜히 미련이 남는다. 버릴 정도는 아닌데, 여기만 도려내면 되겠는데, 익혀 먹으면 괜찮을 것 같은데…… 그러고는 내버려두거나 잊어버린다. 완전히 상해서 기어코 곰팡이라는 끝장을 봐야만 미련 없이 버릴 수 있다.

단지 냉장고 속 음식 얘기만은 아니다. 주식, 연애, 인간관계 등 상황에 휩쓸리기 전에 먼저 결정하고 과감하게 결단을 내리지 못하면, 완전히 상해야 버리게 되는 야채와 비슷한 운명을 맞게 된다.

주식 시장에는 '비자발적인' 장기 투자자들이 많다. 본인이 샀던 가격보다 싼 값에 팔기가 아까워서 울며 겨자 먹기로 계속 가지고 있는 사람들. 손실을 줄여볼 생각으로 '물타기'를 하기도 한다. 주가가 떨어졌을 때 주식을 더 사서 평균 매수가를 낮추는 것이다. 그러고는 떠난 연인이 돌아오기를 기다리듯 하염없이 주가가 오르기만을 기다린다. 하지만 인생은 내가 원하는 대로 되지 않는다. 회복가능성이 없겠다는 생각을 하면서도, 산업 트렌드와 반대로 가는 대책 없는 주식인 걸 깨달은 후에도, 혹시나 하는 일말의 미련을 버리지 못한다. 추락하는 것은 날개가 있다. 주가는 점점 떨어지고, 최악의 경우 상장 폐지되기도 한다. 이들이 주식 시장의 메커니즘을 몰라서 멍청한 결정을 하는 게 아니다. 손해를 무릅쓰고 결단을 내린다는 것은 그만큼 어려운 일이다.

연애나 인간관계에서도 마찬가지다. 이건 아니라는 걸 뻔히 알면서도, 그만해야 된다는 걸 본능적으로 알면서도, 여기서 끊지 않으면 더 나빠진다는 걸 알면서도 우물쭈물하면서 기다린다. 내 결정에 자신이 없어서, 먼저 말하기 힘들어서, 지난 시간이 아까워서, 미안해서, 그래도 미련이 남아서 등 갖가지 이유로 상황이 알아서 종료될 때까지, 정나미가 완전히 떨어질 때까지, 관계가 회복 불가능하게 깨질 때까지 시간을 질질 끈다. 하얀 곰팡이가 필 때까지.

엄마가 격렬하게 반대하는 남자와 계속 만났던 친구가 있다. 그녀는 엄마를 설득할 자신도, 그렇다고 엄마의 반대를 무릅쓰고 그 남자를 선택할 용기도 없었다. 그녀는 아무 결정도 하지 않고, 엄마나 남자친구에게 어떤 의견도 말하지 않고, 그저 시간이 흘러가게 내버려두었다. 친구들이 뭐라고 하면 말했다. "어떻게 되겠지, 뭐." 그녀의 말대로 정말 어떻게 됐다. 남자친구에게 다른 여자가 생겨서 관계가 끝난 것이다. 내가 먼저 결정하지 않으면 상황이 내 운명을 결정해버린다.

시들시들한 야채에 곰팡이가 필 때까지 놔두는 일은 위험하다. 곰팡이가 옮겨붙어 다른 재료들도 못 쓰게 된다. 사랑처럼 세균도 옮겨 다닌다. 아까워도 버릴 줄 아는, 멈춰야 할 때 "Stop"을 외칠 줄 아는, 포기할 건 포기할 줄 아는 용기와 결단력이 필요하다. 이러지도 저러지도 못하고 냉장고 문을 닫아버릴 때, 나를 기다리는 건 곰팡이뿐이다.

아무것도 해줄 게 없어서

．
．
．

"소설을 많이 읽으래. 사람 이해하는 데 소설만큼 좋은 게 없다고. 너도 그렇게 생각해?"

신경정신과 의사와 연애 중인 친구가 말했다. 남자친구가 소설을 많이 읽으라고 했다고. 나는 이렇게 답했다.

"괜찮은 남자 같아. 천천히 잘 만나봐, 그 사람."

소설 읽는 남자 사람이 멸종 위기에 처한 세상에서 누구보다도 바쁜 여자친구에게 소설 읽기를 권하는 남자라니, 참 멋지다고 생각했다. 그리고 그 남자의 말에 완전히 동의한다.

아무리 바지런히 쓰는 소설가라도 일 년에 한두 작품 이상 쓰기 어렵다. 글을 쓰는 시간보다 관찰하는 시간이 더 많기 때문이다. 소설가들은 다양한 사람들을 집요하게 관찰하고 취재하고 연구한다. 우리는 그 결과물인 소설을 통해 타인의 삶을 짐작하고 상상하며 간접 경험해볼 수 있다. 특정한 상황에서 다른 사람들이 어떻게 대응하고 어떤 선택을 하는지, 성격과 운명은 어떤 상관관계가 있는지 느껴보게 되고, 그 느낌은 체화되어 몸에 남는다. 그래서 사람을 이해하는 데 소설은 꽤 좋은 도구가 된다.

권여선의 소설집 『안녕 주정뱅이』는 주된 소재가 '술'이다. 여기에 실린 7편의 단편소설에는 모두 술 마시는 주인공이 나온다. 첫 번째 소설인 〈봄밤〉은 읽으면서 몹시 마음이 아팠던, 여운이 가장 길었던 작품이다.

중증 알코올 중독자 아내와 치료 시기를 놓친 류머티즘으로 온갖 합병증에 시달리는 남편은 같은 요양원에서 지낸다. 병원 대신 요양원을 선택한 건 치료를 포기했기 때문이다. 남편은 염증이 척추까지 침투해서 혼자 걷지도 못하고, 아내는 심각한 알코올 중독으로 술이 없으면 구토와 불면, 경련과 섬망에 시달린다. 살날이 얼마 남지 않은, 혼자서는 움직이지도 못하는 남편이 아내에게 해줄 수 있는 일이라고는 아내가 술을 마실 수 있도록 외출을 허락해 주는 것뿐이다. 물론 술은 아내의 병을 더욱 악화시킨다. 하지만 술 없이 몸을 떨며 괴로워하는 아내를 지켜보는 것도 힘든 일이다. 남편은 아내의 외출을 허락하지만, 아내가 돌아올 때까지 살 수 있을지 자신이 없다.

수환은 허깨비같이 걸어가는 영경의 깡마른 뒷모습을 보면서 그녀가 돌아올 때까지 자신이 과연 버틸 수 있을지, 그리고 그녀가 무사히 돌아올 수 있을지를 생각했다. 언제나 영경이 외출할 때마다 드는 생각이었다. 영경은 이틀 만에 돌아오겠다고 했지만 요 근래엔 이틀 만에 돌아온 적이 거의 없었다. 사흘도 아니고, 나흘도 아니고, 지난번엔 일주일 만에 거의 송장 꼴이 되어 돌아왔다. 수환은 어쩌면 이게 정말 마지막일지 모른다는 생각을 했지만 합병증인 쇼그렌증후군으로 림프샘이 말라붙어 눈물은 나오지 않았다.

_『안녕 주정뱅이』중 〈봄밤〉 | 권여선 | 창비 | 2016

이 소설을 읽기 전까지 나는 중증 알코올 중독이 어떤 건지 잘 몰랐다. 술로 인해 정상적인 생활이 안 되는, 간경화 같은 심각한 건강상의 문제가 있는 상태일 거라고만 막연하게 짐작했다. 하지만 소설에 묘사된 중증 알코올 중독은 생각보다 훨씬 파괴적이고 참담했다. 쓰러질 때까지 술을 마시고, 일어나면 또 술을 마신다. 의식불명 상태가 되어 구급차에 실려 갈 때까지 이 상황은 반복된다.

책을 다 읽고 며칠이 지났을 때 어느 술자리에서 만난 전직 간호사와 알코올 중독에 관한 얘기를 나눈 적이 있다. 그녀는 유난히 큰 눈을 반짝이며 말했다.

"알코올 중독자의 삶은 온통 흑백이래요. 그런데 술 마시는 순간에만 잠시 세상이 컬러를 입는 거죠. 알코올 중독자들은 술 안 마시는 시간에는 술 마실 생각만 해요. 가족들이 술을 숨겨 놓으면 어떻게 찾을까, 어디에 있을까, 그 생각만 하는 거죠. 중독이라는 게 참 끔찍해요."

그 말을 들으니 남아 있던 소설의 여운이 파노라마처럼 길게 스쳐 지나갔다. 사랑하는 아내에게 아무것도 해줄 게 없어서 그녀가 원하는 오직 한 가지, 술을 마실 수 있게 외출을 허락하는 것이 남편의 마지막 선물이라니……. 술을 마실 때 그녀의 세상은 다시 한 번 천연색이 되었을까? 결국 아내가 외출한 동안 남편은 죽었고, 구급차에 실려서 돌아온 아내는 알코올성 치매로 기억을 잃었다.

사랑한다면 어떻게 해서든 술을 못 마시게 해야지, 술 마시라고 등 떠미는 게 사랑이냐고 말하는 사람도 있을 것이다. 물론 그 말도 맞다. 중증 알코올 중독자에게 술 마실 기회를 주는 건 더 빨리 망가지라고 부추기는 거나 다름없으니까. 하지만 세상에는 이들처럼 아무런 희망이 없는 사람들도 있다. 개인의 노력으로는 바꿀 수 없는 극단의 상황에 처한 사람들. 우리는 소설을 통해서 그들의 삶과 결정에 공감하고 연민을 느끼게 된다. 그리고 그 과정을 통해 우리는 좀 더 너그러운 사람이 될 수 있다.

　나이가 들면서 생긴 변화 중 하나가 '절대', '결코', '영원히'라는 말들을 어렸을 때처럼 쉽게 쓰지 않는다는 것이다. 잘 알지도 못하면서 누군가의 삶을 단정하거나 함부로 말하는 것을 조심하게 되었다. 모든 사람에게는 사연이 있고, 눈에 보이는 모든 현상에는 이면이 있으므로. 그 과정에서 내게 가장 큰 깨달음을 준 건 수많은 소설이다. 사람을 이해하는 데 소설만큼 좋은 게 없다.

버려야 할 것이 무엇인지 아는 순간

.
.
.

TV를 틀면 예능이든 드라마든 아이돌 그룹 멤버들이 안 나오는 데가 없다. 제2의 BTS를 꿈꾸는 보이그룹과 걸그룹이 쏟아져 나오는 요즘, 이들을 경제학적 관점에서 풀어낸 『걸그룹 경제학』은 매우 흥미로운 책이다. 빅데이터를 활용해서 걸그룹들의 현황을 분석하고, 파레토 법칙·링겔만 효과·비교우위의 원칙 등 경제학 이론들을 적용하여 쉽게 설명해놓았다. 단순한 추정이나 섣부른 억측이 아닌 빅데이터를 분석한 만큼 통계와 그래프들이 많이 나오는데, 이 숫자들을 보는 게 무척 재미있었다.

나는 『걸그룹 경제학』을 읽으며 생각보다 내가 훨씬 '걸알못(걸그룹을 잘 알지 못하는)'이라는 사실을 알았다. 이 책에 의하면 원더걸스와 소녀시대가 데뷔한 2007년부터 트와이스가 데뷔한 2016년까지 10년간 데뷔한 걸그룹의 수가 212개나 된다고 한다. (이

중 내가 아는 그룹은 20개뿐이었다.) 한 그룹당 평균 멤버 수를 다섯 명이라고 할 때, 지난 10년간 걸그룹으로 데뷔한 소녀들은 1천 명이 훌쩍 넘는다. 2014년 한 해에만 37개의 걸그룹이 데뷔했는데 이 중 알려진 걸그룹은 마마무, 레드벨벳, 러블리즈 3개 그룹 정도이며, 총 212개의 그룹 중 대중적 인지도가 있는 그룹은 30개에 불과하다고. 어느 산업이나 경쟁이 심하지만, 이런 정글 속에서 어렸을 때부터 연습생 생활을 하며 살찔까 봐 떡볶이 한 번 실컷 못 먹었을 소녀들을 생각하니 안쓰러운 마음이 들었다.

걸그룹 소녀들에 대한 연민은 '매몰비용'을 설명하는 부분에서 극에 달했다. 데뷔 후 3년 안에 뜨지 못하면 '마이너'로 인식되어 이미지 전환이 어렵고, 수입이 없어도 비용은 계속 들기 때문에 데뷔 3년이 지난 비인기 그룹은 해체를 고려할 필요가 있다는 것이다.

걸그룹은 온라인 게임 캐릭터와는 달리 고가의 비행기나 요트처럼 유지만 하는 데도 돈이 많이 들어간다. 4인조 걸그룹이 소속된 D기획사의 이사에 따르면 한창 활동할 때는 매달 5,000만 원, 활동 없이 쉬고 있을 때도 3,000만 원 정도의 비용이 든다고 한다.

소속사 입장에서는 자선활동을 하지 않는 이상 뜨지도 않고 수입도 없는 걸그룹을 무한정 유지할 수만은 없는 노릇이다. 그러므로 2016년 현재 기준으로 볼 때 2013년 이전에 데뷔한 그룹에 대해서는 해체를 고려하는 것이 소속사 입장에서는 합리적인 선택이 될 수도 있다는 얘기다.

_『걸그룹 경제학』 중 〈데뷔 8년차 레인보우의 생존과 매몰비용〉
유성운·김주영 | 21세기북스 | 2017

'매몰비용'은 말 그대로 이미 지출되어 '회수할 수 없는 비용'이다. 이미 엎질러진 물, 주워 담을 수 없는데도 아까운 마음에 자꾸 집착하게 된다. 기업뿐만 아니라 개인도 매몰비용 때문에 잘못된 결정을 내리는 경우가 많다.

특히 오래된 연인과의 관계를 정리하는 일이 그렇다. 그동안 만난 시간이 아까워서, 또다시 새로운 사람을 만날 수 있을까 두렵고 막막해서, 아닌 걸 알면서도 끝내지 못하고 시간만 질질 끌다가 결국 아름답지 않은 결말을 맞이한다.

내 주변에는 결혼을 준비하는 과정에서 관계가 틀어지는 커플도 여럿 있었다. 이때야말로 결단이 필요한 때이지만 매몰비용을 포기하기란 너무 어려웠을 것이다. 이미 결혼 비용으로 쓴 돈이 너무 많아서, 말 많은 동창들에게 청첩장을 돌린 후라서, 가족들을 실망시킬 수가 없어서, 결혼이 깨진다는 게 자존심 상해서 등과 같은 본질적이지 않은 이유로 결혼을 감행했던 몇몇은 엄청난 고통과 시련의 시간을 견디다 끝내는 돌아왔다.

　남자친구와 만남과 헤어짐을 7년째 반복하고 있는 친구가 있
다. 친구는 만날 때마다 지친 표정으로 남자친구와의 갈등과 문
제에 대해 말한다. 들을 때마다 똑같은 얘기다. 이젠 정말 끝이라
는 말을 듣는 것도 지겹다. 계절이 바뀌고 해가 바뀌어도 비슷한
패턴이 반복된다. 사람은 변하지 않는다. 사랑이 변할 뿐. 얼마 전
에 이 친구가 우울하다며 전화를 했다.
　"이번에는 정말 헤어져야겠어. 이젠 정말 끝이야."

　친구에게 위로의 말이나 충고를 하는 대신 저녁이나 먹자고 했
다. 너무 우울해서 실컷 울고 싶을 때 가끔 가는 매운 떡볶이집으
로 그녀를 데려갔다. '세상에서 가장 매운 떡볶이'라는 슬로건을
내건 '신떡'은 떡볶이가 빨간색이 아니라 검붉은 색이다. 비주얼
만 봐도 두려울 만큼 매운맛이 느껴진다. 울고 싶을 때 내가 주문
하는 메뉴는 이름도 과격한 '눈물 라면'이다. 먹으면 정신이 혼미
해지고 이름처럼 눈물이 줄줄 흐른다. 청양고추나 매운 고춧가루
로 내는 매운맛과는 결이 다르다. 뭘 넣은 건지 모르겠지만 더 이
상 매울 수 없을 것 같은, 극강의 매운맛을 자랑한다.
　기분 전환 겸 신상 원피스에 신상 립스틱으로 한껏 멋을 부리
고 나온 친구가 투덜거렸다.

"밥 산다고 나오라더니 겨우 라면이야?"

"일단 한번 먹어 봐. 진짜 아무 생각이 없어져."

라면이 나올 때까지 우리는 지인들의 근황 같은 가벼운 얘기를 주고받았다. 몇 분 지나지 않아 냄새만으로 대화를 일시에 차단해버리는 눈물 라면이 나왔다. 매운 냄새에 벌써 주눅이 든 친구는 한입 먹기도 전에 기침을 했다. 난 비장한 표정으로 젓가락을 들며 말했다.

"먹자."

우리는 고개를 숙이고 젓가락질을 시작했다. 혀가 얼얼할 정도의 매운맛이 훅 치고 들어왔다. 정신이 아득했다. 친구는 괴로운지 표정을 일그러뜨렸다. 매운맛은 미각이 아니라 통각이다. 매운 음식을 먹는 건 스스로를 괴롭히는 매우 피학적인 행위다. 하지만 고통과 동시에 쾌감이 느껴진다. 친구가 먼저 눈물을 흘리기 시작했다. 사람 많은 장소에서 마음 놓고 울 수 있는 기회를 얻은 것처럼 참았던 울음을 터트렸다. 마스카라가 번지면서 시커먼 눈물이 뚝뚝 흘렀다. 라면을 반 정도 먹었을 때 나도 눈물을 흘리기 시작했다. 친구를 따라 우는 것처럼. 우리는 좁은 테이블에 마주앉아 경쟁하듯이 울다가 눈물로 얼룩진 서로의 얼굴을 보고 그만 피식 웃고 말았다.

"화장 고치고 커피 마시러 가자."

근처 커피숍으로 자리를 옮긴 후에도 입 안의 매운맛이 가시지 않아 우리는 계속 멍하니 앉아 있었다. 눈물 라면을 먹으면 한동안 무념무상의 상태가 된다. 친구는 커피잔을 만지작거리다 침묵을 깨며 말했다.

"벌써 7년이야, 7년. 아닌 거 알면서도 그렇게 보낸 시간이 너무 아까워. 그래서 헤어질 자신이 없어."

"지난 7년도 아깝지만, 그렇게 질질 끌면 힘들어하는 시간도 더 길어지잖아. 7년이 8년 되고, 8년이 9년 될 수도 있는 거잖아."

활동 없이 쉬고 있을 때도 한 달에 3,000만 원 정도의 비용이 든다는 걸그룹처럼, 아닌 걸 알면서도 결단을 내리지 못하고 시간을 끌 때, 매몰비용은 점점 커진다. 피할 수 있는 불행을 견디는 것도, 귀한 시간을 낭비하는 것도 다 비용이다.

친구는 손가락으로 커피잔을 빙빙 돌리며 말했다.

"이제 더는…… 아니겠지?"

난 친구의 질문에 답을 하는 대신 언젠가 교보문고 현판에서 본 도종환 시인의 〈단풍 드는 날〉 첫 문장을 들려줬다.

"버려야 할 것이 무엇인지 아는 순간부터 나무는 가장 아름답게 불탄다."

싫어하는 것들에 대하여

배우 류승룡을 좋아한다. 그는 출연하는 영화마다 전혀 다른 사람으로 보인다. 배우 류승룡은 사라지고, 출근길 지하철에서 마주칠 것 같은 생생한 캐릭터가 스크린을 활보한다. 그의 대표작으로 '천만 배우'라는 수식어를 안겨준 「극한직업」과 「7번방의 선물」을 꼽는 사람이 많겠지만, 내가 가장 좋아하는 그의 출연작은 「내 아내의 모든 것」이다.

직접 본 적은 없지만 이 영화의 시나리오 원고는 아마 다른 영화보다 1.5배는 두꺼울 것이다. 대사의 분량이 압도적으로 많기 때문이다. 특히 여자 주인공 연정인(임수정 역)은 사사건건 시시비비를 따지기 좋아하는 캐릭터라 거의 랩을 하듯 대사를 빠르게, 많이 내뱉는다. 영화 속에서도 '독설가'로 인정받아 나중에는 라디오 방송에 고정 출연까지 하게 되니 실제 대사 분량이 어마어

마했을 듯하다.

류승룡이 연기한 '카사노바' 장성기는 한국 영화사에 길이 남을 독특한 캐릭터라고 생각한다. 매우 과장된 면이 있지만 치명적인 매력을 가졌고, 모든 대사가 오글거리지만 느끼하지 않고 자연스럽다.

영화 속에서 아내를 유혹해달라는 청탁을 받은 장성기는 연정인의 남편(이선균 역)에게 이렇게 말한다.

"아내가 좋아하는 모든 것, 싫어하는 모든 것을 적어 주세요. 소소한 것까지 모두, 아내의 모든 것을."

남편에게서 연정인에 대한 정보를 건네받은 장성기는 연정인이 좋아하는 것보다 싫어하는 것에 대해 말할 때 에너지가 상승한다는 점에 주목한다. 그녀의 심리를 정확히 꿰뚫은 장성기는 놀이공원에서 김밥 한 줄을 통째로 들고 걷다가 단무지를 빼버리면서 싫어하는 음식에 대한 대화를 유도한다.

장성기: 단무지가 너무 싫어요.

연정인: 단무지는 왜요?

장성기: 어떻게 음식이 형광색일 수가 있죠? 사람이 먹을 수
  없는 색깔이에요.

연정인: 저는 게맛살 껍질에 붙어 있는 형광 핑크색도 싫어

요. 가식적이에요. 맛있어 보이려고 애쓰는 색깔이야.

장성기: 맞아요, 너무 싫어요.

연정인: 정말 싫어요.

장성기: 전 죽도 싫어해요. 아픈 사람이 된 것 같아요.

연정인: 전 생굴이 싫어요. 남이 뱉어놓은 가래 같아서.

장성기: 전 갑각류도 싫어해요.

연정인: 왜요?

장성기: 갑각류는 바다 벌레예요. 바퀴벌레랑 다를 게 뭐예
요? 식용벌레 먹는 사람들은 미개인 취급하면서.

싫어하는 음식에 대해 성토하듯이 얘기하는 이 장면이 너무 웃
겨서 대사를 다 외울 정도로 몇 번씩 돌려서 봤다. 좋아하는 것들
에 대해서 말하는 것도 즐겁지만, 싫어하는 것들에 대해서 말하
는 것도 재미있다. 특히 듣는 사람이 "나도, 나도!" 하며 공감해주
면 아드레날린이 마구 분출되며 더 신이 난다. 같이 뭔가를 좋아
하는 것보다, 남들은 좋아하지만 내겐 혐오의 대상인 뭔가를 상
대방도 같이 싫어할 때 친밀함이 폭발하고 동지애마저 느껴진다.
영화에서처럼 나도 호감 가는 남자와 공원을 걸으며 싫어하는 음
식에 대해 얘기해보고 싶다.

-제일 싫어하는 음식은 콩국수예요. 냄새를 맡는 것만으로도

힘들어요. 제발 몸에 좋으니까 먹으라고 권하지 않았으면 좋겠어요. 몸에 좋은 음식은 콩국수 말고도 너무 많잖아요.

  ─해물탕이나 해물찜같이 먹고 나서 테이블이 지저분해지는 음식을 싫어해요. 씹다 뱉은 미더덕, 쭉쭉 빨아 먹은 꽃게 다리, 양념이 묻어 있는 새우 껍질이 잔뜩 쌓여 있는 테이블을 보는 게 불편해요.

  ─조개구이를 싫어해요. 음식을 먹는 데 목장갑까지 껴야 하는 번거로움이 싫어요. 예전에 인천공항 근처 해수욕장 앞 조개구이 집에서 약혼반지를 잃어버렸다며 울면서 찾아온 여자를 본 적이 있어요. 그 여자가 패총처럼 쌓인 거대한 조개껍데기 더미를 미친 여자처럼 뒤졌는데 거기서 어떻게 그 조그만 반지를 찾겠어요? 그래도 막 울면서 조개껍데기를 계속 뒤지더라구요. 그 후로 조개구이가 더 싫어졌어요.

  ─닭발을 싫어해요. 닭의 몸통은 잘만 먹으면서 닭발은 싫어하는 게 부조리하지만, 닭발 모양이 너무 징그러워요. 일행들 때문에 어쩔 수 없이 닭발집에 간 적이 있는데, 서비스로 나온 계란찜만 먹었어요. 예쁘게 립스틱 바른 여자들 입술이 닭발 기름으로 번들번들한 것도 너무 싫어요.

  ─순대를 시켰을 때 나오는 간을 싫어해요. 이도 저도 아닌 흐릿한 색깔이 싫어요. 혼자 순대를 시킬 때는 순대만 달라고 말해요.

내가 이런 말을 했을 때 자기도 싫어한다고 맞장구쳐주는 남자라면 금방이라도 사랑에 빠질 것 같다. 일상에서도 이런 사람들과는 더 빨리 친해질 수 있다. 같은 걸 싫어하는 사람, 소수의 취향을 함께하는 사람, 내가 뭘 안 먹어도 뭐라고 타박하지 않는 사람.

내친 김에 그 사람과 내가 싫어하는 모든 것들에 대해 말해보고 싶다.

-치마 레깅스를 싫어해요. 정말이지 그건 패션 테러 같아요.
-말을 많이 하는 라디오 방송을 싫어해요. 귀가 터질 것 같아요.
-처음 본 사람한테 반말 쓰는 사람들이 싫어요.
-길에서 가래를 뱉는 사람들을 참을 수가 없어요.
-호의를 권리로 생각하는 사람들이 싫어요.

꼭 내가 싫어하는 걸 같이 싫어하지 않더라도, 그게 뭐 어떠냐고, 너무 예민한 거 아니냐고 따지지 않고 그냥 말없이 고개를 끄덕여 주면 좋겠다. 나도 그 사람이 싫어하는 것들에 대해 말할 때 고개를 끄덕이며 새겨들을 것이다. 상대방이 좋아하는 것을 해주는 것도 사랑이지만, 상대방이 싫어하는 것을 하지 않는 것도 사랑이다.

Be kind to yourself

·
··
·

요가 수업이 끝난 후 항상 맨 마지막에 나가는 수강생은 나다. 수업이 끝나면 다른 회원들은 후딱 일어나 매트를 말아서 보관함에 넣고 탈의실로 직행한다. 옷 갈아입는 것도 빛의 속도로 착착. 그러고는 한꺼번에 우르르 몰려나가며 합창을 하듯 인사한다. "나마스떼!" 남들보다 모드 전환이 느린 나는 그때까지도 이쪽 세계로 건너오지 못한다.

금요일 밤이었던 그날도 혼자 매트에 앉아 마른세수를 하듯 얼굴을 쓰다듬고 있었다. 몇 분 뒤 엉거주춤 일어나서 매트를 정리하려는데 요가 선생님이 말했다.

"오늘 얼굴이 좀 안 좋아 보이네요. 무슨 일 있어요?"

요가 수업이 끝나면 목소리가 가라앉는다. 나는 평소보다 톤이 낮은 목소리로 대답했다.

"아니요, 그냥 이번 주는 좀 힘드네요."

선생님이 잠시 망설이다가 조심스럽게 말했다.

"우리, 맥주 한잔할까요?"

그 흔치 않은 제안을 받은 순간, 그 어느 회원보다도 빠르게 매트를 정리하고 선생님을 따라 요가학원 길 건너편 치킨집으로 향했다.

요가 선생님을 보더니 치킨집 사장님이 매우 반가워하며 인사했다. 진심이 느껴지는 사장님의 표정으로 미루어 아침 이슬만 먹고 살 것 같은 요가 선생님은 그 집 단골손님인 것 같았다. 요가 선생님과 치킨이라니 매치가 잘 되지 않았지만, 선생님은 아지트에 온 것처럼 편안해 보였다. 우리는 소금구이 숯불바비큐와 생맥주 두 잔을 주문했다. 치킨이 나오기 전에 토마토케첩을 뿌린 계란말이가 서비스로 나왔다.

"오, 훌륭한 집이네요!"

나는 서비스 계란말이에 경의를 표하며 선생님과 건배를 했다. 시원한 생맥주를 마시며 수다를 떨고 있으니 치킨이 나왔다. 늦은 밤에 치킨을 먹을 땐 프라이드치킨보다는 바비큐치킨을 먹는게 죄책감이 덜하다. 칼로리의 순위로 말할 것 같으면 튀겨서 양념을 바른 '프라이드 양념치킨'이 단연 1위. 우리가 주문한 숯불에 구운 소금구이는 기름기가 제법 빠져서 그나마 칼로리가 조금

낮다. 9시도 넘은 시간에 치킨을 먹으면서 칼로리를 따진다는 게 우습지만.

우리는 방금 전에 요가 수련을 마치고 나온 사람들답지 않게 양손에 포크를 하나씩 들고 공격적으로 치킨을 뜯었다.

"진짜 맛있어요. 일주일의 피로를 날려버리는 맛이에요!"

선생님의 얇고 긴 목을 타고 시원한 생맥주가 리듬감 있게 넘어갔다. 맥주 광고를 찍듯 상큼하게 한 잔을 다 마신 후, 선생님이 말했다.

"우리 한잔 더 할까요?"

나는 잠시 망설이다 말했다. "저는 배가 불러서 그런데 소주를 마시면 안 될까요?"

선생님은 허를 찔린 사람처럼 잠시 움찔하더니 이내 웃으며 또다시 흔치 않은 제안을 했다. "그럼 우리 안주 하나 더 시킬까요? 여기 닭똥집 볶음 맛있어요."

나는 너무 기쁜 나머지 격하게 동의했다. "오, 선생님도 닭똥집 좋아하세요? 저도 진짜 좋아해요!"

이렇게 해서 우리는 치킨에 이어 닭똥집 볶음을 먹으며 술을 마셨다. 그녀는 맥주를, 나는 소주를. 선생님은 기름을 머금은 짭짤한 마늘을 하나 집어 먹으며 말했다.

"저 사실, 오늘 수선님한테 할 말이 있어서 맥주 마시자고 했어요."

난 송송 썬 청양고추로 칼칼한 맛을 낸 쫄깃한 닭똥집 볶음을 기분 좋게 먹다가 놀라서 말했다. "네? 할 말요?" 누군가 '할 말'이 있다고 하면 늘 긴장하게 된다. 내가 뭘 잘못했나?

선생님은 조심스럽게 말을 이었다. "지금까지 제가 수선님을 지켜보면서 생각한 건데요. 매사에 너무 열심히 하시는 거 같아요. 요가는 할 수 있는 데까지만 하면 되거든요. 자기 몸을 관찰하면서 할 수 있는 데까지. 그러면서 자기 몸도 알아가는 거구요. 그런데 수선님은 어떤 동작이나 자세가 안 되면 엄청나게 스트레스를 받아요. 그게 느껴져요. 두리번거리면서 다른 사람들을 쳐다보고, 어떻게든 해보려고 무리하게 힘을 줘요."

나야말로 허를 찔린 듯 너무 놀라서 콜록콜록 헛기침이 나왔다. 선생님이 내게 물을 따라주며 하던 말을 계속했다.

"너무 노력하고 애쓰시는 거 같아요. 늘 긴장하고 있어요, 수선님. 자기 자신에게 좀 너그러워지면 어떨까요? 그러면 정말 좋을 것 같아요. 수선님은 참 다정한 사람이잖아요. 주위 사람들만 챙기지 말고, 스스로에게 조금 더 다정해지면 어떨까요?"

오래 봐오긴 했지만 그래도 수강생인 내게 그런 말을 한다는 게 선생님 입장에서 쉽진 않았을 것이다. 그녀가 술의 힘까지 빌려 내게 말을 한 건, 망설임과 신중함을 모두 합친 것보다 나를 향한 안쓰러움이 더 컸기 때문일 것이다. 그래서 더 고맙고 짠하고 울컥했다. 내 인생을 통틀어 나에게 너무 열심히 하지 않아도 된다고, 스스로에게 좀 더 다정해졌으면 좋겠다고 말해준 몇 안 되는 사람, 나의 아름다운 요가 선생님.

드라마 「시크릿 가든」이 엄청난 인기를 누리고 있을 때 나는 이 드라마를 그리 좋아하지 않았다. 남자 주인공이 습관처럼 내뱉는 대사가 당시의 내겐 너무 불편했다. "이게 최선입니까? 확실해요?" 그때의 나는 최선과 최고, 최소 비용과 최대 성과를 독촉하는 사람들에게, 그리고 그걸 사람들의 기대만큼 못해내는 스스로에게 지쳐 있었던 것 같다. 어렸을 때부터 열심히, 더 열심히 하라는 말을 너무 많이 들었다. 하면 된다, 불가능은 없다, 안 되면 되게 하라, 포기하지 마라, 남과 같이 해서는 남 이상 될 수 없다, 멈추면 퇴보한다…… 이런 말들의 홍수에 익사할 것 같았다. 요가 선생님처럼 말해줄 사람이 필요했다.

닭똥집 볶음을 사이에 두고 그녀와 마주 앉은 그 자리에서 난 정말 감동했다. 그동안 읽은 그 수많은 책에 밑줄을 그은 것 중 가장 멋진 말로 내가 얼마나 감동했는지, 그렇게 말해줘서 얼마나 고마운지 표현하고 싶었다. 하지만 압도적으로 훌륭한 영화를 보면 아무런 감상평을 말할 수 없는 것처럼, 난 이런 실없는 얘기나 하고 말았다.

"여기 닭똥집, 정말 맛있네요."

선생님도 잠깐의 진지했던 표정을 내려놓고 다시 웃음을 되찾
았다.

"그죠?"

그 후로 난 매일 아침 다짐한다. 오늘도 좀 더 다정한 사람이
되자고. 다른 누구도 아닌 나에게. Be kind to yourself!

뇌를 잘라버리세요

.
.
.

"뇌를 잘라버리세요."

사람 많고 번잡하기로 유명한 홍콩 침사추이 하버시티의 스타벅스. 너무 시끄러워서 전화기 너머의 소리가 잘 들리지 않았다. 뭔가를 잘라버리라고 한 것 같은데.

"뭐라고? 잘 안 들려."

내 말에 그녀는 다시 한 번 또박또박 말했다.

"뇌.를.잘.라.버.리.라.구.요.뇌.를!"

그 순간, 정신이 번쩍 들었다. 도대체 난 여기서 뭘 하고 있는 거지?

『프라하 거리에서 울고 다니는 여자』라는 제목의 소설이 있다.

2010년 여름의 나는 홍콩 거리에서 울고 다니는 여자였다. 한때 좋아했던 누군가에게 모함을 당하고 분노의 감정을 추스르지 못했던 나는 훌쩍 혼자서 홍콩으로 날아갔다. 홍콩에 가고 싶었던 게 아니다. 어디로든 떠나고 싶었는데, 여름 극성수기라 당장 구할 수 있는 비행기 표가 홍콩행 한 장이었다. 목적지 따위는 상관없었다. 비행기를 타는 게, 떠나는 게 유일한 목적이었으므로.

혼자서 그 더운 여름의 홍콩을 헤매고 다녔다. 정처 없이 걷고 또 걷다가 지치면 아무 커피숍에나 들어갔다. 북적거리는 홍콩의 커피숍에서 합석은 기본이다. 아이스 아메리카노를 시켜놓고 낯선 이들에게 둘러싸여 앉아 있다가 울컥 눈물을 쏟았다. 생각하지 않으려 해도 자꾸 생각이 났고, 생각하면 화가 나서 미쳐버릴 것 같았다. 최악인 건, 그 사람에 대한 원망에서 그치는 게 아니라 결국 나 자신을 비난하게 된다는 거였다. '눈이 삐었어? 그렇게 사람 보는 눈이 없나? 똑똑한 척은 혼자 다 해놓고.' 정말이지 내 눈알을 뽑아버리고 싶은 심정이었다. 그러다 혼자 견디기가 힘들면 지희에게 전화를 걸었다. 홍콩에서의 며칠간 지희는 울분에 찬 나의 징징거림을 묵묵히 들어주었다. 달래주기도 했고, 같이 화를 내기도 했다.

귀국하는 날이 되어 마지막으로 지희에게 전화를 했다. 내가 또 울먹거리자 그녀가 냉정하게 말했다. 뇌를 잘라버리라고, 싹둑 자른 뇌는 홍콩에 버리고 오라고, 제발 더는 시간을 낭비하지 말라고, 말하는 시간도 듣는 시간도 아깝다고.

마른 홍콩 하늘에 번개가 내리쳤다. 천년 묵은 은행나무가 쩍 갈라지듯 쪼개진 뒤통수 사이로 온갖 잡념이 빠져나갔다. 대오각성! 살다 보면 그렇게 정신이 번쩍 들 때가 있다. 대부분의 그런 순간에 우리는, 좋은 친구가 필요하다. 수렁에서 벗어날 수 있도록, 어리석은 되새김질을 중단하고 현실로 복귀할 수 있도록 손을 내밀어 주는 친구. 지희는 나에게 그런 친구다. 같은 회사 같은 팀 선후배로 처음 만나 이제는 인생의 모든 순간을 함께하는 소중한 친구.

그로부터 5년 뒤, 나는 지희와 홍콩으로 여행을 갔다. 혼자서 울고 다녔던 길들을 둘도 없는 친구와 함께 걸으니 그렇게 행복할 수가 없었다. 2010년의 홍콩은 회색이었는데, 2015년의 홍콩은 온통 장밋빛이었다. 다시 찾은 침사추이 하버시티 스타벅스에서 지희에게 말했다.

"여기서 너한테 전화했었어. 뇌를 잘라버리라는 그 말이 나를 구원했지."

지희는 멋쩍었는지 어서 저녁이나 먹으러 가자고 했다. 매운 음식을 좋아하는 그녀는 매운 음식 마니아들의 성지로 유명한 '성림거'라는 운남쌀국수집으로 나를 안내했다. 이곳은 면과 토핑의 종류, 신맛 추가 여부, 매운맛의 정도 등을 본인이 모두 선택할 수 있다. 그중 사람들의 도전정신을 자극하는 매운맛은 C1(안 매운맛)부터 C9(매우 엄청나게 매운맛)까지 무려 9단계로 나뉘어 있다.

우리는 테이블 위에 놓인 주문표에 시험 답안지를 작성하듯 연필로 하나씩 체크를 해나갔다. 지희는 연필을 꼭 쥐고 한참을 고민했다. 아무리 매운 음식을 좋아하고 잘 먹는다지만 그래도 C9은 겁이 났던지 조심스레 C7을 선택했다. 매운 음식 마니아는 아니지만 거기까지 갔으니 괜한 오기가 생겨 나도 따라서 C7을 선택. 잠시 후 비주얼이 심상치 않은 빨간 쌀국수가 나왔다. 우리는 두려운 마음으로 국수를 먹기 시작했다. 한입 먹자 또다시 마른 홍콩 하늘에 번개가 쳤다.

"진짜 맵다. 대오각성이 느껴져. 역시, 넌 늘 깨달음을 주는 친구야."

나의 버킷 리스트에는 지희와의 홍콩 여행이 있다. 다시 가서, 기절하게 매운 운남쌀국수를 먹고, 침사추이 하버시티 스타벅스에서 아이스 아메리카노를 마시고, 좁고 분주한 골목골목을 걸으며 우리의 우정에 감사하고 싶다.

어느 소설가가 말했다. 좋은 친구는 '내가 가장 예뻤던 순간을 기억해주는 친구'라고. 난 이렇게 생각한다. 좋은 친구는 '내가 가장 형편없는 순간에 정신을 차리게 해주는 친구'라고. 고맙게도 내겐 크고 작은 위기 때마다 돌직구를 날려주는 좋은 친구가 있다. 제일 친한 친구가 누구냐는 질문에 언제나 자랑스럽게 대답하는 그 이름, 김지희.

상처는 되돌아온다

．
．
．

영화를 볼 때면 영화 속에 나오는 음식을 특히 유심히 본다. 음식
은 인물들의 감정이나 심리 상태를 담아내는 중요한 장치이자 상
징이기 때문이다. (물론 먹고 싶기도 하고.) 고전 소설 『심청전』을 심
학규와 뺑덕어멈 사이의 애증과 사랑의 역학 관계로 재해석한 영
화 「마담 뺑덕」은 보기 드물게 음식을 잘 활용한 영화다.

　불미스러운 사건으로 대학교수직에서 파면된 후 작은 시골 마
을의 문화센터 강사를 하게 된 심학규(정우성 역). 하루하루가 따
분함의 연속일 뿐인 퇴락한 놀이공원 매표소에서 일하는 시골 아
가씨 덕이(이솜 역). 노인들로 가득한 시골 동네에 불시착한 UFO
처럼 나타난 이 지적이고 세련되고 외모도 멋진 남자는 덕이에게
선망의 대상이 된다. 남자는 매일 저녁 손님 없는 식당에서 김치
찌개를 시켜 책을 읽으며 투명한 맥주잔에 가득 따른 소주를 천

천히 마신다. 덕이는 이 모습을 식당 밖에서 훔쳐보며 연정을 품는다.

그러던 어느 날, 덕이는 드디어 남자 앞에 앉게 된다. 두 사람은 하얀 김이 올라오는 김치찌개를 사이에 두고 함께 소주를 마신다. 그렇게 둘의 만남이 시작된다. 남자의 자취방에서 함께 아침을 맞았을 때 남자는 핸드드립으로 커피를 내리고, 그 모습을 지켜보던 덕이는 홀린 것 같은 표정으로 말한다. "저 이런 커피 처음 마셔 봐요."

사랑에 빠졌을 때는 상대방의 모든 것이 멋져 보인다. 혼자 앉아 김치찌개에 소주를 마시는 모습도 궁상맞아 보이는 게 아니라 고독해 보였을 것이다. 매일 김치찌개를 먹는 모습도 없어 보이는 게 아니라 소탈해 보였을 것이다. 매일 마시던 믹스커피에 비하면 쓰기만 했을 핸드드립 커피 한 잔에 여자는 새로운 세상을 꿈꿨을 것이다. 사랑에 빠진 여자를 좋은 곳으로 데려다주는 건 예쁜 구두뿐만이 아니다. 커피를 내리는 남자의 모습에서 여자는 키다리 아저씨의 재현을 느꼈을지도 모른다.

하지만 둘의 연애는 곧 끝나고 만다. 학교에 복직된 남자는 아무런 미련 없이 시골 마을을 떠나고, 여자는 버림받는다. 그리고 8년 후, 복수의 화신으로 다시 태어난 여자는 시력을 잃은 남자

앞에 나타난다. 여자가 누구인지 알아보지 못하는 남자는 점점 더 여자에게 의존하게 된다. 선망의 대상이었던 남자는 부양의 대상이 되어간다.

사랑도 권력이다. 누가 더 사랑하느냐, 누가 더 의존하느냐에 따라 힘의 균형이 무너지고 권력의 축이 이동한다. 순진한 시골 처녀였던 여자는 사랑에 빠졌을 때도, 버림을 받았을 때도 기다리는 것밖에는 할 수 없었다. 여자가 더 강해져서 남자 앞에 나타났을 때, 여자가 없으면 아무것도 할 수 없는 남자의 보호자가 되었을 때, 여자는 과거의 분노에 몸서리치며 남자가 먹을 김치찌개에 음식물 쓰레기를 던져 넣는다.

나에게 상처를 준 사람이 먹을 음식에 유해하지만 먹고 죽지는 않을 뭔가를 넣는 건 소심한 복수의 한 방법이다. 영화나 드라마에도 자주 나온다. 영화 「헬프」에서 인종 차별에 시달리다 해고된 흑인 가정부가 백인 고용주에게 선물한 파이에는 그녀의 똥이 들어 있고, 드라마 「막돼먹은 영애씨」에서 주인공 영애씨는 자기를 구박하는 사장에게 침을 뱉은 커피를 건네기도 한다.

이런 일들은 현실에서도 일어나고 있을지 모른다. 그리고 아마도 가해자들은 자기가 뭘 잘못했는지도, 뭘 먹었는지도 모를 것이다. 일부러 남을 모욕하는 사람들도 있지만, 타인의 감정에 대한 배려 없이 무신경하게 남을 괴롭히는 사람들도 있다. 매사를 자기중심적으로 생각하는 편의적이고 이기적인 사람들은 대놓고 말하지 않으면 상대방이 상처를 받았는지도 모른다.

오래전에 엉뚱하기로 유명했던 남자 선배가 이런 질문을 했다.

"회사 여자 화장실에는 사물함이 있다며? 그거 열쇠로 잠그고 다니는 거야?"

잠그고 다니는 사람은 없다고 하자 그 선배가 어깨를 으쓱하며 말했다.

"그런데 다들 칫솔을 사물함에 두고 다니는 거야? 뭘 믿고? 나를 싫어하는 누군가가 내 칫솔로 변기를 닦았으면 어쩌려고?"

워낙 엉뚱한 선배였기에 그냥 웃고 말았지만, 영화나 드라마에서 소심한 복수를 볼 때마다 이런 생각을 하게 된다. 오늘 하루 누군가에게 상처를 주지는 않았는지, 내 생각 없는 말 한마디가 누군가를 아프게 하지는 않았는지. 내가 복수하고 싶은 사람이 있다면, 내게 복수하고 싶은 사람도 있을 수 있다는 걸 대부분의 사람들은 알지 못한다. 어쩌면 나도, 당신도, 누군가가 뱉은 침이 들어 있는 커피를 마셔 봤을지 모를 일이다. 지구는 둥글고, 상처는 되돌아온다.

주말엔 뭐해요?

.
.
.

주말 저녁에 약속이 있을 때, 별다른 일이 없으면 일찍 나가 약속 장소 근처의 커피숍에서 책을 읽거나 글을 쓴다. 책을 고를 때는 신중해야 한다. 너무 재미있는 장편소설을 들고 나갔다가는 시간 가는 줄 모르고 약속 시간에 늦을 수도 있다. (실제로 그런 적이 몇 번 있다.) 나는 늘 커다란 숄더백을 메고 다니는데, 언제 어디서나 글을 쓸 수 있도록 노트북을 가지고 다니기 때문이다. 직장 생활을 하면서 도대체 언제 글을 쓰냐는 질문을 자주 받는데, 이렇게 짬짬이 쓴다. 이동 중 지하철이나 출장길 비행기에서도 쓰고, 누군가를 기다리면서 카페에서도 쓰고, 자기 전에도 쓰고, 때로는 새벽에 일어나서 쓴다.

생업으로 글만 쓰는 전업 작가들도 많지만, 나처럼 직장인으로 살아가는 작가들도 의외로 많다. 작가 무라타 사야카는 대학 재학 시절부터 편의점에서 아르바이트를 했고, 『편의점 인간』으로 일본의 저명한 문학상인 아쿠타가와상을 수상해 유명 작가가 된 지금도 편의점에서 근무하며 소설을 쓰고 있다고 한다. 무라타 사야카 외에도 출판사, 잡지사, 학교, 학원 등에서 일하며 글 쓰는 작가들이 무수히 많다. 『가재미』, 『내가 사모하는 일에 무슨 끝이 있나요』 등의 시집으로 널리 알려진 문태준 시인도 현직 불교방송 PD다.

얼마 전에는 방이동 올림픽공원 근처에서 일요일 저녁 약속이 있었다. 두 시간쯤 일찍 나가 글을 쓸 만한 장소를 물색하다가 약속 장소와 같은 빌딩 2층에 '카페 라리'가 있는 걸 발견했다. 순간 깜빡깜빡 추억의 등불이 점멸했다. 아직도 라리가 있구나!

라리는 신촌, 이촌, 예술의 전당 앞에서 성업했던 유명한 약속 장소였다. 커피가 좀 비싸긴 했지만 조용하고 분위기도 좋아서 소개팅 장소로 각광받았다. 라리에서 누군가를 기다리느라 혼자 앉아 있으면 두리번거리며 "혹시 ○○○씨 아니세요?"라고 물어 보는 남자들이 꼭 있었다. (내가 아니라고 대답했을 때 그들의 표정은 어두워졌다, 고 내 맘대로 생각하곤 했다.) 나는 신촌 라리에 자주 갔었는데, 아쉽게도 몇 년 전에 없어졌다.

요즘엔 라리처럼 운영하는 카페를 찾아보기 힘들다. '셀프서비스'가 아니라 직원이 손님 테이블에 메뉴판을 들고 와서 주문을 받고 또 테이블로 커피를 가져다주는 시스템. 1999년에 스타벅스가 한국에 상륙한 후 대형 커피 프랜차이즈들이 우후죽순 생겨나면서, 이런 식으로 운영하던 카페들은 서서히 자취를 감췄다.

추억의 라리를 발견하고 반가운 마음에 문을 열고 들어갔다. 입구에서 유니폼을 입은 직원이 물었다.

"몇 분이세요?"

예기치 못한 질문에 당황한 나는 얼결에 "두 명"이라고 대답해 버렸다. 아무렇지 않게 "한 명"이라고 대답하는 일이 아직도 익숙지가 않다.

두 명이라고 대답한 덕분에 가을 하늘이 보이는 넓은 창가 자리로 안내받았다. 직원이 물 두 잔과 메뉴판을 갖고 왔다. 순간 미안한 마음이 들었다. 커피를 두 잔 시킬까 잠시 고민하다가 그냥 제일 비싼 걸 마시기로 했다. 나는 늘 마시던 뜨거운 아메리카노가 아닌, 이름도 어려운 샤케라또*를 주문했다.

오랜만에 찾은 라리는 평소에 글을 쓰러 자주 가는 스타벅스나 커피빈과 많이 달랐다. 대형 커피 프랜차이즈에서는 혼자 노트북

---

* Shakerato, '흔들다'(Shake)는 뜻의 이탈리아어로, 셰이커에 에스프레소, 얼음, 설탕을 넣고 흔들어서 만드는 거품이 풍부한 아이스커피.

으로 작업하는 사람이 많아 전원 콘센트도 많고 도서관처럼 조용한데, 라리는 카페 본연의 역할에 충실한 곳이었다. 여기저기서 웃고 떠드는 소리 때문에 집중이 되지 않았다. 특히 앞 테이블 소개팅 남녀의 대화는 듣지 않으려고 애를 써도 자꾸만 귀에 들어왔다. 가을 하늘이 참 맑고 예뻤던 날이었는데, 그들은 서로 불편한 자세로 앉아 재미없는 질문과 빤한 대답을 이어 갔다.

"집은 어디예요?" "어떤 음식 좋아해요?" "취미가 뭐예요?" "지금 회사에서 얼마나 근무했어요?"

다 큰 어른 둘이서 당최 무슨 말을 해야 할지 모르겠는 눈치였다. 그들의 대화는 자연스럽게 이어지지 않았고, 상대방이 대답을 끝내면 또 뭘 물어봐야 하나 고민하는 듯 어색한 침묵이 종종 흘렀다. 듣고 있자니 너무 답답해서 질문 목록이라도 뽑아서 건네주고 싶었다. 그다음 질문이 나왔을 때 나는 한숨을 쉬었다.

"주말엔 뭐해요?"

하마터면 내가 대신 대답할 뻔했다.

"뭐하긴? 너 만나서 망치고 있지!"

아이쿠, 날씨 좋은 일요일에 소개팅 하는 남녀 앞에 앉아 글이나 쓰려니 심술이 났나 보다. 누가 보면 노처녀 히스테리라고 하겠지? 싶어 피식 웃음이 났다.

결국 몇 줄 쓰지 못하고 노트북을 덮었다. 나가기 전에 카운터에서 계산을 하는데, 커피를 다 마시고 나갈 때 계산을 하는 것이 새삼스럽게 느껴졌다. 그러면서도 종이컵이나 프랜차이즈 회사 로고가 크게 찍힌 머그컵이 아닌, 고풍스러운 문양이 그려진 우아한 커피잔에 커피를 마실 수 있는 라리 같은 카페들이 계속 있었으면 좋겠다는 생각을 했다. 사람마다 좋아하는 분위기가 다르고, 편하게 머무를 수 있는 공간이 필요하니까.

앞 테이블의 소개팅 남녀는 어디로 갈까? 집으로 갈까, 함께 저녁을 먹을까? 만약 저녁을 먹는다면 부디 맛있는 걸 먹기를 바랐다. 나의 소개팅 역사에 비추어 볼 때 식사가 맛있고 즐거우면 또 만날 확률이 높아진다. 소개팅은 결국, 함께 맛있는 걸 먹고 함께 즐겁고 싶은 사람을 찾는 일이므로. 주말에 누군가를 만나 맛없는 음식을 먹으며 지루한 얘기를 듣기에 인생은 너무 짧다.

인생역전포장마차

누군가 페이스북에 공유한 '칼국수 맛집 리스트'를 무심하게 보고 있을 때였다. 명동교자, 강남교자, 베테랑분식, 스마일칼국수…… 스크롤을 내리다 '인생역전포장마차'라는 이름을 보고 심장이 쿵. "그래, 이거야!"

그즈음 나는 심한 슬럼프에 빠져 있었다. 하루 종일 체한 것처럼 답답했다. 꽉 막힌 도로에서 차는 꿈쩍도 안 하는데 속절없이 미터기만 올라가는 걸 황망하게 쳐다보는 무력한 택시 승객이 된 것 같았다. 끝이 어딘지 알 수 없는 레이스를 혼자 뛰고 있는 것처럼 불안하고 막막했다. '인생역전포장마차'라는 이름을 봤을 때, 여기로 가면 진짜 인생이 역전될 것 같은 알 수 없는 희망이 꿈틀거렸다.

즉흥 연주가 아닌 즉흥 행동의 대가인 나는 나의 엉뚱함을 잘 이해해 주는 친구에게 전화를 걸어 같이 가자고 했다. 친구는 기가 막힌다는 듯이 말했다.

"뭐? 포장마차 이름에 꽂혀서 발산역까지 가자고? (아마도 고개를 절레절레 흔들며) 그래, 가자, 가. 너 엉뚱한 걸 누가 말리겠냐?"

한 시간 넘게 지하철을 타고 가 발산역에서 친구를 만났다. 식당은 발산역에서 걸어서 10분 거리였는데 그날따라 우리 둘 다 하이힐을 신어서 이미 발이 아팠다. 택시를 탈까 고민하다가, 가는 길이 쉬우면 인생 역전이 안 될 것 같아 고행하는 마음으로 걸어가기로 했다. 묵묵히 걷다 보니 거대한 빌딩숲 뒤 인적 드문 길에 드라마 세트장처럼 번쩍번쩍한 네온사인 간판이 보였다. 오아시스를 발견한 사막의 여행자처럼 소리쳤다.

"저기야!"

허름한 실내포장마차 앞에는 앙상하게 마른 나무 한 그루가 있었다. 그 나무는 네온사인 불빛을 받아 빨간색에서 파란색으로, 다시 빨간색으로 바뀌기를 반복했다. 안 그래도 앙상한 나무가 더 스산하고 쓸쓸해 보였다. 이 컬트적인 풍경을 한동안 바라보며 서 있었는데, 그동안 사람이 단 한 명도 지나가지 않았다. 친구가 살짝 걱정되는 표정으로 말했다.

"안에 사람은 있는 거냐?"

우리는 살짝 긴장하며 조심스레 미닫이문을 열었다. 테이블이 열 개도 넘는데 단 두 테이블에만 손님이 있었다. 그중 한 테이블은 혼자 술 마시는 사람이었다. 동네 단골들 같았다. 인생의 피로함이 얼굴에 뚝뚝 묻어나는 주인장은 눈인사도 하지 않았다. 친구와 나는 멋쩍어서 잠시 두리번거리다가 안쪽 테이블에 앉았다. 빨간 플라스틱 테이블에 빨간 플라스틱 의자. 아주머니가 초록색 멜라민 접시에 담은 오이랑 초장을 내오시며 심드렁한 목소리로 물으셨다.

"뭐 드려?"

친구가 알아서 시키라는 듯 나에게 눈짓했다. 벽에 붙은 메뉴판을 재빨리 눈으로 훑고는 말했다.

"일단 꼼장어랑 소주 한 병, 맥주 한 병 주세요."

꼼장어를 기다리며 친구에게 말했다.

"친구가 우울하시다. 소맥이나 한잔 말아줘라."

초장에 찍은 오이를 안주로 홀짝홀짝 소맥을 마시고 있으니 아주머니가 여전히 심드렁한 표정으로 꼼장어를 내오셨다. 비주얼이 예사롭지 않았다. 하얀 접시에 꼼장어 양념구이가 반, 수북이 쌓인 채 썬 깻잎이 반이었다. 빨강 대 초록, 담음새도 정갈했다. 우리는 채 썬 깻잎으로 꼼장어를 감싸 입에 넣고는 누가 먼저랄

것도 없이 외쳤다.

"이야, 장난 아니다! 발산까지 올 만하네!"

꼼장어를 초벌구이 한 다음 양념장을 발라 한 번 더 바짝 구운 것 같았다. 불맛은 나지만 탄 맛은 전혀 나지 않았다. 그렇게 아슬 아슬한 밸런스로 구우려면 상당한 내공이 필요할 것 같았다. 깻 잎에 싸서 먹으니 느끼한 맛도 잡아주고 뒷맛도 개운했다.

두 명밖에 없어서 안주를 많이 시킬 수는 없었다. 우리는 계란 말이와 이 집을 찾아오게 만든 일등공신인 칼국수를 추가로 시켰 다. 대표 메뉴답게 칼국수는 속을 확 풀어주면서 얼큰하니 완전 술을 부르는 맛이었다. 손님들 중에는 한잔 걸치고 집에 가는 길 에 혼자 들어와 칼국수만 먹고 가는 사람도 있었다.

나 때문에 일부러 발산까지 와준 친구에게 미안해서 너무 맛있 다고 더더욱 오버하며 허겁지겁 먹고 마셨다. 친구 얼굴에 한여 름에 바람 한 줄기가 지나가듯 안쓰러움이 스쳤다. 친구가 소맥 을 한 잔 더 말아주며 말했다.

"여기 왔으니 너 이제 인생 역전 하는 거냐?"

맛있는 안주와 술 몇 잔에 기분이 좋아진 우리는 거기에서 나 와 옛날 얘기를 하며 발산역까지 천천히 걸었다. 별거 아닌 얘기 들인데, 벌써 몇 번씩이나 했던 얘기들인데, 그렇게 재미있을 수가 없었다. 우리는 어깨를 들썩여 가며 여고생들처럼 와하하 웃었다. 서로의 말에 끊임없이 맞장구를 치면서.

서로 타야 할 지하철이 반대방향이었다. 헤어지기 전 친구가 내 손을 꼭 잡고 잃어버린 물건을 찾아주는 사람처럼 말했다.

"수선아, 인생 역전 안 해도 돼. 너 항상 열심히 잘 살았잖아. 잘하고 있어. 지금처럼만 그렇게!"

내 마음속의 싹스틱

.
.
.

화교 요리사들은 만두를 '싸다'라고 말한다. 처음 만두를 '싸다'라
는 동사를 들었을 땐 매우 낯설었다. 어렸을 때부터 만두를 '빚다'
라고 배우고 듣고 말해왔으니까.

'빚다'라는 동사의 느낌은 일상적이지 않다. 장인이 혼을 불어
넣어 도자기를 빚거나, 명절날 송편을 빚을 때 '빚다'를 쓴다. 반
면 '싸다'는 팔 근육이나 근육통이 연상되는, 일상의 노동을 표현
할 때 자주 쓴다. 이삿짐을 싸다, 가방을 싸다, 보자기를 싸다 등
등. 그래서인지 만두는 '빚다'보다는 '싸다'가 더 잘 어울리는 것
같다. 요리사들에게 만두를 만드는 것은 매일 해야 하는 일상의
노동이니까. (요리를 시키면 공짜로 주는 서비스 군만두를 생각하면 안 된다.
서비스 군만두는 대개 공장에서 대량 생산한 냉동 만두다. 만두를 주요 메뉴로
하는 식당들은 자존심을 걸고 만두를 만든다.)

어느 가을 저녁에 아끼는 후배 지혜와 신촌에 만두를 먹으러 갔다. 만둣집의 상호가 무척 간결하다. '화상 손만두'. 이 다섯 글자에 가게의 정체성이 모두 함축되어 있다. '화교 상인 화상華商이 손으로 만든 만두'. 주변 만두 마니아들이 이 집 얘기를 워낙 많이 한 데다가 SNS에서 하도 많이 본 집이라 첫 방문이었지만 익숙한 장소에 온 것 같은 기시감이 들었다. 주방에서 분주하게 일하시던 '만두의 달인' 소응충 선생과 눈이 마주쳤는데, 너무 낯이 익어서 오랜 단골인 양 꾸벅 인사를 하기까지 했다.

하얀 면 티셔츠에 무릎까지 오는 반바지, 까만색 앞치마 차림에 빡빡 민 머리, 무술 유단자처럼 단단한 체구의 사장님은 사람 좋게 웃으며 인사를 받아주셨다. 우리는 착석과 동시에 미리 외워서 온 것처럼 바로 주문을 했다.

"칭타오 한 병이랑요, 튀김 만두 하나, 고기만두 하나, 깐풍기 하나요."

다른 테이블들을 둘러보니 조개 볶음, 오향장육, 깐풍기, 탕수육 등 요리는 다 달라도 어느 테이블에나 만두가 있었다. 역시 상호에 '만두'가 들어가는 집에서는 만두를 시켜야 하는 것이다!

시원한 맥주를 마시며 기다리고 있으니 먼저 튀김 만두가 나왔다. 하얀 접시 위에 넙적한 튀김 만두 세 개(반을 잘라 6쪽)가 바싹한 자태를 뽐내고 있었다. 후후 불어 한입 깨물었더니 파사삭, CF

효과음 같은 소리가 났다. 입이 짧아서 항상 음식을 먹는 둥 마는 둥 하는 지혜도 맛있다며 젓가락을 놓지 않았다. 바삭한 튀김옷 속에서 부추를 머금은 돼지고기의 육즙이 보사노바처럼 경쾌하게 흘러나왔다. 튀김 만두를 한 개씩 먹었을 때, 뒤이어 고기만두가 나왔다. 찜기째로 나온 여덟 개의 찐만두는 속을 꽉 채운 만두소의 색깔이 다 비칠 정도로 만두피가 얇았다. 부추가 가득 들어 초록빛이 도는 만두는 더욱 식욕을 자극했다. 우리는 황홀한 기분으로 만두를 먹었다.

튀김 만두 부서지는 소리로 가득한 식당은 밀려드는 손님들로 북적북적했다. 밀린 얘기가 많았던 우리는 8배속으로 돌린 영화의 등장인물들처럼 빠른 속도로 수다를 떨었다. 그러면서 동시다발적으로 깐풍기도 먹고 맥주도 마셨다. (여자들의 이 놀라운 멀티태스킹 능력이란!) 정신없이 먹고 마시고 수다를 떨다가 난 그만 하얀 셔츠에 깐풍기를 흘리고 말았다. 바로 그 순간, 부르지도 않은 남자 직원이 홀연히 나타나서 수정액(일명 '화이트')처럼 생긴 무언가를 내밀며 말했다.

"이거 바르면 얼룩 지워져요."

직원이 주고 간 것은 '싹스틱'이라는 얼룩제거제였다. 얼룩이 생긴 부위를 물에 적셔 싹스틱으로 문지른 뒤 물로 헹구면 얼룩이 사라진다는 신묘한 제품.

"이렇게 사람 많고 정신없는 식당에서 손님들의 일거수일투족을 다 지켜보고 있다니 서비스도 감동이고, 이 희한한 애도 정말 마음에 들어요. 이름도 좋아. 싹스틱. 힘든 일들은 싹 사라지고 좋은 일들만 생길 것 같아요."

지혜의 말이 너무 근사해서, 정말로 그럴 것 같아서 우리는 기분 좋게 건배했다. 그녀는 내가 인생의 코너에 몰려 있을 때마다 항상 이렇게 말해주었다. "돌아, 돌아가지만 결국엔 최선의 결과가 기다리고 있을 거예요. 늘 그랬잖아요." 이 말에 내가 얼마나 큰 신세를 졌는지, 내게 얼마나 진한 위로가 됐는지 그녀는 모를 것이다. 힘들고 지칠 때마다 지혜의 말을 떠올렸다. 그리고 주문처럼 외웠다. "그래, 결국엔 최선이 올 거야."

신촌의 만둣집에서 지혜는 또 한 번의 위로를 선물했다. '힘든 일들은 싹 사라지고, 좋은 일들만 가득 생길 것 같은' 마음의 싹스틱을 상비약처럼 챙겨서 다녀야겠다. 지나간 일들에 집착하고 전전긍긍하는 대신 싹스틱으로 싹 지워버려야지. 미련은 싹 날려버리고 앞으로만 나아가야지. 내 마음속의 지우개, 싹스틱!

돌멩게의 추억

．
．
．

매일 최고 기온을 경신하던 끝날 것 같지 않은 여름의 어느 날, 한 지인에게 '민어 번개'를 한다는 연락을 받았다.

"여름엔 민어를 먹어줘야죠. 그래야 가을이 옵니다. 민어가 가야 전어가 오죠."

라임이 딱딱 맞는 게 '쇼미더머니'인 줄. 맞다. 민어 가면 전어 오고, 전어 가면 방어 온다. 그리고 긴 겨울이 지나면 도다리가 쑥국에 제 한 몸 던져 넣어 봄을 데려온다.

번개 장소는 연남동의 유명한 횟집 '바다회사랑'이었다. 월요일 저녁에 연남동까지 간다는 게 좀 부담스러웠지만, 정말 민어를 먹어야 여름이 끝날 것 같은 생각에 붐비는 지하철에 몸을 실었다. 퇴근길 지하철 2호선은 언제나 만원이다. 옆에서 80대 초반으로 보이는 할머니 세 분의 대화가 들려왔다. 할머니 두 분은 앉아 계시고 한 분은 서 계셨는데, 앉아 있는 할머니들이 서 있는 할머니의 하늘하늘한 꽃무늬 재킷을 보며 말했다.

"그렇게 이쁜 옷은 도대체 어디서 사는 거야?"

"야, 너는 이렇게 보니까 아직도 아가씨 같다. 어쩜 그리 이쁘고 여리여리하냐!"

아가씨 같다는 말을 주고받으면서 까르르 웃는 할머니들을 보며 나도 같이 미소 짓다가 이내 뭉클해졌다. 민어-전어-방어-도다리 루프를 몇십 번 돌다 보면 나도 어느새 할머니가 되어 있겠지. 세월은 아무도 피해갈 수가 없다.

퇴근이 늦어 조금 늦게 도착했더니 이미 일행들이 민어회를 먹고 있었다. 다정한 사람들이 회 접시를 내 앞으로 밀어주었다. 한창 기름기가 오른 민어회의 색감이 발그스레했다. 난 민어회를 먹어서 길고 긴 여름을 끝내는 의식에 참가한 사람처럼 두툼한 민어회를 야무지게 먹었다.

일행 중 한 명이 이 집의 오랜 단골이라 서비스 음식들이 계속 나왔다. 분위기가 한창 무르익었을 때 활기찬 직원 아주머니가 돌멍게를 내오셨다. 돌처럼 생겨서 '돌멍게'라는 이름이 붙었다는 짙은 고동색 돌멍게는 흔히 볼 수 있는 껍데기가 빨간 멍게와 달리 몸통도 크고 값도 비싸다.

"이거 좀 드셔 보세요. 때깔 좋죠? 돌멍게예요. 이건 양식도 못해. 그냥 멍게랑은 클래스가 달라, 클래스가."

돌멍게를 설명하는 아주머니의 말과 똑같은 말을 다른 사람의 목소리로 자주 들었었다. 잊고 있었던, 잊으려고 애썼던 기억들이 자꾸만 올라와서 차마 먹을 수가 없었다.

"와, 이 비싼 돌멍게를 지금 서비스로 주시는 거예요?"

일행들은 신이 나서 초장을 듬뿍 찍은 돌멍게를 먹느라 정신이 없었다.

"이야, 정말 달고 맛있네. 근데 수선씨는 왜 안 먹어요?"

나는 애써 표정 관리를 하며 소주만 홀짝거렸다. 일행들이 돌멍게 접시를 다 비워갈 때쯤, 관객들에게 마지막 쇼를 보여주기 직전의 마술사같이 의기양양한 얼굴의 아주머니가 돌멍게 소주를 내오셨다. 커다란 돌멍게 껍데기에 소주를 가득 따르고 칵테일처럼 레몬 슬라이스까지 꽂았다. 고급 리조트에서 내오는 웰컴 드링크라고 하기에도 손색이 없었다. 일행들이 환호하며 박수를 쳤다.

"캬, 멍게잔에서 바다 내음이 나요!"

"그러게. 바닷가에 온 거 같아. 해변에서 폭죽을 펑펑 터뜨리는 기분이야."

"우리 돌멍게잔으로 건배해요!"

모두가 돌멍게 껍데기를 성화처럼 높이 들고 건배했다.

"이 여름의 끝을 위하여! 우리들의 행복을 위하여!"

일행들과 어울리며 웃고 떠들면서 속으론 이렇게 중얼거렸다.

'왜 하고 많은 안주 중에 하필 돌멍게를…… 왜 하필……'

옛 연인과 자주 가던 허름한 포차에서 늘 시키던 안주. 우리가 돌멍게를 시키면 주인장 아저씨는 매번 똑같은 말을 하곤 했다. "이게 그냥 멍게가 아니여. 돌멍게여, 돌멍게. 때깔을 좀 봐." 우린 그 말을 들을 때마다 처음 듣는 것처럼 놀라는 척하며 소주잔을 기울였다. 그날 있었던 소소한 얘기들을 나누며 둘이서 딱 한 병.

그는 내 일기장 같은 사람이었다. 일기를 쓰듯이 그날 하루에 있었던 일들을 말하면, 그는 '참 잘했어요' 도장을 찍어주는 선생님처럼 말했다. "잘했어." "어떻게 그런 이쁜 생각을 했어?" "정말 고생했어." 그에게 조잘조잘 다 얘기하고 나면 완벽하게 하루를 마감한 것 같은 뿌듯한 기분이 들었다. 아무리 시시한 얘기를 해도 잘 들어주고 웃어주던 사람, 늘 잘했다고 나를 토닥이던 사람.

일행들은 배가 부르지만 무조건 매운탕을 먹어야 한다며, 이 집 매운탕 국물이 끝내준다며 마무리로 매운탕을 시켰다. 다들 말 많고 유쾌한 사람들이고 화제도 다양해서 시간 가는 줄을 몰랐다. 나 혼자 돌멍게가 불러온 추억에 빠져 평소보다 말수가 적었다. 선심으로 내준 서비스에 손도 안 대는 내가 마음에 걸렸는지 아주머니가 내 등을 두드리며 말했다.

"왜 좋은 걸 줘도 안 먹어? 그 귀한 돌멍게를. 뭐 다른 것 좀 드려?"

테이블에는 아직 치우지 않은 돌멍게 껍데기들이 쌓여 있었다. 깨끗이 잊었다고 생각했었는데, 돌멍게 앞에 우두커니 앉아만 있는 내가 문득 서러웠다. 괜히 아주머니에게 투정을 부렸다.

"저 원래 멍게 못 먹어요."

뜻밖의 것들이 추억을 불러온다. 돌멍게처럼 갑자기. 언젠가는 책장 정리를 하다가 오래된 책 속에서 그의 흔적을 마주했다. 그가 출장 갈 때면 비행기에서 보라고 내 책을 빌려주곤 했었는데, 책갈피로 쓴 듯한 탑승권이 끼어 있었던 것이다. 이제는 잉크 색깔이 바랜 그의 이름을, 한때 내 일기장이었던 사람의 이름을 가만히 만져 봤다. 책 제목을 보니 더 아련했다. 성석제의 『순정』. 책 제목처럼 순정했던 시간들.

아마 앞으로도 돌멍게를 보면 다른 사람들처럼 즉시 초장에 찍어서 빛의 속도로 먹지는 못할 것이다. 하지만 다음번엔 돌멍게를 보고 어쩔 줄 몰라 바라보기만 하는 대신 싱긋 웃으며 이렇게 말하고 싶다. "오랜만에 먹어봐요. 참 달고 맛있네요."

믿어 가고 전어 온다. 여름 가고 가을 온다. 그리고 새로운 사랑
이 온다.

행복할 의무

．
　．
．

편하게 술 한잔하고 싶을 때 찾는 작은 레스토랑이 있다. 맥앤치즈, 버거, 백립*, 캐서롤** 등 미국 가정식에 맥주와 버번위스키를 파는 'Jinny's on Main(지니스 온 메인)'. 수많은 음식점과 술집들이 밀집한 잠실새내역 먹자골목에 있는데, 상호가 특이해서 눈에 잘 띈다. 미국 음식을 파는 레스토랑이라 그런지 상호도 한글이 아닌 영어로만 쓰여 있다. 번역하자면 '중심에 우뚝 선 지니네 집'.

'지니'는 이 작은 레스토랑의 요리사 이름이다. 미국에서 오랫동안 요리사로 일했던 그녀는 갈 때마다 미국인 친구네 집에 와 있는 것 같은 유쾌한 착각을 느끼게 해준다. 늘 안경을 끼고 있는 단아한 외모의 그녀는 손님이 없을 때면 주방에서 나와 잠시 의

---

* 돼지 등갈비를 구워낸 요리.
** 고기와 야채, 치즈를 듬뿍 넣고 쪄서 냄비째 먹는 미국식 스튜.

자에 앉아 쉰다. 그런 그녀를 두 눈에 하트를 반짝이며 바라보는 덩치 큰 남자는 이 집의 사장님. 중년 커플이 알콩달콩 둘이서 운영하는 식당이다.

난 스트레스가 심할 때 피자나 미트볼 같은 치즈가 듬뿍 들어간 느끼하고 칼로리 높은 음식을 먹는 엽기적인 습관이 있는데, 이 집에 처음 간 날 맥앤치즈를 먹고 그 맛에 반해 단골이 되었다. 버터와 우유, 체다 치즈를 듬뿍 넣고 만든 진한 치즈 소스에 잘 삶은 쫀득쫀득한 마카로니를 넣고 오븐에 익힌 맥앤치즈. 치즈 따위에 위로를 받는다는 게 우습지만, 맥앤치즈를 떠먹고 있다 보면 높은 열량 때문인지 이상하게 기운이 번쩍 난다. (생각해 그렇게 열 받을 일도 아니었는데, 하는 뒤늦은 자각은 늘 접시를 다 비운 후에 찾아온다.)

'미국 음식' 하면 언뜻 '패스트푸드'가 떠오르지만, 이 집 음식들은 대부분 '슬로우 푸드'다. 주방도 좁고 요리사도 한 명인 데다, 오븐에 구운 백립이나 캐서롤 같은 시간이 오래 걸리는 메뉴들이 많다 보니 주문하고 꽤 오래 기다려야 한다. 주방에서 분주하게 움직이는 연인의 뒷모습과 음식을 기다리는 손님들을 번갈아 바라보며 서글서글한 인상의 사장님은 웃는 얼굴로 말한다.

"맥주 한잔하면서 기다리세요. 우리 집 맥주 맛있어요."

사장님은 여러 종류의 버번위스키 병들이 진열된 바 안에서 손님들을 살피며 서 있는데, 음식을 기다리다 사장님과 눈이 마주치면 이런저런 대화를 나누게 된다. 한번은 시원한 생맥주를 쭉 들이키며 바를 지키고 있는 사장님에게 물었다. 커플들에게 물어보는 다소 의례적인 질문이었다.

"두 분은 어떻게 만나셨어요?"

가볍게 던진 질문이었는데, 사장님은 살짝 뜸을 들이다가 진지한 표정으로 말했다.

"그게 말이죠…… 말하자면 긴데…… 제가 몇 년 전까지 혈액암 환자였어요."

예상치 못한 답에 너무 놀란 나머지 목소리를 높여 되물었다.

"네에? 사장님이 혈액암 환자였다구요? 사장님이요?"

사장님은 어깨가 떡 벌어지고 배우 마동석처럼 팔 근육도 커서 언뜻 보기에 야구 선수 같아 보인다. 언제나 활력이 넘치는 그가 불과 몇 년 전까지 암 환자였다는 말을 믿을 수가 없었다.

"저는 원래 광고를 했었어요. 광고 대행사에 다녔고, 그 일을 참 좋아했고, 올해의 광고인 상도 받고 그랬어요. 그러다 참, 믿어지지 않게도, 제가 혈액암이라는 거예요. 처음에는 받아들일 수가 없었어요. 세상을 저주했죠. 다 그만두고 투병 생활을 했어요."

처음 혈액암 판정을 받았을 때, 담당 의사는 그에게 3개월밖에 못 살 거라고 했다고 한다. 한창 치열하게 일하던 인생의 절정에서 3개월 시한부 판정을 받은 그의 심정은 어땠을까? 병원에서 하루하루를 보내던 어느 날 문득, 그는 3개월이 지났다는 걸 알았다. 그때부터 삶이 새롭게 시작된 것 같았고 다시 얻은 삶의 귀한 하루하루를 나누고 싶은 마음에 페이스북을 시작했다고. 그때 페이스북에서 누군가의 신앙 칼럼을 읽으며 커다란 희망을 느꼈는데, 그 칼럼을 쓴 사람이 바로 지니라고 했다. 지금 그의 곁을 지키고 있는, 작은 주방에서 맛난 음식을 뚝딱 만들어내는 바로 그 지니.

"나쁜 일도 좋은 일도 한꺼번에 오는 게 맞나 봐요. 혈액암 판정을 받았을 때는 정말 세상이 끝난 줄 알았는데, 이렇게 건강도 찾고 나이 들어서 사랑하는 사람도 만났잖아요. 전 아주 오랫동안 혼자였거든요. 그러니 수선씨도 좋은 사람 만날 거예요. 저처럼 말이죠."

생각해 보면 별거 아닌 일에 극심한 스트레스를 느끼며 찾아가 음식에 위로받으려 했던 나는 조금 부끄러워져서 말했다.
"사장님 보면서 희망을 얻는 사람들도 많겠어요. 그죠? 제가 봐도 참 대단하고 행복해 보여요."
사장님은 살짝 쑥스러워하며 말했다.
"네, 저를 보며 힘을 낸다는 환우들이 많아서 환우 커뮤니티에

글도 자주 올려요. 그래서 운동도 더 열심히 하고 힘껏 잘살아 보려고 합니다. 새로운 삶을 찾았으니, 행복해야 할 의무도 있는 거 같아서요."

'행복해야 할 의무'라는 말에 순간 눈가가 촉촉해졌다. 행복은 권리이기도 하지만 의무이기도 하다. 특히 누군가에게 '희망의 증거'가 된 사람들에게는 그런 의무가 있다. 희망을 이식하는 가장 좋은 방법은 교육이나 전파가 아니라, 행복하고 건강한 모습을 보여주는 것이다. 그저 힘내서 잘살고 있는 모습을 꾸준히 보여주는 것.

언젠가 모 여대에서 독문학을 가르치고 있는 친한 선배에게 회사 생활이 너무 힘들어서 이런 말을 했다.

"오빠, 나 책방이나 하나 할까? 작은 책방 하면서 저녁에 친한 사람들 모여서 술도 마시고."

늘 나를 어린애 대하듯 하는 선배는 내 이마에 꿀밤을 한 대 때리며 말했다.

"으이구, 이놈아, 책방을 하려면 늙어서 해라. 은퇴하고 나서. 아지트 겸 거기 모여서 술이나 마시자. 넌 말야, 지금의 네 자리를 지키는 것도, 그 자리에서 건재할 것도 의무야. 후배들에게 당당하게 일하는 모습을 보여줘야지. 좋은 말 백 마디 해주는 것보다 있어야 할 자리에 꿋꿋하게 있는 것, 그게 후배들에게 힘이 된다고!"

맥앤치즈에 맥주나 한잔하러 갔다가 그 어떤 명강의를 들은 것보다 많은 것을 배우고 길을 나섰다. 열량 때문인지, 감동 때문인지 찬바람이 불었는데도 춥지 않았다. 뜻밖의 장소에서 새로운 희망을 느꼈다. 허리를 쭉 펴고 걸었다. 그래, 행복하자!

다시 시작하는 이들을 위하여!

.
..
.

얼마 전에 이런 제목의 책을 읽었다. 『90년생이 온다』. 함께 일하는 90년생들을 이해하기 위해 이런 책을 사서 읽는 내 모습에 나도 모르게 웃음이 났다. 아직도 어린 것 같은데, 아직도 해보고 싶은 일들이 넘쳐나는데, 어느새 신세대들을 이해하기 위해 노력해야 하는 '기성세대'의 일원이 되었다니, 세월 참!

나도, 아니 우리도, 한때는 'X세대', 심지어 '신인류'라고 불렸던 새로운 세대였다. 한 신문사가 정의한 한국의 X세대 기준은 70년대 초~80년대 초에 출생해서 90년대에 20대를 보낸 이들이다. 당시의 기성세대들은 우리가 '주위의 눈치를 보지 않는 당돌한 아이들'이라고 생각했으며, 당신들과 달라도 너무 다르다며 고개를 절레절레 흔들었다.

X세대의 키워드는 '나'였고, 386세대들에겐 낯설었던 '개인'

과 '개성'이라는 말이 90년대 대중문화를 관통했다. 1992년 봄에 "난 알아요!"를 외치며 나타난 '서태지와 아이들'은 일시에 대중음악의 흐름을 바꿔놓았다. 랩을 하며 춤을 추는 것 자체가 신선한 충격이었다. 사회 비판적인 가사들도 우리의 심장을 쿵쿵 뛰게 했다. 지금도 90년대의 추억들을 떠올리면 모든 영상에는 서태지와 아이들의 노래들이 배경음악으로 깔려 있다. 최진실의 「질투」로 시작된 트렌디 드라마는 전통적인 가족 드라마 중심의 TV 프로그램을 재편했다. 손지창, 장동건, 김민종, 이영애, 고소영, 김희선, 심은하 같은 빛나는 스타들을 TV만 켜면 볼 수 있었던 시절. 그리고 그때, '톱모델' 박영선이 있었다.

아무리 패션에 관심이 없는 사람이라도, 패션 잡지 한 번 넘겨본 적 없는 사람이라도, 남녀노소 할 것 없이 누구나 박영선을 알았다. 박영선이 등장하기 전엔 그렇게 키가 큰 모델도 없었고, 그렇게 예쁜 모델도 없었고, 그렇게 카리스마 넘치는 모델도 없었다. 그녀는 대중의 사랑을 한 몸에 받으며 모델로, 영화배우로, MC로, CF 스타로 종횡무진 활동했다. 하지만 그녀는 21세기가 시작되기 직전에, 새로운 밀레니엄의 시작을 기다리며 술렁였던 1999년의 어느 날, 절정의 인기를 뒤로한 채 홀연히 연예계를 떠나 미국으로 갔다. 그리고 오랫동안 그녀를 잊고 있었다. 불과 몇 년 전까지. 내게 박영선은 TV에서, 잡지에서, 누군가의 책받침에서 보던 화려한 스타였다. 스크린 안의 세계에 존재하는, 현실의 세계에선 마주칠 일 없는, 나와 아무 관련 없는 연예인. 내가 그녀의 절친이 되리라고는 꿈에도 상상하지 못했다.

2016년 이른 봄, 을지로의 한 고깃집에서 지인들과 저녁 식사가 있었다. 누군가 오늘은 특별한 게스트가 한 명 온다며, 보면 깜짝 놀랄 유명한 모델이라고 했다. 그때까지만 해도 난 누가 오든 딱히 관심이 없었다. 기왕이면 남자 모델이 오면 좋을 텐데 같은 생각을 하며 고기를 뒤집고 있는데 TV 속에서 튀어나온 것 같은, 누가 봐도 눈을 뗄 수 없는 키 크고 멋진 여자가 또각또각 우리 테이블로 다가왔다. 믿어지지 않게도 그녀는 박영선이었다. 타임머신을 타고 90년대로 돌아간 것 같은 초현실적인 상황. "안녕하세요, 박영선입니다." 그녀는 예의 바르게 인사하고 대각선으로 나와 마주 보는 자리에 앉았다. 그날의 모임은 술도 한 종류로 통일하거나 서로 권하지 않고 취향대로 각자 알아서 마시는 '자율 음주'를 표방했다. 소맥도 각자의 황금 비율로 알아서 마시는 완전한 자율. 그래도 게스트가 왔는데 한 잔 권할까 망설이고 있는데, 그녀가 긴 팔을 뻗어 맥주병을 들더니 투명한 글라스에 콸콸콸 맥주를 따르고 연달아 소주 한 잔을 쏟아 부었다. 그러고는 아무렇지도 않게 숟가락을 들더니 글라스에 넣어 바닥을 톡 쳤다. 꽃이 피듯 하얀 거품이 가득 피어올랐다. 인간이 소맥을 만드는 모습이 그렇게 아름다울 수 있다는 걸, 그때 처음 알았다. 내가 그녀에게 반한 건 그녀의 시대였던 90년대가 아니라 바로 그 순간이었다. 그녀의 태도는 소탈하고 겸손했다. 소맥도 자체 제조해서 알아서 마시고, 고기도 잘 먹고, 다른 사람들의 얘기를 참 열심히 들었다. 난 그녀에게 반한 나머지 이렇게 말했다. "언니, 전화번호 좀 알려 주실래요?" 영선 언니와 나의 첫 만남은 그렇게 시작됐다.

영선 언니와 내가 각자의 인생 이력서를 쓴다면, 두 사람의 이력서엔 공통점이 거의 없다. 난 사실 영선 언니를 만나기 전까지 패션쇼도 한 번 본 적이 없었다. 영선 언니도 마찬가지. 친구나 후배들이 모두 모델이나 디자이너, 스타일리스트 같은 패션업계 사람들이지 나 같은 회사원은 주위에 거의 없었다. 그럼에도 불구하고 우린 급속도로 친해졌다. 둘 다 무척 솔직한 성격인 데다, 유머 코드도 잘 맞았다. 서로에 대한 신기함도 컸다. 영선 언니를 알게 된 지 얼마 안 됐을 때, 한번은 그녀를 만나기로 한 레스토랑 앞에 서서 기다리고 있었다. 레스토랑에 주차장이 없는 데다가 발렛파킹도 안 되고 골목도 좁아 혼자 도착하면 당황할 것 같아서 나가 있었는데, 그녀는 골목에 서 있는 나를 보자마자 고맙고 미안해서 어쩔 줄을 몰라 했다. 늘 화려하고 조금은 오만할 것 같은 스타의 모습과는 거리가 멀어도 너무 멀었다. 난 그토록 사소한 일에도 고마워하는 그녀의 모습에 더욱더 그녀를 좋아하게 됐다.

『82년생 김지영』이 한창 화제였을 때, 그 책을 읽은 영선 언니가 말했다.

"수선아, 나 그 책 읽으면서 울었어. 나도 경단녀(경력 단절 여성)잖아."

영선 언니는 연예인으로서 인기의 절정, 직업인으로서 커리어의 정상에서 모든 걸 내려놓고 미국으로 떠났다. 어린 나이에 데뷔해서 쉬는 날 하루 없이 일하면서 힘에 부쳤다고, 그저 좀 쉬고 싶었다고 했다. 그 마음 너무 이해된다. 미국에서 그녀는 결혼을 했고, 반듯하고 훌륭한 한 소년의 엄마가 됐다. 결혼 생활을 정리하고 한국으로 돌아올 때까지 그녀는 연예계를 완전히 떠나 오직 아내로서, 엄마로서, 주부로서 살았다고 했다.

"머리 하나로 질끈 묶고 운동화 신고 학교 앞에 애 데리러 가면, 가끔 엄마들이 나한테 키가 정말 크다며 모델 같다고 하더라고."

난 언니의 말을 들으며 웃다가 울다가를 반복했다. 태어나서 들어본 가장 진솔한 '독후감'이었다.

누군가 말했다. 한국에서 '톱모델'은 박영선 때문에 생긴 말이라고. 시대의 아이콘이었던 그녀도 10년 넘는 공백, 경력 단절을 극복하는 건 쉬운 일이 아니었다. 그녀는 비중에 관계없이 어떤 역할을 맡으나 신인의 자세로 돌아가 최선을 다했다. 패션쇼 리

허설엔 한참 어린 후배들보다 먼저 나가 연습했다.

"예전엔 몰랐었는데 일이 있다는, 일을 한다는 자체가 얼마나 감사한 건지를 이제야 알았어. 나 철이 참 늦게 들었지?"

영선 언니가 MC를 맡은 한 모델 선발대회에 가본 적이 있다. 예상보다 행사가 무척 길었다. 참가자들의 무대뿐만 아니라 각종 축하 공연, 협찬사들의 패션쇼들이 연달아 계속됐다. 시상식은 또 왜 그렇게 긴지 수많은 시상자와 수상자들이 나란히 서서 사진을 찍는 데만도 한참이 걸렸다. 난 가만히 앉아 있는 것도 힘들었는데, 영선 언니는 미세한 흔들림도 없이 꼿꼿하게 서서 프로답게 쇼 전체의 분위기를 끌고 갔다. 몇 시간 동안 불편한 드레스에 높은 힐을 신고 서 있으면 허리도 발도 아플 것 같은데 태도나 표정에 일체의 흐트러짐이 없었다. 저녁 7시 30분까지로 예정되었던 행사는 8시 30분이 되어서야 끝났다. 드디어 긴 행사가 끝나고 편한 옷으로 갈아입은 언니와 기다림과 배고픔에 지친 나는 뜨끈한 국물을 먹자며 자주 가는 백반집에 갔다. 언제나처럼 누룽지 백반 2인분에 계란말이, 가자미 구이, 스팸 구이(스팸은 나만 먹는다)를 시켰다. 행사가 끝나고 긴장이 풀린 채 피로가 뚝뚝 떨어지는 언니를 보며 말했다.

"언니, 도대체 몇 시간을 서 있었던 거야? 5시부터 계속 서 있었던 거야?"

언니는 살짝 잠긴 목소리로 대답했다.

"아니, 3시부터. 리허설도 하잖아."

누룽지 백반이 나왔을 때, 난 언니의 손에 수저를 쥐여 주며 말했다.

"언니, 좀 먹어."

힘내라는 말보다, 수고했다는 말보다, 난 이 말이 좋다. 그날따라 누룽지 국물은 누군가 나를 위해 받아놓은 목욕물처럼 참 다정하고 뜨끈했다.

영선 언니랑 같이 다니다 보면 수줍게 다가와 팬이라며 인사하는 사람들을 자주 본다. 식당이나 술집에서 서비스를 주기도 하고, 간혹 주방에서 뛰쳐나와 같이 사진을 찍자는 요리사들도 있다. 하지만 90년대생들은 톱모델 박영선을 모른다. 그녀가 한창 활동했던 시절에 갓 태어난 아기들이었으니. 많은 경우 뭔가를 새로 시작하는 것보다 다시 시작하는 게 더 어렵다. 몇 달 쉬었던 운동을, 손 놓고 있던 외국어를, 이별 후에 연애를 다시 시작하는 것도 어려운데, 오랜 기간의 공백을 극복하고 다시 일을 시작한다는 건 얼마나 어렵고 두렵고 외로운 일일까? 내가 영선 언니를 좋아하는 건 단순한 팬심 때문이 아니다. 작은 일 하나하나에 최선을 다하는, 자신에게 찾아온 모든 기회와 인연들에 감사하는, 순간순간에 집중하는 그녀를 가까이서 보면 화려한 연예인에 대한 선망이 아닌 직업인으로서의 경외심이 느껴진다.

『82년생 김지영』을 읽고 "나도 경단녀잖아"라고 말했던 우리들의 톱모델은 오늘도 열심히 다이어트를 하고 운동을 하며 스스로를 단련한다. 우리들의 영원한 톱모델 박영선은 그녀의 아이에게, 그리고 오래 기다려준 팬들에게 열심히 일하는 모습을 보여주고 싶어 한다. 영선 언니의 제2의 전성기를 열렬히 응원한다. 다시 시작하는 이들을 위하여!

3장

이제 조금 알 것 같기도 하고

사소하지만 강력한 습관

∴

자기계발서를 좋아하지 않는다. 막상 읽어보면 "아침에 일찍 일어나라!" 같은 알지만 못하는 뻔한 내용인데, '명령어'로 뭘 하라고 지시하는 말투가 싫다. 협박도 한다. "선택해라! 변화할 것인지, 지금처럼 살면서 파멸할 것인지!" 노력해도 안 되는 일들도 많은데 "네 인생 다 네가 하기에 달렸으니 죽기 살기로 노력해라!" 이런 가르침을 돈까지 내고 읽기는 싫다. 그럼에도 불구하고, 자기계발서를 가끔 읽는다. 슬럼프가 올 것 같은 경고 신호가 올 때, 자꾸 기분이 처질 때, 이상하게 무기력해질 때 한 번씩 읽으면 자극이 된다. 하긴 뭐, 인생에 몰라서 못하는 일들은 거의 없다. 사랑해라, 사소한 일에 목숨 걸지 말아라, 자존감을 가져라, 중요한 일을 먼저 해라, 저축해라…… 우리 모두 알고 있다. 안 하고 못하고 미룰 뿐. 우리에게는 자극이 필요하다.

내가 읽은 최고의 자기계발서는 팀 페리스의 『타이탄의 도구들』이다. 책 자체의 완성도나 콘텐츠의 가치를 말하기에 앞서, 내게 가장 실질적인 도움을 준 책이다. 팟캐스트를 즐겨 듣는 사람들은 아마도 팀 페리스를 알 것이다. 그가 자신의 이름을 걸고 진행하는 「팀 페리스 쇼The Tim Ferriss Show」는 팟캐스트 비즈니스 분야 부동의 1위다. 팀 페리스는 이 방송을 3년 넘게 진행하며 다양한 분야에서 '세계에서 가장 성공한 사람'들을 인터뷰했다. 그동안 그가 만난 사람들은 알랭 드 보통, 세스 고딘, 말콤 글래드웰, 파울로 코엘료 같은 세계적인 작가들부터 구글, 픽사, 페이팔, 넷플릭스 같은 혁신적인 기업의 CEO들까지 300명이 넘는다. 이렇게 이름만 들어도 유명한 사람들을 만나 그들의 성공 스토리를 듣고 공통점을 뽑아 정리한 것이 바로 이 책이다. '세계에서 가장 성공한 사람'들이 매일 실천하는 것은 무엇인가?

300페이지가 넘는 이 책에는 세계 최고들의 생활 습관 및 가르침들이 너무 많이 소개되어 있어서 다 따라 할 수는 없지만, 그 중 내가 갖게 된 작은 습관 하나가 있다. 사소하지만 강력한 습관, '일어나자마자 잠자리 정리하기'.

2011년 토론토에서 열린 한 지식포럼 행사에서 단다파니 Danadapani라는 이름의 영성 높은 승려를 만난 적 있다. 당시 나는 매우 힘든 날들을 보내고 있었다. 모든 에너지가 백만 개의 방향으로 1밀리미터씩 흘러나가는 듯한 기분이었다. 그런 내게 그는 말했다. "삶의 기초가 흔들린다고 생각될 때는 우선 잠자리부터 정리해보세요."

_『타이탄의 도구들』| 팀 페리스 | 토네이도 | 2017

이 책에서는 아침에 일어나 잠자리를 정리하는 데 3분이면 된다고 하지만, 실제로는 1분도 걸리지 않는다. 아침에 일어나 잠자리를 정리하는 건 당연히 해야 할 일이지만, 부끄럽게도 안 한 적이 많았다. 늦잠을 자면 침대에서 몸만 빠져나와 출근 준비를 하기에 바빴다. 침대도 정리하지 않고 급하게 뛰어나가 하루를 시작하면 하루 종일 정신이 없었다. 별로 한 일도 없는데 마음만 바빴다. 이 책을 읽고 일어나자마자 침대를 정리해보니 한결 기분도 좋아지고 하루를 침착하게 시작하게 됐다. 1분도 안 걸리지만 강력한 효과!

이 책은 세계 최고들의 공통된 습관 중 하나로 그들 대부분이 아침을 굶거나 아주 조금 먹는다는 말도 한다. 이건 나에게도 해당되는 습관이라 읽으면서 기분이 좋았다. 나의 아침 식사는 아메리카노 한 잔. 매일 출근하는 길에 사무실 바로 옆에 있는 커피빈에서 아메리카노를 사는데, 오전 10시 전에 음료를 주문하면

베이글이나 머핀 같은 빵 메뉴가 단돈 천 원이다. (10시가 지나면 원래의 가격대로 3천 원~3천5백 원을 받는다.) 난 아침부터 빵을 먹지는 않지만, 천 원에 살 수 있는 기회를 놓치는 게 아까워서 매번 빵을 사서 임신 중인 후배에게 준다. 사무실에 들어가서 빵이 든 종이봉투를 건네면 솔솔 나는 빵 냄새에 후배가 방긋 웃는다. "오늘도 감사해요!"

아침을 잘 시작하는 것이 얼마나 중요한지 우리 모두 알고 있다. 알면서 못할 뿐. 매일 새벽 5시에 일어나 운동을 한다거나, 아침 6시에 외국어 학원에 다니는 것 같은 일은 내게 무리다. (아침 6시에 시작하는 일본어 강좌를 신청했다가 한 번도 안 간 적도 있다. 아, 대한민국 학원 산업의 발전에 기여한 나의 피 같은 돈이여!) 사람마다 생체 리듬이라는 게 있는데 안 되는 일에 억지 노력을 하면 스트레스만 받는다. 하지만 아침에 일어나서 잠자리를 정리하는 건 누구나 할 수 있다. 단 1분! "고작 아침에 일어나자마자 침대를 정리하는 게 그 두꺼운 책을 읽고 배웠다는 거냐?"라고 말하는 사람도 있겠지만, 내게는 사소하지만 강력한 습관이다.

여러 번 사업에 크게 실패했지만 그 모든 시련을 극복하고 결국은 성공한 한 사업가가 말했다.

"어떤 상황에서나 하루 세 번, 3분 동안 이를 닦았습니다."

어떤 상황에서나 할 수 있는 일을 '규칙적으로' 한다는 것은 매우 중요하다. 내 힘으로 제어할 수 있는 일은 당장 내 몸을 움직여서 할 수 있는 일밖에 없다. 잠자리를 정리하거나, 이를 닦거나, 스트레칭을 하거나, 윗몸 일으키기를 하거나. 생각할 시간에 일단 하는 것이 중요하다. Just do it!

연탄불의 속성

．
．
．

어느 봄, 정선을 여행하던 중에 우연히 눈에 띈 고깃집에 가게 되었다. 숯불이 아니라 연탄불로 고기를 굽는 곳이었다. 정선, 태백 일대에는 '연탄구이'집들이 많다. 석탄 산지의 특성상 흔한 연탄으로 고기를 구워 먹었고, 그 기억이 추억으로 남아 아직 연탄불을 쓰는 집이 많은 게 아닐까 추측하며 식당을 천천히 둘러봤다. 긴 복도에는 탄광에서 일하는 광부들의 모습이 담긴 흑백사진들이 가득 걸려 있었고, 방 이름도 여느 식당들처럼 1호실, 2호실, 3호실이 아니라 500갱, 600갱, 700갱이었다. 암호같이 느껴져서 물어보니 500갱은 500미터 갱도라고 했다. 지하 500미터 갱도. 그 깊이가 상상조차 되지 않았다. 숨이나 제대로 쉴 수 있었을까? 지하 500미터, 그 컴컴한 곳에서 땀 흘리며 석탄을 캐고 밥도 먹었을 광부들을 생각하니, 그들의 사진을 보며 고기를 먹는다는 게 미안하게 느껴졌다.

우리가 앉았던 홀에는 연탄을 넣을 수 있도록 가운데가 아래로 둥그렇게 파인 원형 테이블이 몇 개 있었다. 자리를 잡고 앉으니 금세 젊은 직원이 불이 잘 붙은 연탄을 가지고 왔다. 연탄불에 고기를 구워본 건 처음이었다. 회사 생활의 내공은 삼겹살 굽는 실력과 비례한다는 말처럼, 나도 고기는 꽤 굽는다고 자신했는데 연탄불은 여간 어려운 게 아니었다. 버너처럼 불 세기를 조절할 수 있는 것도 아니고, 숯불처럼 은은하게 타는 것도 아니고, "어서와, 연탄불은 처음이지?" 하며 놀리는 기세로 엄청난 순간 화력을 자랑했다. 불판도 격자무늬의 사각 석쇠였기 때문에, 연탄구멍에서 치솟아 오르는 시뻘건 불길이 그대로 보여서 무섭기까지 했다. 잠시라도 집중하지 않으면 고기가 새까매졌다. 그렇다고 고기가 탈까 봐 자주 뒤집으면 육즙 다 빠진 베이컨처럼 드라이해져서 고기를 불판에 몇 점만 올리고 금방 뒤집어서 잽싸게 먹어야 했다. 태백 지역의 한우가 육질이 단단하고 맛있다더니, 굽기가 어려워서 그렇지 고기는 육즙도 많고 맛있었다.

식사를 마치고 나오는 길에 계산을 하며 말했다.
"잘 먹었습니다. 그런데 굽는 게 너무 어려웠어요."
연탄불을 날랐던 젊은 직원이 대답했다.
"그렇죠? 쉽지 않아요. 연탄불의 속성을 알아야 해요."
순간 내 귀를 의심했다. 이것이 정녕 젊은 고깃집 직원과의 대화란 말인가? 저 깊은 산속의 승려가 들려주는 우문현답 같았다.

"자네는 불의 속성을 알아야 한다네."

연탄불의 속성······ 숙소로 돌아가는 길에 몇 번을 되뇌었다. 속성, 속성······

그렇다. 세차게 타오르는 연탄불에 고기를 태우지 않고 잘 굽기 위해서는 연탄불의 속성을 알아야 한다. 숯불에 굽듯이 뜸을 들였다가는, 잠시 한눈을 팔았다가는, 카톡에 답이라도 한 번 했다가는 다 타버린다. 잠이 오지 않았다. 자꾸만 고깃집 직원의 말이 떠올랐다. "연탄불의 속성을 알아야 해요." 내가 알아야 하는 건, 알아야 했던 건, 아마도 연탄불의 속성만은 아니었을 것이다.

누군가를 사랑할 때는 상대방의 속성을 알아야 한다. 타고난 속성과 기질은 변하지 않는다. 그건 노력의 문제가 아니다. 연탄불이 빨리 탈 수밖에 없는 것처럼 그건 물리적 속성의 문제다. 상대방의 속성을 이해하지 못하고, 또는 알면서도 애써 외면하고, 상대방을 닦달하고 원망할 때 그 관계는 깨질 수밖에 없다. 유감스럽게도 연애는 내 마음을 다해 불을 활활 피운다고 되는 일이 아니다.

"사랑한다면서 그것도 못해줘? 그게 사랑이야?"

"왜 남들 다 하는 걸 못해? 그게 뭐가 어려워?"

"왜 그렇게 힘든 일만 골라서 해? 편하고 안정적인 일도 많잖
아."

"왜 그렇게 혼자 있는 걸 좋아해? 내가 보고 싶지도 않아?"

"왜 무슨 일만 있으면 피하고 봐? 생각할 시간은 너만 필요
해?"

아무리 사랑해도 할 수 없는 일들이 있다. 물리적 속성은 바뀌
지 않는다. 비수용성 물질을 물에 넣고 밤새 휘저어도 녹지 않는
다. 그런데 나는 어리석게도 그런 부질없는 노력들을 많이 했다.
밤새 녹지 않는 물질을 바라보며 한탄하는 안쓰러운 연구원처럼.

"다음에 한 번 더 오세요. 제가 잘 굽는 법을 가르쳐 드릴게요."

연탄불을 날랐던 정선 고깃집의 현자賢者가 말했다. 함백산에 야
생화가 활짝 피는 계절에 다시 한 번 가보고 싶다. 요식업 종사자
인 친구에게 연탄불에 고기 굽는 게 어려웠다는 말을 했다가 이
런 명언을 들었다. "고기 잘 굽는 사람은 불 탓을 하지 않는다."

한 번 더 가면 잘 구울 수 있을 것 같다.

태백에 가는 일을 좋아한다

.
.
.

"막장이라는 말, 안 썼으면 좋겠어. 우리 아빠는 막장에서 일하셨거든."

아무런 개연성 없이 등장인물이 다 죽어버리는 드라마를 보며 '막장'이라고 욕하고 있을 때, 혼자 조용히 듣고 있던 친구가 단호한 목소리로 말했다. 그 친구의 고향은 태백이고, 아버지의 직업은 광부였다. 별생각 없이 드라마 얘기를 하며 떠들다가 가슴이 덜컹 내려앉았다. '막장'은 탄광의 맨 끝, 갱도의 막다른 곳이다. 친구의 아버지는 그 깊고 컴컴하고 위험한 곳에서 온몸에 탄가루를 묻혀가며 곡괭이를 휘둘러 석탄을 캤을 것이다. 그리고 그 석탄은 친구의 밥이 되고, 옷이 되고, 공책이 되고, 동화책이 되었을 것이다. 난 너무 미안해서 더 이상 말을 잇지 못했다.

어렸을 때 친구는 아빠가 출근하실 때마다 따라 나가서 "오늘도 무사히!"라고 말하며 손을 흔들었다고 했다. 뜻 모르는 말을 외치며 손을 흔들었을 어린아이와 가족들에게 뒷모습을 보이며 캄캄한 작업 현장으로 떠났을 아버지들을 생각하니 가슴이 먹먹했다. 위험한 일이었지만 1970~80년대 태백은 '개도 만 원짜리를 물고 다닌다'는 말이 있을 정도로 석탄산업 황금기였다. 일자리를 찾아 전국 각지에서 인구가 유입되었고, 바람에 석탄 가루가 날려도 아낙네들은 마냥 행복했다고 한다. 석탄이 곧 돈이었으니까. 친구에게 유년 시절의 이야기를 들으니 태백에 가보고 싶어졌다.

연휴를 몇 주 앞둔 5월의 어느 날, 나는 박준 시인의 산문집 『운다고 달라지는 일은 없겠지만』을 읽고 있었다. 시인은 태백에 가는 일을 좋아한다고 했다. 연휴에 어딜 갈까 고민하던 나도 태백에 가야겠다고 생각했다. 나의 여행은 이처럼 대체로 즉흥적이다.

태백에 도착해 여기저기 둘러보니 영원한 것은 없다는 것을 증명이라도 하듯 빈집들이 많았다. 80년대 들어 석탄산업이 쇠퇴하면서 광부들은 일자리를 잃었고, 담장 밖으로 어린아이들의 웃음소리가 넘쳐흘렀던 집들은 하나둘씩 텅 비어 갔다. 젊은 광부들의 땀 냄새와 열기가 가득했을 탄광은 이제 '철암탄광역사촌'이라는 이름으로 남아 탄광의 지나간 영화를 보여주고 있다.

태백에 가면 꼭 먹어야 할 음식으로 꼽히는 첫 번째가 '물닭갈비'다. 고추장 양념에 재운 닭고기와 채소를 구워 먹는 춘천 닭갈비와 달리, 태백의 물닭갈비는 육수에 닭고기와 채소를 넣고 얼큰하게 끓여 먹는 국물 음식이다. 아마도 하루 종일 탄가루를 마신 광부들에게는 국물이 필요했을 것이다. 힘든 하루를 마치고 허름한 식당에 둘러 앉아 칼칼한 국물을 떠먹어가며 소주를 마셨을 광부들이 떠올랐다. 물닭갈비 맛이 궁금하기는 했지만, 내가 선택한 건 쫄면이었다. 태백 출신의 친구가 어렸을 때의 제일 행복했던 기억이 엄마와 목욕탕에 갔다가 집으로 돌아가는 길에 먹었던 쫄면이라고 했기 때문이다. 그녀는 프랜차이즈 분식집에서 쫄면을 먹는 친구들을 가엾다는 듯이 바라보며 말하곤 했다.

"맛있는 쫄면을 먹으려면 태백에 가야 해. 이건 쫄면이 아니야."

친구가 몇 번씩이나 힘주어 말했었지만 대단한 기대는 없었다. 어렸을 때의 기억은 미화되기 마련이니까. 내게 쫄면은 김밥, 라볶이, 순대, 떡볶이와 함께 선택장애를 유발하는 분식 메뉴 중 하나였을 뿐이다. 그런데 그날 태백에서 쫄면에 대한 나의 고정관념은 산산이 깨지고 말았다.

5월 중순인데도 쌀쌀했던 태백 시내를 걸어 친구가 얘기했던 '맛나분식' 앞에 도착했을 때, 길게 늘어선 줄을 보고 놀랐다. 시간은 오후 2시. 밥때도 지난 시간인데 열 명 넘게 줄을 서 있었다.

알고 보니 얼마 전에 그 분식집 사장님이 「생활의 달인」이라는 TV 프로에 '쫄면 달인'으로 나왔었다고. 30분 넘게 기다려 가게 안에 들어갔을 때, 또 한 번 놀랐다. 의자가 없었다. 삼겹살집처럼 신발 벗고 들어가 양반다리를 하고 먹는 분식집은 처음이었다. 가게도 작아서 상을 몇 개 펼쳐놓고 다함께 모여 앉아 밥을 먹는 명절 풍경 같았다.

　오랜 기다림 끝에 드디어 쫄면이 나왔을 때, 또 한 번 놀라고 말았다. 이번에는 쫄면의 비주얼에. 쫄면에 콩나물이 없었다. 쫄면을 그다지 좋아하지 않던 이유가 너무 질기거나 비린내가 나는 콩나물 때문이었다. 태백의 쫄면에는 콩나물 대신 채 썬 양배추가 가득 올려져 있었다. 양념장도 고추장에 식초, 설탕을 쏟아부은 그런 통속적인 색깔이 아니었다. 고추장 대신 질 좋은 고춧가루를 쓴 것 같았다. 면도 코팅한 칼국수면처럼 넓적했다. 쫄면을 비비며 설레기 시작했다. 끈적거리지 않고 쓱쓱, 시원시원하게 비벼졌다. 드디어 한입, 먹고 놀라서 잠시 침묵. 알고 있던 쫄면 맛이 아니었다. 매운 듯하다가도 새콤달콤하고, 단 듯하지만 절제된 맛. '도대체 이게 무슨 맛이지?' 하며 몇 입 먹다 보니 한 그릇을 깨끗이 다 비우고 말았다.

　태백을 떠나 삼척에 가서도, 강원도 여행 내내, 서울에 돌아와서도 그 집 쫄면이 계속 생각났다. 가게 앞에 붙어 있던 「생활의 달인」 출연 포스터가 떠올라서 궁금함을 못 참고 유료로 '다시 보기'를 했다. 놀라웠다. 쫄면 양념장 하나를 만드는 데 밤새 대파로 진액을 내고, 옥수수랑 곶감으로 죽을 만들고, 심지어 황태로 육수를 우렸다. 무슨 신성한 의식을 치르는 것 같았다. 수고도 그런 수고가 없었다. 6천 원짜리 쫄면 한 그릇에 그토록 긴 시간과 정성을 들이다니…… 뭔가 뭉클하면서도 부끄럽고, 감탄을 연발하면서도 겸연쩍었다.

흔한, 그렇고 그런 쫄면을 만드는 건 너무나 쉽고 간단하다. 쫄면의 면도 양념장도 파는 걸 사다가 쓰면 된다. 면을 삶아서 건지고, 찬물에 헹궈서 물기를 빼 접시에 담고, 고명으로 데친 콩나물, 채 썬 오이, 상추, 양배추 등의 채소와 삶은 계란 반쪽을 올리고 양념장을 부어 내면 끝이다. 그래서 대부분의 분식집들은 쫄면 맛이 거기서 거기다. 어떻게 쫄면을 만들면서 황태로 육수를 낼 생각까지 했을까? 세상에 넘쳐나는 평범한 것들이 다른 것들과 다를 때, 누군가의 손이 닿으면 남들이 한 것과 달라질 때, 언제나 거기에는 치열한 고민과 엄청난 시간 투입, 상상을 불허하는 정성이 있는 것 같다.

지금도 쫄면이 먹고 싶을 땐 태백의 쫄면이 가장 먼저 생각난다. 겨울이 오기 전에 한 번 더 태백에 가고 싶다. 태백은 바람이

찬 곳이니까 긴 목도리를 몇 번씩 둘러매고 겨울 코트도 미리 꺼내 입을 것이다. 양반다리를 하고 앉아 쫄면을 기다리며 첫눈이 언제 올까, 그런 얘기를 하고 싶다. 그리고 쫄면을 먹으며 마음속으로 이런 다짐을 하고 싶다. 소소한 일도 영혼 없이 하지 않겠다는, 한여름의 자외선보다 매너리즘을 더 철저히 차단하겠다는, 크고 작은 모든 일들을 진심으로 대하겠다는.

나도 태백에 가는 일을 좋아한다.

결국은 나의 문제

•
•
•

성룡의 자서전 『성룡: 철들기도 전에 늙었노라』를 매우 흥미롭게 읽었다. 600페이지가 넘는 두꺼운 책인데 지하철에 앉아서 읽다가 내려야 할 역을 지나치기도 했다. 책장을 넘기며 성룡의 솔직함에 놀랐다. 자서전의 경우 자신을 미화시키거나 자기중심적인 기억으로 과거를 왜곡시키는 사람들이 많은데, 성룡은 지나칠 만큼 솔직했다. 배우지 못한 게 부끄럽다며 한자를 잘 몰라서 팬들이 사인에 자기 이름을 써달라고 하면 부수를 알려주며 설명해줘도 알아듣지 못했다는 고백도 했다.

솔직함도 능력이고 태도라고 생각한다. 당당하니까 솔직할 수 있다. 돈 있는 척, 개념 있는 척, 착한 척…… 아무것도 할 필요가 없는 거다. 성룡은 이 책에서 젊은 날의 자신이 얼마나 옹졸하고 어리석었는지, 사랑하는 사람에게 얼마나 못되게 굴었는지 고백

한다. 그가 들려주는 수많은 이야기 중 가장 인상적이었던 건 지금은 세상을 떠난, 옛 연인 등려군과의 식사를 회상하는 대목이다. 의리의 상징이자 대인배로 알려진 전 세계 영화인들의 '따거' 성룡도 한때는 참 어리고 찌질했다.

〈첨밀밀〉이라는 노래로 국내에서도 잘 알려진 대만 최고의 가수 등려군. 그녀가 성룡의 연인이었다는 건 이 책을 통해 알게 되었다. 성룡은 등려군을 만날 때마다 동료나 후배들을 우르르 몰고 갔다고 한다. (이런 남자들 꼭 있다. 데이트를 회식으로 만드는 남자들.) 한번은 둘이서 조용히 데이트를 하고 싶었던 등려군이 미리 예약해둔 프렌치 레스토랑으로 성룡을 데려갔다. 하지만 메뉴도 볼 줄 모르고 와인도 주문할 줄 몰랐던 성룡은 부아가 나서 심술을 부렸다. 그녀가 와인을 시키자고 하면 맥주를 시키고, 스테이크는 미디엄이 좋겠다고 하면 웰던으로 해달라고 하고, 수프는 일부러 그릇째 들고 마셨다. 그것도 모자라 스테이크를 자르지도 않고 덩어리째 우적우적 씹어 먹었다. 족히 세 시간은 걸리는 프렌치 레스토랑의 '풀코스'를 성룡은 30분도 안 돼 격파해버렸다. 그렇게 식사를, 데이트를 다 망쳐놓고도 분을 삭이지 못한 성룡은 레스토랑에서 나오며 그녀에게 말했다. "다시는 이런 맛없는 거 먹자고 하지 마."

성룡은 자신의 치기를 후회하며 이렇게 고백한다.

나의 그런 괴팍한 행동은 사실 마음 깊숙한 곳의 열등감 때문이었다. 나는 어릴 적부터 부잣집 아이들에게 무시당하고 희극학원에서 10년 동안 가난과 고된 훈련에 짓눌려 살았으며 사회에 첫발을 들여놓은 뒤에도 밑바닥 생활을 했다. 그러면서 돈 많고 권세를 가진 사람들이 남을 깔보는 행동에 대해 증오심을 품고 있었다. 그들이 지위를 뽐내며 도도하게 행동할수록 나는 일부러 더 어깃장을 부렸다. 그런 뒤틀린 자격지심이 등려군을 향한 애먼 화풀이로 표출되었던 것이다.

『성룡: 철들기도 전에 늙었노라』 | 성룡 | 쌤앤파커스 | 2016

젊은 날의 등려군은 연인에게서 큰 상처를 받았을 것이다. 남들에게는 호인인 저 남자가 내겐 왜 그러는 걸까? 내가 뭘 잘못한 걸까? 내 어떤 점이 그의 성질을 돋우는 걸까? 답이 없는 질문들을 거듭하며 자기 자신을 괴롭히고 또 괴롭혔을 것이다.

착한 사람들은 뭐가 잘못되면 다 나 때문이라고 생각하는 경향이 있다. 내가 또 뭘 잘못했을까 전전긍긍한다. 누군가 내게 못되게 굴면 머리를 쥐어뜯으며 자학하고 괴로워한다. 하지만 누군가에게 못되게 굴 때, 그건 대부분 누가 잘못했기 때문이 아니라 나 자신의 문제 때문이다. 나 자신의 분노, 나 자신의 콤플렉스, 나 자신의 욕구불만, 나 자신의 결핍, 좌절, 불안…… 결국은 나의 문제.

성룡이 등려군에게 못되게 굴었던 것처럼, 사람들은 자신의 문제로 주변 사람 또는 만만한 상대에게 화풀이를 한다. 그러니 누가 나에게 못되게 굴 때, 나에게서 이유를 찾으며 괴로워하는 대신 거리를 두고 바라볼 줄 알아야 한다. 저 사람은 왜 저러는 걸까? 개선의 여지가 없다고 판단되면 그런 관계는 싹둑 잘라버리는 게 좋다.

두 명이서 코스 요리를 먹을 때는 두 명이 음식을 다 먹어야 다음 요리가 나온다. 성룡이 성질부리듯 음식을 해치우는 걸 보면서 등려군이 제대로 된 식사를 했을 리 없다. 그녀는 자기도 다 먹었다며 거의 손도 대지 않은 접시를 치우게 했다. 그 배려 없는 식사에서 등려군은 마음만 다친 게 아니라 배도 고팠을 거다.

결국 등려군은 성룡과 헤어졌다. 그리고 이별 선물로 그에게 카세트테이프를 하나 보냈다. 거기에는 그녀의 노래 〈니즘마셜(你怎麼說, 내 사랑을 내게 돌려주세요)〉이 들어 있었다. 가사가 애처롭다.

"당신 마음속엔 내가 없어요. 내 사랑을 내게 돌려주세요."

잘 헤어졌다. 내게 함부로 대하는 사람을 만날 이유도, 여유

도, 시간도 없다. 좋아했던 드라마 「판타스틱」에는 이런 대사가
나온다.

"누구도 당신을 함부로 대하는 걸 용납하지 마세요. 당신은 세
상에서 가장 소중한 사람이니까요."

사랑한다는 말로도 위로가 되지 않는

∴

외로움과 사랑을 구분하기 힘들 때가 있다. 외롭고 힘들 때 나타
난 누군가에게 느끼는 애매한 감정과 기대고 싶은 마음이 사랑일
까? 아니면 그저 옆에 있어 줄 누군가가 필요했던 걸까? 내 마음
인데, 내 감정인데 그 실체를 알기가 힘들다.

배고픔도 그렇다. 육체적 허기와 정서적 허기는 쉽게 구분되지
않는다. 우울해서 먹는 건지, 외로워서 먹는 건지, 정말 배가 고
파서 먹는 건지. 당신이 지금 느끼는 허기가 진짜 배고픔이 맞는
지를 알 수 있는 테스트가 있다. 이름하여 '브로콜리 테스트'. 지
금 당장 브로콜리라도 먹고 싶다면 당신은 정말 배가 고픈 거다.
브로콜리 따위는 먹기 싫다면, 브로콜리를 먹기 위해 마요네즈나
초고추장이 있어야만 한다면 당신은 진짜 배가 고픈 게 아니다.

언젠가 소개팅을 하고 들어와 혼자서 '불닭'을 시켜 먹은 적이 있다. 꽃샘추위가 기승을 부리던 3월이었지만, 모처럼의 소개팅이라 얇고 하늘하늘한 봄옷을 차려입고 꽤 오래 거울 앞에 앉아 꼼꼼하게 화장도 했다. 새로 산 하이힐도 신었는데, 나가자마자 추적추적 비가 내렸다. 길도 미끄럽고, 으슬으슬 추웠다. 비가 와서 차도 많이 밀렸다. 예감이 좋지 않았다. 그리고 예감은 틀리지 않았다.

소개팅남은 '좋은 사람'이었다. 나랑 맞지 않을 뿐. 매사에 진지하고 진중하며 조심스러운 사람 같았다. 책을 읽을 때 밑줄도 자를 대고 그을 것 같은. 약속 장소는 그가 자주 간다는 프렌치 레스토랑이었는데, 그는 친절하게 메뉴를 하나하나 설명해줬다. 프랑스 유학생 출신인 그는 프랑스 음식과 식문화에 대해 흥분해서 강의하는 젊은 강사처럼 쉬지 않고 말했다. 열심히 들으려고 최선을 다해 노력했지만 지루함을 참기 힘들었고, 음식들은 대체로 느끼했다. 비도 오는데 어서 나가서 소주나 한잔 하고 싶은 마음이 굴뚝같았다. 이렇게 또 이번 봄도 가버리는 걸까? 이러다 혼자 늙어버리면 어쩌지? 같은 불안함이 스멀스멀 올라오며 자꾸만 우울해졌다. 실컷 멋을 부리고 나왔는데 춥기만 했다. 소개팅남과 헤어지고 집에 들어왔는데, 이상하게 허기가 졌다. 애피타이저부터 디저트까지 다 먹고 배가 터질 것 같은데, 분명히 배가 부른

게 맞는데, 평소에 좋아하지도 않는 매운 불닭이 땡겼다. 미친 듯이 매운 불닭이 먹고 싶었다. 그렇게 난 밤 11시에 불닭을 시켜서 혼자 허겁지겁 먹고 말았다.

그때 누가 내게 브로콜리를 먹겠냐고 물어봤다면, 살짝 데친 브로콜리를 건넸다면, 아마도 난 화를 냈을 거다. 난 배가 고프지 않았으니까. 내게 필요했던 건 음식이 주는 즉각적인 위로였을 뿐이니까. 우울하거나 외로울 때 떠오르는 음식들은 대체로 맵거나 느끼하거나 달고 짠 자극적인 것들이다. 불닭, 떡볶이, 마라탕, 치킨, 피자, 햄버거, 핫초코…… 아마도 우울할 때 저지방 우유와 샐러드가 참을 수 없을 만큼 먹고 싶은 사람은 없을 거다.

왜 하고많은 채소 가운데 가짜 배고픔 테스트를 '브로콜리'로 하는지 모르겠다. 먹고 싶지는 않지만 브로콜리에게 미안하다는 생각이 든다. 오랫동안 좋아해 온 인디밴드 '브로콜리 너마저'에게도 괜히 미안해진다. '브로콜리 너마저'의 노래 중에 〈사랑한다는 말로도 위로가 되지 않는〉이라는 곡이 있다.

정작 힘겨운 날에 우린
전혀 상관없는 이야기만을 하지
정말 하고 싶었던 말도 난 할 수 없지만

사랑한다는 말로도 위로가 되지 않는

외롭거나 우울해서 힘들 때 우리는 '위로'를 찾아 헤맨다. 점쟁이라도 찾아가서 '앞으로 잘될 일만 남았어.' 같은 말을 듣고 싶어진다. 하지만 심리적으로 허약할 땐 어떤 말도 위로가 되지 않는다. 브로콜리 너마저의 노래처럼 사랑한다는 말로도 위로가 되지 않을 때가 있다. 그리고 하나 분명한 건, 우울할 때 먹는 음식은 아무런 위로가 되지 않는다. 후회와 죄책감만 남을 뿐. 자꾸 싸구려 위로를 찾아 헤매지 말고, 감기처럼 우울한 감정도 지나가게 내버려둘 필요가 있다. 자기 자신을 잘 보살피면서.

시청자들이 보낸 연애 관련 고민을 상담해주는 「연애의 참견」이라는 TV 프로를 즐겨 본다. 술을 마신다, 여행을 떠난다 등 실연 후의 패턴에 대해 출연자들이 말할 때, 모델 한혜진이 당연하다는 듯 말했다. 이별 후에는 늘 미친 듯이 운동을 한다고. 그래서 이별을 할 때마다 몸이 너무 좋아진다고. 바로 이거다. 힘들고 우울한 시간은 운동처럼 생산적인 일로 극복해야 한다. 폭음이나 폭식이 아니라. 운동, 산책, 명상, 목욕…… 나 자신을 잘 대해줄 수 있는 좋은 일들이 너무 많다.

앞으로 배고픔이 느껴질 때면, 늦은 밤 뒤척뒤척 잠은 오지 않고 뭔가가 먹고 싶을 때면, 이 질문을 떠올리자.

"배고파요? 그럼 브로콜리 어때요?"

일단 한번

⋮

난 가사가 좋은, 마음에 가사가 와닿는 노래들을 좋아한다. 어떻게 이런 표현을 했지? 감탄이 드는 노랫말을 들으면 나도 작사를 해보고 싶어진다. 요즘은 의미 없는 가사가 반복되는 후크송들이 많아서 좋은 가사를 가진 노래들이 더더욱 귀하게 느껴진다. 좋은 작사가나 싱어송라이터들이 많지만, 내가 특별히 좋아하는 가사를 쓰는 사람은 장기하다. 그의 감수성은 매우 섬세하고 독특하지만, 감정을 전달하는 능력은 대중적이다. 이제는 아쉽게도 해체된 '장기하와 얼굴들'의 모든 앨범들을 좋아하는데, 특히 2016년 앨범 《내 사랑에 노련한 사람이 어딨나요》를 좋아한다. 그중에서도 특별히 좋아하는 노래는 〈괜찮아요〉.

나는 생선회를 좋아하지만
당신은 안 좋아해도 괜찮아요

나는 산울림을 좋아하지만
당신은 안 좋아해도 괜찮아요
나는 광화문 거리를 좋아하지만
당신은 안 좋아해도 괜찮아요

내가 좋아하는 것들을 당신은 안 좋아해도 괜찮다는 말을 계속
하고서 이렇게 정곡을 찌른다.

당신도 결국엔 날 떠날 거잖아요

마음에서 점점 커지고 있는 누군가가 자기는 다 괜찮다고 말하
면서, 아무래도 괜찮다고 말하면서, 다 부질없다는 표정으로 "당
신도 결국엔 날 떠날 거잖아요"라고 말해버리면 어쩔 수 없이 그
의 곁에 있게 될 것 같다. 재밌다, 이 노래.

이 노래의 첫 소절처럼 나도 '생선회'를 좋아한다. 당신은 안 좋
아해도 괜찮지만, 되도록 생선회를 좋아하는 사람을 만나고 싶다.
여름엔 민어를, 가을엔 전어를, 겨울엔 방어를, 봄에는 도다리를
같이 먹어야 하니까. 병어회도 먹고, 가자미회도 먹고, 실치회도
먹고, 오징어회, 한치회도 먹어야 하니까. 그리고 나의 사랑 제주
에서 '고등어회'를 먹어야 하니까.

고등어회를 먹어보기 전에는 도대체 고등어를 어떻게 회로 먹을까, 기름 많은 등푸른생선을 어떻게 회로 먹을까, 그것도 절여서 숙성시킨 것도 아니고 바로 잡아서 회를 친 생고등어를 어떻게 먹을까, 정말 반신반의했었다. 먹어보기 전까지는.

고등어회를 처음 먹어본 건 몇 년 전 제주 애월의 한 허름한 횟집에서였다. 여름 저녁이었고, 횟집 앞에 내어놓은 평상에 앉아서 회를 먹고 있었다. 저녁 바람이 선선했다. 우리가 이것저것 많이 시키고 내주는 음식마다 맛있다며 공개방송 방청객 수준으로 호응을 했더니 기분이 좋아진 횟집 사장님이 고등어회를 한 접시 서비스로 주셨다. 고등어회를 본 건 그때가 처음이었다. 솔직히 좀 징그러웠다. 비늘은 옅은 은색에 푸르스름한 빛깔이 돌고, 살은 또 뻘건 색이 돌았다. 청홍 팀으로 나눠서 체육대회를 하는 것도 아니고, 생선회가 빨갛고 파랗고 하니까 먹기가 두려웠다. 서비스를 받고 함성을 지르는 대신 난감한 표정을 짓고 있으니까 횟집 사장님이 껄껄 웃으며 말했다.

"아이구, 김에 싸서 먹어봐요. 얼마나 고소하고 맛있는데! 한 번도 안 먹어본 사람은 있어도 한 번만 먹어본 사람은 없어요, 고등어회는!"

우린 사장님의 말에 힘입어 김에 싼 고등어회를 조심스레 입에 넣었다. 그런데 정말, 사장님 말대로 매우 고소했다. 더 놀라운 건, 전혀 비리지 않았다. 산지에서 막 잡은 고등어라 워낙 선도가 좋아서 그런 것 같았다. 우리는 다시 공개방송 방청객들처럼 환호하며 고등어회를 맹렬한 속도로 먹었다. 손님들의 반응에 기분이 고무된 사장님이 여름 하우스 귤을 몇 개 건네며 말했다. "귤도 김에 넣어서 같이 먹어 봐. 우린 이렇게도 먹어." (하지만 귤은, 지나치게 창의적인 발상이었다. 김까지가 딱 좋은 것 같다. 김에 밥과 고등어회를 같이 싸서 먹어도 맛있다.)

그 후로 난 고등어회 마니아가 되었다. 제주에 가면 고등어를 어떻게 회로 먹느냐고 정색을 하는 일행들을 일단 한번 먹어보라고, 나를 믿어보라고 꾀어서 등푸른 고등어회의 세계로 인도한다. 입이 아주 짧은 한두 명을 제외하고는 모두가 고등어회를 좋아했다. 등푸른생선을 어떻게 회로 먹느냐는 선입견으로 서비스로 나온 고등어회 접시를 밀어냈다면 고등어회가 주는 커다란 즐거움을 영원히 누리지 못했을 것이다.

홍어도 그렇고, 악명 높은 취두부도 먹어보기 전에는 그 냄새나는 걸 어떻게 먹나 했다. 암모니아 냄새가 코를 찌르는 것 같았다. 세상에 먹을 것도 많은데 도대체 왜 이런 냄새 나는 걸 먹는 걸까? 그게 다 먹어보기 전의 선입견이었다. 난 이제 목포까지 내려가서 홍어를 먹기도 하고('중화루 간짜장 중깐─덕인집 홍어삼합─코

196

롬방제과 연유 바게트'의 당일 코스), 대만에 가면 대만인 친구들이 말려도 취두부를 시키자고 조르곤 한다. 맛있으니까. 냄새도 오히려 가까이서 맡으면 악취가 아닌 녹진한 발효의 향으로 느껴진다. 그리고 그 냄새의 이면에 숨겨진 놀라운 맛의 세계. 멋진 탐험이 아닐 수 없다.

억지로 먹기 싫은 음식을 먹으려고 노력할 필요는 없지만, 선입견 때문에 시도도 안 해보고 포기하는 대상들이 너무 많지는 않았으면 좋겠다. 먹고 나서 별로면 그때 안 먹으면 되니까, 그래도 늦지 않으니까. 사람도 마찬가지다. 한 번 제대로 대화도 안 해보고 누군가가 했던 부정적인 얘기나 근거 없는 소문만으로 그 사람을 단정해버린다면 내 인생에 귀인으로 등장한 사람을 놓치는 우를 범할 수도 있다.

언젠가 후배의 펌프질로 OO선녀님을 찾아간 적이 있다. 하는 일마다 안 풀리고, 아등바등 애는 쓰는네 결과는 나오지 않아 안 그래도 얇은 귀가 슈퍼 울트라 슬림이 됐던 시절, 후배가 점을 보러 갔었는데 그렇게 놀라운 족집게가 없다고, 하나도 못 맞춘 게 없다고 호들갑을 떨기에 속는 셈 치고 따라갔다. 드라마에서 보던 카리스마 넘치는 선녀님들과 달리 그녀는 수더분한 이웃 아주머니 같은 평범한 인상이었다. 이 질문 저 질문 하다가 언제 결혼

하느냐는 질문에 그녀는 이렇게 말했다.

"남자를 소개받으면 세 번은 만나봐야지. 한 번 보고 자꾸 딱 자르지 마. 한 번 보고 사람을 어떻게 알아?"

뭐 이런 이모, 고모, 엄마 친구들도 해주는 얘기를 멀리 찾아가 비싼 복채까지 내고 듣나 어이가 없었지만, 선녀님의 말은 진실이다. 한 번만 봐서는 알 수 없는 게 사람이니까. 우리에게는 사람을 투시할 수 있는 능력이 없으니까. 그 날의 기분과 상황에 따라 함부로 단정해버리는 경우도 많으니까.

한국 코미디계의 거장인 고 이주일 선생은 오랜 무명 시절을 보내다 나이 마흔에 첫 TV 출연을 했다. 그 후 그는 아직도 패러디되는 수많은 유행어들을 남겼는데, 그중에 이런 말이 있다. "일단 한번 보시라니깐요." 일단 한번 먹어보고, 만나보고, 알아보고 판단했으면 좋겠다. 선입견만으로 시도도 안 하고 포기하기에 아까운 것들이 너무 많으니까. 일단 한번 질러봐야 후회를 안 한다, 그게 뭐든. 뭔가 그냥 싫거나 마음에 안 든다는 이유로 버리기 전에 일단 한번 시도해 보자. 일단 한번!

딴생각하지 말아요

개그우먼 이영자의 오랜 팬이다. 털털한 모습도 좋고, 무심한 듯 내뱉는 촌철살인의 말들도 좋고, 무엇보다도 그녀의 공감 능력이 좋다. 고민 상담 프로에 진행자로 나오는 그녀의 모습에서 진심으로 걱정이 돼 어쩔 줄 몰라 하는 옆집 언니 같은 표정을 본다. 그녀는 요즘 제2의 전성기를 맞았다. 「전지적 참견 시점」이라는 예능 프로에서 보여주는 그녀의 먹방은 보는 사람들도 같이 먹고 있는 것 같은 가상현실을 체험하게 한다. 먹을 때만 그런 게 아니다. 그녀기 말로 음식을 묘사하기만 해도 침이 고인다.

음식 얘기를 하거나 먹을 때의 이영자는 정말 행복해 보인다. 끼니를 때우기 위해서가 아니라 먹는 것 자체를 좋아하는 사람, 먹으면서 위로도 받고 행복도 느끼는 사람, 무엇보다 먹을 때 집중하고 그 순간에 감사하는 사람. 방송에서 이영자를 보면 "밥에

취한다"는 말을 자주 하는데, 실제로 그런 것 같다. 맛있는 음식을 먹으며 흥분하고 기분이 급격하게 좋아지면서 술 취한 사람처럼 신이 나서 노래 부르고, 말이 많아지고, 자꾸만 웃는다. (나도 많이 경험해 봐서 잘 안다.)

한번은 방송에서 그녀가 매니저와 함께 '차돌 삼합'을 먹는 걸 봤다. 이영자가 갓김치와 관자를 차돌박이에 올려 한입 크게 밀어 넣으며 "영자야, 오늘도 애 많이 썼어"라고 말하는데, 나도 그 말을 따라 했다. "수선아, 오늘도 애 많이 썼어." 나 스스로에게 이런 말을, 그것도 소리 내서 해본 건 처음이었다. 뭉클하고 울컥했다. 본인이 자기 이름을 부르며 스스로에게 격려의 말을 하는 게 오글거릴 것 같았는데, 막상 따라 해보니 좋았다. 역시 영자 언니! 그런 뜻에서 그녀의 먹방도 따라 하기로 결정. 며칠 후 후배들과 방송에 나온 차돌 삼합집을 찾았다. 기름이 튈까 봐 와이셔츠 소매를 걷고 앞치마를 한 남자 직장인들이 가득했다.

셋이서 차돌 삼합 3인분을 시켰다. 직원이 차돌박이와 관자를 구워주며 먹는 법을 설명했다.

"먼저 차돌박이에 관자를 얹으시구요. 갓김치, 명이나물, 곤드레나물, 묵은지 중 입맛에 맞는 걸로 골라서 같이 싸 드세요. 선택형 삼합이죠. 겨자도 좀 넣어서 드시구요."

그러고는 우리 일행 중 막내로 보이는 후배에게 인수인계를 했다.

"여기까지만 시범으로 구워 드리니까 제가 굽는 거 잘 보시고 맛있게 구워 드세요."

막내는 초집중해서 차돌박이 굽는 법을 배웠다.

"차돌박이는 금방 익으니까 오래 구우시면 안 돼요. 딴생각하셔도 안 되구요."

차돌박이는 소의 앞가슴 갈비뼈 아래쪽 부위다. 희고 단단한 지방을 포함한 근육으로, 하얀 지방이 살코기 속에 '차돌처럼' 박혀 있다고 해서 '차돌박이'라는 이름이 붙었다고 한다. 차돌박이는 대패 삼겹살처럼 얇게 썰어내기 때문에 불판에 닿자마자 바로 익어버린다. 두꺼운 삼겹살을 구울 때처럼 불판 위에 오래 올려두면 금방 다 탄다. 센 불에서 살짝 핏기만 가실 정도로 구워서 바로 먹어야 한다. 그래서 고기를 굽는 사람은 먹기가 힘들 정도로 바쁘다.

"여기 정말 맛있네요. 어떻게 관자랑 차돌박이를 같이 구울 생각을 했을까?"

"뭐든 초기 아이디어가 중요한 거 같아요. 요즘엔 삼겹살에 명이나물 주는 데가 많은데, 차돌박이에 갓김치를 같이 낼 생각을 했다는 건 정말 파격이네요."

"차돌박이가 지방이 많잖아요. 그런데 갓김치나 명이나물이랑 같이 먹으니까 안 느끼해서 계속 들어가요. 우리 벌써 5인분 먹었어요."

우리는 현직 마케터답게 나름의 분석을 하며 바쁘게 젓가락질을 했다.

"우리 날치알 볶음밥도 먹어봐요. 방송에서는 이영자 혼자 3인분 먹더라구요."

우리는 밥 두 개를 볶아 달라고 했다. 직원은 불판에 남아 있는 차돌박이 기름에 공깃밥이랑 김치, 잘게 썬 파를 넣고 볶다가 퍼포먼스처럼 김가루랑 날치알을 뿌렸다. 차돌박이의 기름을 머금은 볶음밥은 맛이 없을 수가 없다. 우리는 불판에 눌어붙은 밥알까지 다 긁어먹고야 자리에서 일어섰다.

"차돌박이는 금방 익으니까 오래 구우시면 안 돼요. 딴생각하셔도 안 되구요."

집으로 돌아가는 길에 계속 이 말이 생각났다. 정선 연탄구이집에서 만났던 현자가 이 집에도 있구나 싶었다.

차돌박이는 금방 익는다. 순간에 집중하지 못하는 사람들은 차돌박이를 잘 구울 수 없다. 몇십 킬로의 체중 감량과 깎은 듯한 몸매로 인스타그램 셀럽이 된 파워 다이어터가 몸매 관리 비법에 대해 이렇게 말했다. "먹을 때 자꾸 딴청을 피우세요. 수다도 많이 떨고, 나갔다 오고. 그래야 과식을 피할 수 있어요." 난 그녀의 말에 반대다. 그럴 거면 차라리 안 먹는 게 낫다. 다이어트 기간에 왜 굳이 모임에 나가서 딴짓을 하란 말인가? 눈앞에서 차돌박이가 익고 있는데, 모두 고기가 타기 전에 잽싸게 집어 먹으려고 불판을 주시하고 있는데, 혼자 "어머, 빨리도 익네! 고기 얇은 것 좀 봐. 호호호" 하며 수다를 떨어야 한단 말인가?

무엇을 먹든 두 가지의 기본적인 태도가 필요하다. 하나, 순간에 집중할 것. 둘, 감사할 것. 이게 바로 이영자가 음식을 대하는 태도다. 맛있게 잘 먹는 먹방 스타들은 많지만, 이영자처럼 순간에 집중하며 감사할 줄 아는 사람은 드물다. 아마도 그녀의 인기는 대중이 느끼는 그녀의 진정성에 있지 않을까?

집중하자, 지금 이 순간에. 모든 순간은 귀하고, 한번 가버린 순간은 되돌아오지 않는다.

명의의 처방

· · ·

출근길에 지하철 계단을 내려가는데 갑자기 현기증이 나면서 다리가 휘청했다. 까딱 잘못했으면 계단에서 굴러떨어질 뻔했다. 출근해서 맥없이 앉아 있다가 직업이 의사인 친한 선배에게 전화를 했다. 이상하게 너무 어지럽다고 했더니 선배는 대수롭지 않게 말했다.

"너 또 다이어트 했냐? 안 먹으면 어지럽지."

도사가 따로 없다. 친구 결혼식 때 부케를 받기로 해서 단기간에 강도 높은 다이어트를 했다. 덕분에 결혼식에서 오랜만에 만난 친구들에게 전성기 미모를 회복했다는 칭찬도 받고, 인생샷도 몇 장 건졌다. 하지만 후유증으로 어지럼증이 찾아왔다. 전화 통화만으로 환자의 상태를 파악하는 명의 선배는 이 말을 남기고 전화를 끊었다.

"괜히 또 병원 가서 비싼 수액 맞지 말고 고깃국물이나 먹어라."

고깃국물을 먹으라는 선배의 처방에 제일 먼저 떠오른 게 '하동관' 곰탕이었다. 진한 곰탕에 송송 썬 파를 가득 넣고 한술 크게 뜨면 기운을 되찾을 것 같았다. 먹는 일에서만큼은 남부럽지 않게 추진력이 강하고 부지런한 나는 점심시간을 기다려 하동관에 갔다. 하동관은, 그것도 점심시간의 하동관은 줄을 서지 않고는 들어갈 수가 없다. 갈 때마다 20~30명은 기본으로 기다리고 있다. 만약 처음 가는 식당 앞에 그 많은 사람이 줄을 서 있다면 언제 자리가 날지 몰라 포기하겠지만, 하동관은 줄이 길어도 금방금방 자리가 난다. 그리고 그걸 알기 때문에 손님들은 긴 줄을 보고도 불평 없이 줄을 선다.

하동관의 메뉴는 단 하나, 곰탕이다. 다만 고기를 얼마나 더 넣느냐에 따라 보통, 특, 20공(2만 원) 등 가격이 달라진다. 메뉴도 하나고 반찬도 깍두기 하나뿐이니 주문하자마자 바로 음식이 나온다. 게다가 하동관의 곰탕은 뜨겁지 않다. 놋그릇에 토렴해서 담아내기 때문에 펄펄 끓는 뚝배기 설렁탕과 달리 편하게 먹을 수 있다. 하동관 곰탕의 온도는 약 70도. 훌훌 부담 없이 먹기에 딱 좋다.

단일 메뉴이다 보니 주문할 때 고민 없고, 음식 바로 나오고, 곰탕 한 그릇 먹는 데 15~20분이면 충분하니 자리가 금방금방 난다. 이런 걸 전문용어로 '좌석 회전율'이 높다고 한다. 식당의 매출고는 객당 단가(손님 1인당 매출)와 좌석 회전율로 결정된다. 하동관은 곰탕 보통 한 그릇이 13,000원으로 가격이 비싼 편인 데다가 좌석 회전율이 그 어느 식당보다 높으니 매출도 높을 수밖에 없다. 하동관에 갈 때마다 생각한다. 어떻게 하면 곰탕 하나로 70년 넘게 사랑받을 수 있을까? 어지러워서 고깃국물을 먹으러 가 줄을 서 있으면서 이런 생각을 했다. 이런 생각을 하다 보니 금방 자리가 났다.

선배 말대로 고깃국물을 먹었더니 거짓말처럼 어지럼증이 사라졌다. 그게 다 무리하게 굶어서 그런 거였다. 역시 다이어트는 단기간에 무리하게 하면 안 된다는 생각이 들었다.

중국 현대문학을 대표하는 여성 작가 싼마오는 스물네 살 때부터 세계 각국을 떠돌다가 1973년 북아프리카의 서사하라에서 스페인 남자 호세와 결혼해서 정착했다. 그녀는 산문집 『사하라 이야기』를 통해 사하라 사막에서 보낸 유쾌하고 통통 튀는 신혼 생활을 묘사했다. 그녀가 세상을 떠돌다 그 먼 곳까지 가게 된 데는 미지의 세계에 대한 호기심과 세상에 대한 애정, 연민이 있었기 때문일 것이다. 책장을 넘기면 그녀가 사막을, 그리고 거기서 만난 이웃들을 비롯한 사막의 모든 것들을 얼마나 사랑했는지 절절하게 느껴진다.

당시 사하라 사막에는 문명에서 격리된 유목민들이 살고 있었는데, 쌍마오는 심한 두통을 앓던 유목민 할머니의 두통을 아스피린 두 알로 멋지게 한 후 사막의 '명의'로 알려진다. 한번은 이웃 소녀가 달려와서 천막에 사는 사촌 동생이 죽어간다며 도움을 청한다. 너무 삐쩍 말라서 당장 숨이 넘어갈 것만 같은 환자의 상태를 본 그녀는 비타민 몇 알을 건네주며 이런 처방을 내린다.

"사촌 동생한테 이 비타민을 하루에 세 번 먹이고, 양고기 국물을 줘라."

중국에서 온 명의의 처방에 다 죽어가던 소녀가 기력을 찾았다. 영양실조로 쓰러진 소녀에게 필요한 건 고깃국물, 그리고 보살핌이었다.

하동관에서 고깃국물을 먹고 어지럼증을 한 방에 날린 후, 가끔 힘이 없다는 친구들에게 하동관에서 곰탕을 사주며 이렇게 생색을 낸다.

"비싼 거니까 먹고 힘내!"

몸이나 마음이 허할 때, 우리에겐 가끔 진한 고깃국물이 필요하다. 그리고 고깃국물을 처방해 주거나 사줄 친구가 필요하다. 힘없는 손에 수저를 쥐여 주며 어서 먹으라고 말해줄 누군가가. 식당의 매출고가 객당 단가와 좌석 회전율로 결정된다면 행복한 인생은 좋은 친구들과 좋은 만남의 선순환으로 만들어지는 것 같다. 요즘 부쩍 지치고 힘없는 친구에게 고깃국물을 사주자. 당신도 누군가의 명의가 될 수 있다.

싫존주의

∙
∙
∙

직장인으로서 가장 즐거운 시기는 '대리' 때가 아닌가 한다. 사원/주임 때는 너무 어수룩하고, 직장 생활에 익숙지 않으니 불안하기도 하고, 주로 배워야 하는 역할이기 때문에 피곤하기도 하다. 대리쯤 되면 일이나 시스템에도 익숙해지고, 스타일도 한결 세련되어지면서 직장인으로서의 재미를 알게 된다. 나아가 '상사 다루는 법'도 알게 되고, 나름 자기 시간과 스트레스를 관리하는 기술도 생긴다. 싱글 친구들도 많고, 소개팅도 많고, 모임도 많다. 적어도 나는 직장 생활을 통틀어 대리 시절이 가장 즐거웠다. 직장인의 화양연화, 가장 즐거웠던 시절을 나는 시청역 태평로에서 보냈다. 그래서 태평로는 내게 매우 애틋하고 특별한 곳이다. 지금도 태평로에 가면 추억에 젖어 두리번거리기에 바쁘다.

유럽의 오래된 도시들은 10년이 지나서 가도 달라진 게 거의 없던데, 서울의 거리는 6개월만 지나도 변화가 많다. 새로운 건물이 들어서고, 얼마 전까지 있었던 식당이 없어지고, 이제 그만 생겨도 될 것 같은 커피 프랜차이즈가 강한 번식력을 과시한다. 빌딩은 그대로 있는데 이름만 바뀌는 경우도 있다. 태평로 시절 내가 매일 출근했던, 1층에 로댕 갤러리가 있었던 벽돌색 삼성생명 빌딩은 이제 부영 빌딩이 되었다. 남대문시장 갈치조림 골목, 은호식당, 맛나치킨, 센나리, 정원순두부, 장호왕곱창, 제일주물럭, 배재반점 등 자주 가던 식당 중에는 상호가 바뀐 곳도 있고, 지금은 없어진 곳도 있다.

시청역 부근에는 오래된 노포들도 많고, 줄 서서 먹는 유명한 맛집들도 많다. 아마도 그 많은 식당 중 가장 유명한 곳은 콩국수 전문 진주회관이 아닐까 한다. 매일 긴 줄이 늘어서 있는 건 기본이고, 이 집 콩국수를 못 잊은 교포들이 귀국하자마자 인천 공항에서 커다란 트렁크를 들고 바로 달려오기도 한다. 그런데 앞서 나열한 내가 자주 가던 식당 목록에 왜 진주회관이 없냐면 그건…… 콩국수를 못 먹기 때문이다. 내가 못 먹는 몇 안 되는 음식 중 하나가 콩국수다. 일단 콩 특유의 냄새를 견디기 힘들고, 걸쭉한 콩국물이 싫다. 주위에서 하도 몸에 좋다고 해서, 그 좋은 걸 왜 못 먹느냐고 해서, 여름에는 콩국수를 먹어야 한다고 강권해서 몇 번 시도해봤지만 도저히 먹을 수가 없었다.

페이스북에 '오이를 싫어하는 사람들의 모임'이 있다. 2019년 현재 팔로워가 10만 명이 넘는다. 이 모임은 요즘 20대를 설명하는 트렌드 중 하나인 '싫존주의*'의 상징으로도 널리 알려졌다.

오이를 싫어하는 이유는 사람마다 다양하지만 가장 많은 이유는 '냄새'이다. 오이에서 나는 냄새가 역하기 때문에, 먹으려고 해도 바로 뱉게 되어 먹을 수가 없다. 좋아하는 음식인 냉면도 오이가 올라가 있으면 건져 먹어야 하고, 잘게 썰려 섞여 있으면 먹지도 못한다. 김밥도, 샌드위치도, 먹기 전 항상 살펴보고 조심하게 된다. 오이는 내 삶에 적지 않은 불편을 주는 존재다. 즉 오이는 내 삶에 있어서 문제다.

_'오이를 싫어하는 사람들의 모임' 페이스북 게시물 중

이 글을 읽으면서 너무 과장이 심한 게 아닌가 싶었으나 오이에 콩국수를 대입해 보니 바로 이해가 됐다. 여름에는 콩국수가 워낙 인기라 칼국수집이나 심지어 중국집에서도 계절 메뉴로 콩국수를 판다. 하필 함께 식사하는 사람이 콩국수를 시키면 너무 괴롭다. 콩국수가 앞에 있는 것만으로도, 냄새를 맡는 것만으로도, 남이 먹는 걸 보는 것만으로도 힘들다. 이렇게 콩국수를 싫어하는데도 나는, 진주회관에 가봤다. 콩국수를 못 먹는다고 말하지

---

*'싫어하는 것도 존중해달라'는 뜻의 신조어.

못했기 때문이다. 당시 입사한 지 얼마 안 된 신참이었고, 상무님 이하 전원이 가는데 "저는 콩국수를 못 먹습니다"라고 말할 수가 없었다. 나 하나 때문에 장소를 변경해서 사람들이 좋아하는 콩국수를 못 먹게 될까 봐 걱정이 되기도 했고, "입맛도 참 까다롭네. 못 먹는 것도 많아" 같은 뒷말을 듣게 될까 봐 두려웠다. 진주회관에는 콩국수 외에도 김치볶음밥이나 김치찌개 같은 메뉴가 있다. 하지만 한가한 시간에나 파는 구색 맞추기 메뉴일 뿐 점심시간에는 다른 메뉴를 시키는 사람도 없을뿐더러 팔지도 않는다. 게다가 여기는 선불이다. 주문도 심플하다. "여기 몇 개요!" 하고 대표자가 카드를 내밀면 끝이다.

오래된 일이지만 콩국수를 먹는 척하느라 젓가락을 넣다 뺐다 했던 기억이 아직도 생생하다. 소주를 마시는 척하고 버리는 것과는 비교할 수 없는 고난도의 연기력이 필요하다. 먹어도 먹어도 국수의 양이 줄지 않는다는 게 함정이지만, 바쁜 점심시간에 다들 볼이 미어터지도록 면발을 입에 넣기 바빠서 다행히 다른 사람의 그릇에는 관심이 없었다. 그렇게 나는 아까운 콩국수를 시켜놓고 먹는 척을 했다. 그것만으로도 속이 메슥거렸다. 오후에 배가 고프면 햄버거를 하나 먹어야지 생각했지만, 속이 안 좋아서 저녁도 못 먹었다. 꼭 그래야만 했을까? 만약 그때로 돌아갈 수 있다면 콩국수를 못 먹는다고 당당하게 말하고 싶다.

한번은 훠궈집에서 회식을 했는데, 평소에는 먹성 좋은 후배가
전혀 입에 대지 않았다. 다들 부글부글 끓는 매운 육수에서 양고
기를 건져 잘 먹고 있는데, 혼자서 술만 홀짝홀짝 마셨다. 왜 안
먹느냐고 물어보니 후배가 잠시 망설이다 말했다.

"제가…… 향신료가 들어간 음식을 잘 못 먹어요. 중국 여행 가
서도 못 먹겠더라구요."

너무 미안하고 안타까웠다. 지난날의 내 모습이 오버랩 되어
더더욱 그랬다. 훠궈를 못 먹는다고 미리 말해주었으면 좋았을
텐데 후배도 예전의 나처럼 그 말을 하지 못한 것이다. 훠궈의 육
수에는 사천고추, 팔각, 계피, 후추, 회향 등의 향신료가 들어간다.
특유의 향 때문에 고수를 못 먹는 사람이 많은 것처럼, 당연히 훠
궈도 못 먹는 사람이 있을 텐데 장소를 정할 때 좀 더 신중하지
못했던 것이 후회되기도 했다.

훠궈 따위 안 먹으면 그만이다. 회식은 맛집 탐방이 아니다. 구
성원들이 모두 먹을 수 있는 음식을 나누며 소통의 시간을 갖는
게 회식의 취지다. 또한 다양성을 존중하고 소수의 취향을 배려
하는 것이 성숙한 조직의 문화다. 조직 구성원 모두는 존중받을
권리가 있고, 서로를 존중해야 할 의무가 있다. 어쩔 수 없이 따라
가는 대신 콩국수가 싫다고, 오이가 싫다고, 훠궈가 싫다고 말하
자. 개인을 위해, 그리고 조직을 위해.

당당하자. 우리는 편식을 고쳐야 할 어린이가 아니다.

삶의 질을 높이는 혼밥

.
.
.

대학 졸업 후 쭈~욱 자신의 일과 연애하며 혼자 살아온 친구가 있다. 자신의 전문 분야에서 일찍 두각을 드러내고 화려한 커리어를 쌓아 온 그녀는 많은 후배들의 로망이다. 자기 관리에도 철저해서 아무리 바빠도 열심히 운동하고, 세련된 외모에 패션 감각도 남달라서 연예인이냐는 질문도 자주 받는다. 하지만 완벽해 보이는 그녀에게도 약점(?)이 있으니, 그건 혼자서 밥을 못 먹는다는 거다. 더러 약속이 없는 주말이면 그녀는 약속을 잡을 때까지 톡을 보낸다.

"오늘 뭐해? 저녁 먹을래?"

그녀는 가끔 같이 먹기 싫은 사람과 밥을 먹으며 스트레스를 받는다. 그냥 혼자 먹으면 편하고 좋을 텐데, 시간이 되는 사람이 나타날 때까지 여기저기 연락을 하다 보니 때론 불편하거나 그다지 친하지 않은 사람을 만나 어색한 시간을 보내게 된다. 오랜만에 만나 밥만 먹고 후다닥 헤어지는 것도 예의가 아니기에 낭비하는 시간도 많다. 그냥 헤어지기 미안해서 밥을 먹고 차를 마시거나 술을 마시느라 무의미한 시간이 길게 이어진다.

혼밥, 혼밥 하지만, 모두가 혼밥을 먹는 '혼밥의 시대'라고 언론들은 떠들어대지만, 사실 혼밥을 한다는 게 그렇게 쉽고 만만한일은 아니다. 특히 처음엔. 나도 그랬다. 외국에 혼자 출장을 가거나 여행을 가면 혼자서도 잘 먹었다. 아무도 나를 아는 사람이 없다는 심리적 여유가 나를 당당하게 만들었다. 혼자서 홍콩에 여행 가서 애피타이저부터 스테이크, 디저트까지 풀코스를 먹은 적도 있다. 호기롭게 와인도 한 병 마셨다. 그런데 막상 나의 홈그라운드인 서울에서는 혼자 밥을 먹는 게 두려웠다. 누가 보면 어쩌지? 옛 남친이라도 마주치면 어쩌지? 밥 먹을 사람도 없냐고 누가 수군거리면 어쩌지? 식당 직원들이 혼자 와서 자리 차지하고 1인분 시킨다고 불친절하게 대하면 어쩌지? 같은 어처구니없는 생각들에 먹기도 전에 주눅이 들었다. 그래서 약속도 없고 냉장고도 텅 비었을 때면, 배달을 시켜 먹거나 퇴근하는 길에 적당한 먹거리를 포장해서 들어갔다.

한 끼 때우기는 편하지만, 배달 음식 또는 포장된 음식은 환경오염의 주범이다. 혼자 살다 보니 몸이 안 좋을 때면 죽을 사다 먹을 때가 많았는데, 플라스틱 쓰레기가 너무 많이 나왔다. 죽, 김치, 오징어젓, 물김치. 죽 한 그릇 먹는데 네 개씩이나 되는 플라스틱 용기를 버리면서 죄책감이 들었다. 음식물 쓰레기는 따로 버려야 하므로 번거로움도 컸다. 그러던 어느 날, 퇴근길에 죽을 사려고 죽집에 들렀다가 이렇게 말해버렸다.

"안녕하세요, 굴죽 하나 포장…… 아니, 그냥 여기서 먹을게요."

죽집 테이블에 앉아서 죽을 먹는데 그렇게 편할 수가 없었다. 혼자 먹는 사람도 많고, 아무도 나를 쳐다보지 않았다. 다들 자기 먹기에 바쁠 뿐. 왜 그 당연한 사실을 몰랐을까? 혼자 먹거나 말거나, 아무도 남의 일에 관심이 없다는 것을. 그날 혼자 죽을 먹으며 너무 홀가분해서 날개라도 단 것 같았다. 죽을 먹고 후식으로 오미자차도 한 잔 시켜서 여유를 즐겼다. 그 후로 나의 본격적인 혼밥이 시작되었다. 혼밥에도 레벨이 있다는데, 아직 혼자서 고깃집에 가서 삼겹살 2인분을 시켜 구워 먹는 고수의 단계는 못 되지만, 1인분 주문이 가능한 거의 모든 식당에 당당하게 들어가 혼자의 여유를 즐길 수 있다.

혼밥은 삶의 질을 높여 준다고 생각한다. 혼자 먹기 싫다는 이유로, 또는 혼자 밥을 못 먹어서 싫은 사람과 시간을 보내지 않아도 되고, 상대방을 배려하거나 눈치를 보느라 먹기 싫은 음식을 먹을 필요도 없다. 누가 돈을 낼지 신경전을 펼치지 않아도 되고, 밥 먹고 차나 술을 마시느라 저녁을 통째로 날려버리지 않아도 된다. 무엇보다도 혼밥은 자유로움을 준다. 뭐든 내가 원할 때 먹을 수 있다. 시간도, 메뉴도, 다 내 마음이다. 혼자서 어디든 갈 수 있고, 뭐든 할 수 있는 자유의 출발점은 혼밥이다.

아직도 혼밥을 먹기가 두려운 사람들이 많을 거다. 그건 당신이 남들보다 용기가 없다거나 자존감이 약해서가 아니다. 우리는 지나치게 타인의 시선을 의식하며 살아왔다. 앞으로 이 두 가지만 기억하면 누구나 혼밥을 먹을 수 있다.

하나, 다들 자기 먹기에 바쁘다.
둘, 아무도 나에게 관심이 없다.

아직 연습이 필요한 초보 혼밥러들에겐 테이블이 없고 바에 둘러앉아 먹는 작은 식당들을 추천하고 싶다. 이런 작은 식당에는 혼자 온 손님들도 많고, 혼자서 테이블 하나를 차지해야 하는 심리적 부담감도 느낄 필요가 없다. 난 혼자 서점에 가는 걸 좋아하는데, 퇴근길에 강남 교보에 가는 길에 신논현역 안에 있는 작은 식당 'noodle talk(누들 토크)'에서 종종 저녁을 먹는다. 여기서는 탄탄면, 완탕면, 쌀국수, 카레 우동 등의 다양한 국수를 판다. 입구에 있는 기계로 주문을 할 수 있어서 직원이 주문을 받으러 올 때까지 어색한 시간을 보내지 않아도 되고, 지하철을 타러 오가는 길에 혼자 먹는 손님들이 대부분이라 누구나 쉽게 접근할 수 있다. 난 여기서 소고기 카레 우동을 자주 먹는데, 약간의 과장을 보태서 고기 반 우동 반이 들어 있다. 처음 먹었을 때 좀 놀랐다. 한 끼 때우러 들어간 지하철역 안의 작은 식당에서 질 좋은 고기가 듬뿍 들어간, 심지어 본고장에 온 것 같은 맛있는 카레 우동이라니! 주방을 둘러싼 바에 앉아 먹는 구조라 주방 직원들의 표정이 그대로 보이는데, 60대로 보이는 초로의 여성 주방장은 한 그릇 한 그릇 신중한 표정으로 정성스레 국수를 담아낸다. 집안 잔치에 찾아온 귀한 손님들에게 잔치국수를 대접하는 주인 같은 그녀의 표정을 보면 나도 모르게 싱긋 미소가 지어진다. 카레 우동을 먹고 나와 산책하듯 서점을 둘러 보다 고른 책을 자기 전에 침대에 누워 읽으면 근사한 하루가 완성된다. 열심히 일하고 하루를 마감하며 침대에 누워 책을 읽을 때, 그 순간이 참 충만하고 행복하다.

난 혼자서 밥을 못 먹는 친구의 최측근으로 분류된다. 즉, 우선순위로 연락하는 열 손가락 안에 든다. 친구는 먹고 싶은 것도 예측 불허 버라이어티쇼처럼 다양하다. 한번은 진한 치즈가 올라간 느끼한 버거가 먹고 싶다고 해서 가로수길의 한 햄버거집에서 만났다. 친구는 내게 일요일 저녁에도 부담 없이 연락할 수 있는 몇 안 되는 의리파라며, 나의 의리를 입이 마르게 칭찬해 줬다. 난 친구의 칭찬에 좋아하는 대신 조심스레 말했다.

"너도 혼밥의 세계에 입문해보는 건 어때? 처음이 좀 어려운데, 진짜 편하고 좋아. 정말이지 홀가분하고 걸리적거리는 게 없어. 이런 햄버거쯤 혼자서도 먹을 수 있잖아. 둘러봐. 혼자 먹는 사람들도 많잖아."

뭘 먹고 싶어도 같이 먹을 사람이 없어서 못 먹는다거나, 혼자 여행을 떠나서 여행지의 독특한 음식 대신 호텔방에서 홀로 햄버거를 먹는다면 온전한 자유를 누릴 수 없다. 밥 먹을 사람을 찾아 여기저기 연락하는 시간도 너무 아깝다. 시도해보기를 바란다. 삶이 홀가분해지는 마법, 혼밥.

진정한 하드코어

∶

순대를 좋아한다. 속을 당면으로 채운 '메이드 인 공장' 분식집 순대부터 아바이 순대, 백암 순대, 병천 순대, 제주의 순대까지 여러 지방의 각기 다른 스타일의 순대들을 다 좋아한다. 그중에서도 내가 가장 좋아하는 순대는 제주 순대다. 제주까지 가서 왜 순대를 먹느냐고 묻는다면 그건 아직 제주에 대해 잘 모른다는 얘기다. 잔치 때 돼지를 잡는 건 제주에서 아주 중요한 행사였고, '도감'이라고 하여 돼지고기를 썰고 나누는 역할을 하는 전담자도 있었다. 돼지를 잡으면 아낙들이 모여 순대를 만드는 게 당연한 일이었고, 제주는 그만큼 순대가 발달했다.

제주의 순대는 일단 큼직하다. 분식집 순대랑 비교한다면 크기와 두께가 두 배쯤 된다. 제주의 전통 순대에는 당면이 들어가지 않고, 돼지의 대창에 메밀과 돼지 피, 부추와 파 등을 넣어서 만든다. 제주에는 유명한 순댓집들이 많다. 허영만 화백의 만화 『식객』에도 소개된 감초식당, 걸쭉한 순댓국이 유명한 범일분식, 공항 근처 동문시장 안에 있는 광명식당 등등. 식당마다 순대를 만드는 방법이 다르므로 입맛에 따라 호불호가 갈릴 수 있다. 개인적으로 제주 순대의 최고봉이라고 생각하는 곳은 조용하고 고즈넉한 중산간 마을, 표선면 가시리에 있는 '가시식당'이다.

중산간中山間은 말 그대로 해발 200~400미터의 산허리다. 제주는 바다도 물론 아름답지만, 낮은 언덕 같은 오름*에 오를 수 있고 조용히 산책할 수 있는 중산간 지역의 마을들도 참 좋다. 표선면 가시리는 조선 시대 최고 등급의 말인 '갑마甲馬'를 기르던 갑마장이 있던 곳으로, 제주의 목축 문화를 대표하는 지역이다. 가시리는 돼지 사육으로도 유명했고, 작은 마을 안에 두루치기, 순대, 몸국 같은 돼지고기로 만든 음식들을 파는 식당들이 밀집해 있다. 가시식당도 그중 하나다.

가시식당에 처음 가본 건 몇 년 전, 제주에서 나고 자란 후배와 함께였다. 토요일 아침 비행기로 내려가서 일요일 저녁에 올라간다는 내게 후배는 동선에 딱 맞는 완벽한 일정을 짜주었다. 토요일 아침에 도착하면 공항 근처에서 해장국을 먹고 차를 몰아 비자림에 가서 걸은 후 성산읍에 있는 김영갑갤러리에 갔다가 거기

---

* '기생 화산'을 일컫는 제주 방언.

서 15분 거리인 가시식당에서 만나 함께 점심을 먹자고 했다. 우리는 후배가 짜준 일정에 따라 비자림을 걷고 김영갑 갤러리에서 제주의 속살을 담은 사진들을 보며 감동한 뒤 가시식당으로 향했다.

가시식당 앞에 도착했을 때, 솔직히 좀 놀랐다. 너무 허름했다. 그냥 그런 동네 식당 같았다. 후배가 인생 최고의 돼지고기라고 극찬을 했는데, 식당의 외양이 너무 허름해서 차 문을 닫으며 나도 모르게 고개를 갸우뚱했다. 식당 문을 열고 들어갔더니 후배가 활짝 웃으며 소리쳤다.

"누나!"

서울 여자 셋과 제주 남자의 낮술이 시작되는 순간이었다.

"누나, 이 집 고기 정말 맛있어요. 최고야 최고. 내가 구워줄게요."

주말 오후의 가시식당은 동네 어르신들로 대만원이었다. 두루치기에 한라산을 드시는 분들, 간단하게 순대 한 접시에 반주를 하시는 분들, 대낮부터 지글지글 고기를 굽는 분들까지 테이블마다 각양각색이었다. 우리는 제주 막걸리를 마시며 제주 남자가 구워주는 고기를 먹기에 바빴다. 평생 제주의 자연을 필름에 담다가 제주에서 생을 마친 고 김영갑 선생의 사진을 볼 때의 엄숙함은 사라지고, 한껏 신이 나서 마구 달렸다. 그럴 수밖에 없는 게 고기가 너무 맛있었다. 식당에서 직접 손질한 두꺼운 생고기는 쫀득쫀득한 게 탄력이 넘쳤다. 서울 여자들이 감탄을 연발하며 마하의 속도로 고기를 먹자 제주 남자의 목소리가 커졌다.

"그죠? 맛있죠? 제가 맛있다 그랬잖아요. 이 집 순대도 참 맛있어요."

순대도 먹어보고 싶었지만 너무 배가 불러서 더 이상 먹을 수가 없었다. 순대는 다음 기회에 먹기로 하고 아쉬운 발걸음을 돌렸다. (후배가 짜준 일정에 의하면 하루 동안 먹어야 할 것들이 너무 많았다. 저녁에는 석양을 보며 해변에서 치킨을 시켜 먹고 그다음엔 고기 국수까지!)

후배의 소개로 가시식당을 알게 된 후, 여러 번 이곳을 다시 찾았다. 몇 년 사이에 관광객들도 꽤 많아졌다. 가시식당에서 순대를 처음 먹었을 때, 그 하드코어하고 원색적인 맛에 놀라고 말았다. (모험 정신 또는 도전 정신이 없는 사람들은 시도하지 마시길.)

일단, 순대 색깔이 강렬하다. 적토색이라고나 할까? 딱 봐도 피를 얼마나 많이 넣었는지 알 수 있다. 이렇게 만들려면 재료비도 많이 들 것 같은데, 돼지를 직접 도축하는 지역이라 아낌없이 재료를 쓰는 것 같다. 비주얼에서 한 번 압도당하고, 그다음은 순대의 온도. 순대가 식어 있다. 찜통에서 바로 꺼낸 순대를 잘라서 주는 게 아니라, 한 번 찐 순대를 식혀서 준다. 강렬한 적토색의 비주얼에 차가운 순대라니! 충격을 받은 채로 순대를 한 개 입에 넣으면, 그 묵직함에 또 한 번 놀라게 된다. 피를 많이 넣은 데다가, 메밀을 넣어서 뻑뻑하기도 하다. 피와 메밀, 멥쌀밥 외에 부수적인 재료를 넣지 않은 정직하고 우직한 맛. 큼직한 순대를 두세 개만 먹어도 배가 부르다.

순대를 같이 먹던 친구에게 말했다.

"어떡하지? 도전 의식을 자극하는 맛인데 벌써 배가 불러."

"피를 많이 넣어서 밀도가 높으니까 몇 개만 먹어도 묵직한 게 배가 부르네. 그런데 정말 예술이다. 말로만 듣던 수애*의 원형에 가까운 거 같아."

친구는 요리사답게 전문적인 식견을 말했다. 멋있어 보였다. 난 잔에 남아 있던 소주를 비우며 말했다.

"근데 이 순대 못 먹는 사람 많을 것 같지 않아? 진정한 하드코어야."

친구가 웃음을 터뜨리며 말했다.

"그래서 우리가 같이 다니잖아!"

친구 말처럼 여행은 식성이 맞는 사람끼리 같이 다녀야 한다. 고수를 못 먹는 사람과 베트남에 갔다가 몇 번씩이나 컵라면을 먹었던 웃지 못할 기억이 떠올랐다. 좋아하는 친구와 함께 여행 가서 새롭고 신기한 음식들에 도전할 수 있다는 건 축복이다.

---

* 제주 전통 순대를 부르는 이름.

정직하고 우직한 맛의 제주 전통 순대에 도전해보고 싶다면, 제주 중산간의 토양으로 키워낸 제주 돼지를 맛보고 싶다면, 조용한 중산간 마을을 걸어보고 싶다면, 가시리로 가시라. 제주공항→ 비자림 → 김영갑갤러리 → 가시식당 코스를 적극 추천하는 바이다.

예측 가능한 사람

∴

여름휴가를 하노이로 간다고 하자 사람들이 이해할 수 없다는 듯 말했다.

"서울보다 더 더운 데로 간다고?"

많이 돌아다니지 않을 예정이었다. 하노이는 그렇게 관광할 거리가 많은 도시도 아니고, 홍콩이나 싱가포르 같은 쇼핑의 메카도 아니다. 그냥 아침과 오후, 오후와 저녁, 저녁과 밤으로 시간이 흐르며 표정이 달라지는 호안끼엠 호수를 천천히 산책하고, 좋아하는 쌀국수와 하노이 맥주를 실컷 먹고 마실 작정이었다. 먹고, 마시고, 어슬렁거리기. 이것이 내 계획의 전부였다.

7월의 하노이는 예상보다 훨씬 더웠다. 이글거리는 태양의 직사광선이 피부뿐 아니라 뼈까지 관통하는 것 같았다. 도저히 낮에 돌아다닐 엄두가 나지 않아 과감하게 늦잠을 포기하고 이른 아침에 호텔을 나섰다. 느긋하게 호안끼엠 호수를 걷고, 현지인들 틈에 끼어 앉아 뜨거운 쌀국수를 먹고, 베트남의 대표적인 커피 프랜차이즈인 '콩 카페'에 가서 시원한 코코넛 커피를 마셨다. 그 땐 서울에 콩 카페가 들어오기 전이었기 때문에 코코넛 커피 맛이 신기해서 거의 매일 가서 마셨다. 갈아낸 얼음에 코코넛 시럽을 넣고 진한 커피를 부은 스무디인데, 투명한 유리잔에 담아 색깔도 예뻤다. 달아서 칼로리가 걱정되긴 했지만, 여기는 지금 베트남이라는 자각을 주는 인증샷 같은 음료였다.

한낮에는 호텔에서 맥주를 마시며 책을 읽었고, 저녁이 되면 개성 있는 로컬 레스토랑들을 찾아다녔다. 베트남 음식과 서양식을 결합한 한 퓨전 레스토랑에서는 햄버거에도 고수를 비롯한 갖은 베트남 향신료가 들어가 있었다. 호박 수프에도 장식처럼 고수가 올려져 있었고 뭘 시켜도 숨은그림찾기처럼 팔각, 회향, 커민, 캐러웨이 같은 다양한 베트남 향신료들이 살짝궁 들어가 있었다. 나는 라면을 끓일 때도 일부러 챙겨 넣을 만큼 고수를 좋아하지만, 하노이의 더위에 지치기 시작하면서 베트남 음식 특유의 냄새에도 슬며시 지쳐갔다.

이윽고 여행 마지막 날, 공항으로 떠나기 전까지 두 시간 정도 여유가 있었다. 점심으로 뭘 먹을까 하다가 매일 지나다녔던 호텔 근처 스타벅스에 갔다. 베트남까지 왔으니 새로운 곳만 가보겠다며 여행 기간 내내 한 번도 가지 않았었는데, 그날은 스타벅스 간판을 보는 순간 빨려들듯이 들어갔다. 문을 열고 들어가자마자 풍겨오는 익숙한 냄새에 안정감이 느껴졌다. 스타벅스만의 바로 그 냄새! 익숙한 메뉴들을 보니 편안함이 밀려왔다. 아이스 아메리카노와 샌드위치를 시키고 기다리고 있는데 직원이 "Susan! Susan!" 하고 불렀다. 아! 내 이름을 불러주는 다정한 목소리!

전 세계 어느 도시에서든 스타벅스에 들어가며 가슴이 뛴다거나, 새롭고 근사한 메뉴를 먹게 될 거라 기대하는 사람은 아마 없을 것이다. 스타벅스는 새로움을 주지는 않지만, 심리적 안정감과 편안함을 준다. 커피 맛은 어느 매장이나 대체로 균일하고, 직원들은 평균 이상으로 친절하며, 화장실은 깨끗하다. 최소한 뭘 시켜도 실패하지 않는 곳, 모험을 감행할 필요가 없는 곳, 아무리 오래 앉아 있어도 나가라고 눈치 주지 않는 곳. 지쳐 있던 내가 스타벅스 간판에 몸이 먼저 반응한 것도 이런 경험들이 축적되어 있었기 때문이 아닐까.

편안한 소파에 기대어 앉아 아이스 아메리카노를 홀짝홀짝 마시며 낯선 여행지의 스타벅스 같은 사람이 되고 싶다는 생각을 했다. 만나는 순간 마음이 놓이는 사람. 그리고 그런 사람을 만나고 싶다는 생각도 했다. 난 예측 가능한 사람이 좋다. 돌발적인 행동을 하지 않는 사람, 어떤 경우라도 최소한의 믿음을 저버리지 않는 사람, 자신의 원칙을 지키는 사람, 감정적으로 쉽게 동요하지 않는 사람. 어디로 튈지 모르는 '나쁜 남자' 따위 아무리 잘생기고 돈 많고 매력적이라고 해도 싫다. 앞에서는 까칠하게 굴지만 뒤에서는 챙겨주고 위해주는 '츤데레'도 싫다. 피곤하다. 밀당 같은 소모적인 일은 더 이상 하고 싶지 않다.

베트남은 세계 2위 커피 생산국이다. 베트남의 수도 하노이에는 별의별 커피가 다 있다. 베트남 고유의 커피 드리퍼인 작고 둥근 핀Phin 필터로 커피를 내리면 맛이 무척 진하다. 연유가 들어간 달고도 쓴 아이스커피, 연유 없이 진하게 내린 아이스 블랙커피, 이열치열 뜨거운 블랙커피, 콩 카페의 한국 진출로 더 핫해진 코코넛 커피, 계란노른자로 거품을 내서 커피 위에 올린 에그 커피, 심지어 에그 커피에 맥주를 넣은 에그 비어까지 수많은 종류의 특이하고 독창적인 커피들이 있다. 원래의 취향은 잠시 접어두고 하나씩 도전하다 보면, 결국 마지막 날에는 스타벅스 간판을 보고 돌격하듯 들어가게 된다. 그리고 스타벅스 아메리카노를 마시며 소리치게 된다.

"그래, 이 맛이야!"

김치찌개의 세계

·
·
·

"김치찌개는 뭘 넣고 끓인 걸 좋아해요? 돼지고기? 참치?"

호감 가는 누군가를 만나면 꼭 물어보는 질문이다. 난 거창하고 대단한 것들이 아니라 이런 소소한 것들이 궁금하다. 이를테면 이런.

-라면은 푹 익힌 걸 좋아하는지, 아니면 *꼬들꼬들*한 걸 좋아하는지
-라면에 계란을 넣는지, 안 넣는지
-넣는다면 계란을 풀어서 넣는지, 아니면 불 *끄*기 직전에 톡 깨뜨려서 넣는지
-소맥은 어떤 비율을 좋아하는지
-즐겨 먹는 치킨 브랜드는 뭔지

-탕수육은 부먹을 좋아하는지, 찍먹을 좋아하는지

-회는 초장, 간장, 막장 중 뭘 찍어 먹는 걸 좋아하는지

누군가에게 마음이 가면 그 사람이 뭘 좋아하는지, 뭘 싫어하는지, 뭘 할 때 행복한지 그런 소소한 취향들이 너무나 궁금하다. 별거 아닌 것도 나랑 겹치는 게 있으면 엄청난 우연을 발견한 것처럼 기쁘고 이런 의미를 부여하게 된다. 우리, 인연인 걸까?

어떤 김치찌개를 좋아하냐는 질문을 통해 세상에는 참 다양한 기호와 취향이 존재한다는 걸 새삼 느꼈다. 내가 알던 김치찌개의 세계는 돼지고기와 참치가 전부였는데, 답을 들어 보니 생각보다 많은 조리법이 존재했다. 멸치 육수에 묵은지만 넣고 끓여 담백하게 만든 것, 꽁치 또는 고등어 통조림을 넣고 끓여 비릿한 맛을 살린 것, 부대찌개처럼 스팸을 가득 넣어 기름진 것, 김칫국처럼 콩나물을 넣은 것, 어묵을 넣은 것, 네모로 썬 두부 대신 순두부를 넣은 것, 김치찌개와의 조합을 상상해보지 못한 갈비, 오징어, 주꾸미 등을 넣는 것 등 무한한 변주가 가능했다.

이처럼 이색적인 재료와의 조합을 좋아하는 사람들도 있지만, 나의 신뢰도 낮은 설문 결과 압도적인 1위는 역시 돼지고기를 넣고 끓인 김치찌개였다. 나도 돼지 목살을 큼직하게 썰어 넣고 칼

칼하게 끓인 김치찌개를 좋아한다. 테이블에 버너를 올려놓고 부
글부글 끓이는 건 별로 좋아하지 않는다. 뜨거운 걸 잘 못 먹는
데다, 소주 이름이 새겨진 판촉용 앞치마를 하고 난폭하게 끓는
찌개 앞에 앉아 국물이 튈까 봐 노심초사하고 있노라면 좀 번거
롭다는 생각이 든다. 잘 끓인 김치찌개는 반찬도 필요 없다. 집에
서 먹는 것처럼 편하게 앉아 밥 한 공기 뚝딱 하고 싶은데, 부글
부글 끓이고 라면 사리를 넣고 불을 줄이고 육수를 더 붓고 그런
과정이 피로하게 느껴진다. 그래서 밖에서 김치찌개를 먹을 때는
주방에서 다 끓여져 나오는 걸 선호한다.

　　"오늘 뭐해? 김치찌개나 먹을까? 얼큰한 게 먹고 싶어."
　　평소 밥을 자주 사주시는 선배님이 번개를 쳤다. 대인배로 통
하는 Y선배님은 본인이 밥을 살 때는 한우나 중국집 코스 요리
같은 비싼 걸 사주고, 남이 밥을 살 때는 늘 김치찌개가 먹고 싶
다고 한다. 참으로 멋진 사람이다. 선배님의 제안에 재빨리 응답
했다.
　　"좋아요. 오늘은 제가 쏠게요!"
　　마포 '굴다리식당'에서 일요일 이른 저녁에 네 명이 모여 김치
찌개를 먹었다. 잘 익은 묵은지에 돼지고기를 넉넉히 넣고 끓인
칼칼한 김치찌개. 이 집은 주방에서 큰 솥에 푹 끓인 김치찌개를
냉면 그릇 같은 커다란 스테인리스 대접에 떠 준다. 뜨거운 걸 잘

못 먹는 나도 편하게 먹을 수 있는 딱 적당한 온도다. 예전에 마포에는 공사장이 많았고 손님들 중엔 공사장 인부들이 많아서 후딱 먹고 갈 수 있도록 김치찌개를 식혀서 낸 게 스테인리스 대접의 기원이라고 한다. 대접에 담으니 뚝배기보다 양도 많고 시각적으로도 푸짐하다.

넷이서 김치찌개 2인분(2인분도 양이 엄청나게 많다), 제육볶음과 계란말이 하나씩, 그리고 소주 한 병을 시켰다. 메뉴가 세 개밖에 없어서 고민하지 않고 전부 다 시켰다. 곧 흐뭇한 밥상이 차려졌다. 대접에 가득 담긴 김치찌개, 큼직하게 썬 돼지고기를 맵고 달게 볶은 제육볶음, 막 부친 커다란 계란말이 두 줄, 여기에 기본 반찬으로 나오는 도시락용 김. 따끈따끈한 밥 위에 뭘 올려 먹어도 맛있었다. 일요일 저녁이라 넷이서 소주 딱 한 병을 나눠 마셨다. 몸이 재산인 나 같은 직장인들은 약국처럼 일요일엔 쉰다.

배불리 먹고 나와 계산을 하니 총 41,000원. 얼마 전 선배님이 사주신 한우 1인분도 안 되는 가격이었는데도, 선배님은 몇 번이나 잘 먹었다며 인사를 하셨다. 선배님을 볼 때마다 나도 이런 선배가 되어야지 하고 다짐하게 된다. 한참 어린 후배가 밥을 산다고 하면 "네가 무슨 돈이 있다고? 됐어, 내가 살게" 하며 무안을 주는 대신, 김치찌개나 라면이 먹고 싶다고 말하는 사람. "나 며칠 전부터 떡라면이 엄청 먹고 싶었어. 근데 김밥도 한 줄 먹어도 돼?"라고 말하며 빙긋 웃을 줄 아는 사람.

"김치찌개는 뭘 넣고 끓인 걸 좋아해요? 돼지고기? 참치?"라는 나의 질문에 가장 최근에 대답한 사람은 이렇게 말했다.
"연어 통조림이요. 수선씨도 한번 끓여 먹어 보세요. 참치보다 국물 맛이 훨씬 깊어요."
역시나 김치찌개의 세계는 그 끝을 알 수 없을 만큼 광활하다. 이토록 다양한 취향을 가진 사람들이 만나 친구가 되고 연인이 된다는 건 참 멋지고도 기적 같은 일이다.

노지 것으로 줍서

•
⋮
•

"한라산 갔었어?"

제주에 다녀왔다고 하면 이렇게 묻는 사람들이 많다. 그럼 난
애매하게 웃으며 이렇게 대답한다.

"그게 어…… 가진 않고 마셨……지. 근데 한라산은 원래 마시
는 거 아냐?"

한라산은 제주를 대표하는 소주 이름이다. 일명 '하얀 병'이라
고 불리는 21도짜리 '한라산 오리지널'과 17.5도짜리 '한라산 올
래(초록 병)'가 있는데, 내가 좋아하는 건 보기만 해도 청정한 기개
가 느껴지는 '하얀 병'이다. 처음처럼, 참이슬 등 거의 모든 소주
가 초록 병인데 한라산 오리지널은 유독 투명한 유리병이다. 제
주 토박이들은, 특히 어르신들은, 소주를 시킬 때 이렇게 말한다.

"하얀 병 노지 것으로 줍서."

21도짜리 한라산 오리지널을 차갑지 않은 것으로 달라는 말이다. 요즘엔 제주에 관광객들이 많아 소주를 시키면 바로 냉장고에서 꺼내주지만, 제주 사람들은 노지 것으로 마실 건지 냉장 보관한 시원한 소주를 마실 건지 선택해서 주문한다고 한다.

노지露地는 지붕 따위로 덮거나 가리지 않은 땅이라는 뜻이다. 제주에 가면 '노지 감귤', '노지 재배'라는 말을 쉽게 들을 수 있는데, 비닐하우스 재배가 아닌 자연 상태에서 키웠다는 말이다. 소주 시킬 때의 '노지'도 같은 한자를 쓴다. 냉장고에 넣지 않은 자연 상태, 즉 상온 보관.

제주 동문시장의 한 허름한 순댓집에서 "노지 것으로 줍서" 하며 소주를 시키는 어르신들을 처음 봤을 때, 드라마에서 메뉴를 보지도 않고 "늘 먹던 걸로" 하며 주문하는 재벌 2세보다 멋있다는 생각을 했다. 따라 하지 않을 수가 없었다. "저희도 노지로 주세요!"

녹아버린 아이스크림을 먹어본 적이 있다면 알 것이다. 얼마나 단지. 얼었을 때는 차가운 감각에 묻혀서 단맛을 덜 느낄 뿐이다. 소주도 마찬가지다. 미지근하게 마시면 차가울 때는 몰랐던 것들을 알게 된다. 차갑지 않으면 알코올 냄새가 더 많이 난다. 소주를 차가울 때 쭉 넘기면 청량감도 있고, 순식간에 쓴맛이 지나가고 단맛이 남는다. 미지근한 소주는 술을 잘 마시는 사람이 아니라면 마시기가 어려울 것 같다. 알코올 냄새가 올라와서 살짝 비리기도 하고, 더 독하게 느껴진다. 그런데 식어버린 차를 마시듯 미지근한 소주를 머금어 가며 천천히 마시면 그동안 몰랐던 소주의 새로운 맛이 느껴진다. 차가운 소주가 쓴맛과 단맛이 순차적으로 느껴지는 병렬적인 맛이라면, 상온의 소주는 쓴맛과 단맛이 결합해서 느껴지는 복합적인 맛이라고나 할까?

제주에서는 왜 소주를 노지로 마시는 문화가 생겼는지 여러 사람에게 물어보고 검색도 해봤지만, 끝내 신빙성 있는 유래를 알아내지 못했다. 냉장고 보급이 늦어서 그랬다는 말도 있고, 전기세를 아끼려고 그랬을 거라는 말도 있고, 상온으로 마시는 게 술맛이 더 진해서 그렇다는 말도 있지만 모두 추정과 짐작일 뿐이다. 취재(?)를 위해 몇 번이나 하얀 병을 노지로 마셨음에도 불구하고, 알게 된 거라고는 온도에 따라 소주의 맛이 확연히 다르다는 것뿐.

덥고 습한 여름에는 쉽게 짜증이 나고, 환절기에는 툭하면 감기에 걸린다. 날이 더울 때는 시원한 콩국수나 냉면이, 비가 오면 지글지글 기름 냄새가 진동하는 전이, 날이 추울 때는 뜨끈한 국물 음식이 잘 팔린다. 인정하고 싶지 않지만 우리는 기온 변화에, 1~2도의 온도 차이에도 매우 민감하고 취약한 존재들이다. 그리고 온도는 우리의 감정과 인간관계에도 영향을 미친다.

누군가를 여름에 만났을 때와 두세 달 지나 가을에 만났을 때, 심한 황사로 눈을 뜨기도 힘든 꽃샘추위 속에 만났을 때와 선선한 바람이 부는 초여름 저녁에 만났을 때, 에어컨 빵빵한 호프집에서 기분 좋게 만났을 때와 찜통더위 속 버스정류장에서 아슬아슬하게 버스를 놓친 후 만났을 때, 우리의 표정도, 기분도, 짜증의 정도도, 반가움의 크기도 다르다. 그게 다, 온도 때문이다.

어쩌면 연인을 한 계절만 만나보고 그 사람에 대해 판단하거나 무모하게 결혼을 결정하는 것은 매우 위험한 일이다. 여름의 그 사람과 겨울의 그 사람은 다른 사람일지도 모른다. 상대방뿐 아니라 나 자신의 감정도 기온이 급락하듯 바닥을 칠 수 있다. 심지어 소주 맛도 온도에 따라 달라지는데, 내 마음을 포함한 사람의 마음이 늘 그대로일 수가 없다. 숨쉬기도 힘든 열대야에도 연인의 체온이 짜증스럽지 않은지, 감정 기복이 환절기 일교차처럼 심한 연인을 지치지 않고 사랑할 수 있는지, 날이 좋을 때나 궂을 때나 더울 때나 추울 때나 언제 봐도 좋은지 알기 위해서는 시간이 필요하다. 기다리지 않아도 다시 돌아오는 계절들을 함께 보내봐야 할 것 같다. '꽃처럼 한 철만 사랑해줄 건가요?' 이런 노래를 부르지 않으려면.

제주에서 사온 한라산 오리지널(하얀 병) 미니어처 12병을 상온에서 보관하고 있다. 12병 모두 노지 것! 80밀리리터짜리 작은 병이 귀엽고 앙증맞다. 누군가에게 선물하며 노지로 마셔보라고 권하고 싶다. 그리고 시음 평을 물어보며 소곤거리고 싶다.

"온도라는 게 참, 묘하죠?"

4장

고수는 생각보다
가까이에 있다

내 인생의 스승

·
·
·

2015년 9월 26일.

날짜를 정확히 기억한다. 내 생일이었으므로. '나의 사랑 진진'
에 처음 간 날이었으므로. 그리고 그 후 내 인생의 많은 것들이
바뀌었으므로.

여느 때처럼 평범한 생일이었다. 절친 지희와 개그맨 출신 선
배 B와 함께 저녁을 먹기로 했다. 장소는 당시 한창 뜨고 있던
신흥 중식당 서교동 진진. 우리는 진진이 오픈하는 시간인 오후 5
시에 첫 번째 손님으로 입장했다. 오후의 햇살이 나른하게 남아
있었다. 가볍게 맥주 한잔 따위 생략하고 처음부터 고량주로 달
리기 시작한 우리는 신나게 떠들었다. 토요일이었고, 생일이었고,
오랜만에 만난 우리는 마냥 즐거웠다. 담백한 대게살 볶음을 맹

렬한 속도로 비우고 입맛을 다시고 있을 때, 멘보샤가 나왔다. 우리는 처음 먹어보는 음식에 대한 호기심에 얼른 갓 튀긴 멘보샤를 한 조각씩 입에 넣었다. 그리고 우리는 놀란 토끼눈으로 서로를 말없이 쳐다봤다. 선배가 한동안 이어진 침묵을 깨고 말했다.

"말이 끊어지게 하는 맛이야."

역시 개그맨 출신다운 촌철살인. 상상을 훌쩍 뛰어넘는, 압도적인 뭔가를 만나면 잠시 말을 잃게 된다.

"우리 아까 무슨 얘기하고 있었더라?"

그 후로 나는 이 세상 누구보다도 진진을 사랑하는 진진의 열혈고객이 되었다. 진진이라는 이름은 내게 그렇고 그런 수많은 식당 상호 중 하나가 아닌, 생각만 해도 미소가 지어지는 '나의 사랑 진진'이 되었다. 마치 '어린 왕자'의 장미처럼. 말이 끊어지게 하는 진진의 음식에 반해 중국 음식 마니아로 거듭난 나는 중국 음식과 역사에 관한 책들도 탐독하게 되었다. 그리고 진진의 오너셰프인 왕육성 사부님을 보며 경영자의 덕목과 고객을 사로잡는 마케팅 전략을 배우게 되었다. 피터 드러커, 마윈, 세스 고딘 등 그 어떤 유명한 경영학자나 CEO보다도 난 왕육성 사부님에게 살아 있는 마케팅을 배웠다. 2017년부터 3년 연속 미슐랭에서 별을 받은, 미슐랭 스타 레스토랑 진진의 오너셰프 왕육성. 어렸을 때부터 중국집에서 일하며 배달을 했던 그는 어려운 집안 환경으로 고등학교를 중퇴했다. 그의 최종 학력은 중졸이다.

진진津津은 왕육성 사부 부친의 고향인 중국 톈진天津의 '진'과 마포 한강 북안에 있었던 나루터이자 조선 시대 교통의 요지였던 양화진楊花津의 '진'을 따서 지은 이름이다. 1882년 임오군란 때 조선으로 파견된 청나라 군대와 함께 들어온 중국인 상인들을 시작으로 대한민국 '화교'의 역사가 시작되었다. 톈진의 주물 기술자였던 그의 부친은 1931년 일제 강점기 때 조선으로 왔다. 그리고 23년 후, 1954년 경상북도 안동에서 내 인생의 스승 왕육성이 태어났다. 화교 2세인 그는 안동, 인천, 전주, 서울 등으로 옮겨 다니며 어린 시절을 보냈다.

'배달'을 시작으로 중식계에 입문한 왕육성 사부는 종로에 있던 유서 깊은 중국 요리점 '대관원'에서 '훌뿌이'로 3년을 근무했다고 한다. 그는 누구보다 예리한 관찰력과 비범한 촉을 가지고 있는데, 아마도 이때 몸에 익은 게 아닐까 싶다. 섬세하고 영민한 10대 훌뿌이는 손님들의 일거수일투족을 유심히 살폈을 것이다. 진진에서 손님이 젓가락을 떨어뜨리면 젓가락을 갖다 달라고 말하기 전에 직원이 젓가락을 갖고 나타난다. 소설가 지망생이 주변 사람들을 관찰하며 습작을 하듯이, 진진의 직원들도 왕육성 사부에게 손님들을 관찰하고 살피는 훈련을 받았을 것이다. 커다란 홀을 뛰어다니며 주문을 받고 음식을 나르는 것만도 힘들었을 텐데, 그 시절 청년 왕육성은 일찍 출근해서 주방을 도우며 요리사 자격증을 땄다. 살아남으려면 기술을 배워야 한다는 일념으로 주방 식구들을 도와주며 매달렸다고 한다.

대형 중국 음식점 주방은 대개 '칼판, 불판, 면판'이라는 세 개의 조직으로 구성된다. '칼판'은 재료를 다듬고 칼질을 하며 주방 살림을 총괄하는 파트이고, '불판'은 조리 총괄, '면판'은 밀가루로 하는 면 요리를 총괄하는 파트라고. 왕육성 사부는 '칼판' 출신이다. 칼판은 단순한 재료 다듬기나 칼질뿐 아니라 메뉴 작성, 재료 구매, 원가 관리 같은 경영의 핵심적인 역할을 담당한다고 한다. 홀뽀이 근무 3년 후 드디어 주방으로 진출한 그는 칼판에서 일하며 회계와 재무 관리를 책이 아닌 몸으로 배웠을 것이다.

보통 중국집들은 메뉴판이 잡지처럼 두껍다. 냉채부터 요리, 식사까지 합하면 메뉴가 수십 개, 심지어 100개가 넘는 집도 많다. 하지만 진진의 메뉴는 단출하다. 동네 상권에 피해를 주지 않기 위해 짜장면, 짬뽕 같은 식사류는 취급하지 않고, 요리도 10~15개가 전부다. 메뉴가 간단하다는 건 사용하는 재료도 한정적이라는 말이다. 즉 재고의 회전율이 높다는 뜻. 그만큼 재료가 신선하고, 선택과 집중에 의해 특정 재료의 구매량이 많은 만큼 구매 단가도 낮아진다. 진진은 계절에 따라 일부 메뉴를 바꾸기도 하는데, 제철 재료를 쓰며 원가를 절감하고 신선도를 최고로 끌어올

린다. 왕육성 사부에게 원가 관리는 학습의 영역이 아니라 직관의 영역이다. 본능적으로 알고 있다. 써야 할 재료와 쓰지 말아야 할 재료를, 메뉴에 넣어야 할 음식과 빼야 할 음식을.

미슐랭 별을 3년 연속 받은 레스토랑이라고 하면 인테리어가 화려하고 럭셔리할 거라고 짐작하는 사람이 많을 텐데, 진진의 인테리어는 꽤나 소박하다. 원가를 절감해서 호텔 수준의 음식을 대중적인 가격으로 판매하는 것이 진진의 경영철학이기 때문이다. 인테리어, 메뉴, 가격 그 어디에도 거품은 없다. 천장에 휘황찬란한 샹들리에를 달거나 리노베이션 공사를 하는 대신 왕육성 사부는 이렇게 말한다.

"최고의 인테리어는 좋은 손님입니다."

언젠가 검도 유단자인 한 소설가와 진진에 간 적이 있다. 그는 왕육성 사부를 지켜보다 작은 소리로 말했다.

"저 사람의 얼굴에는 정확함이 있어. 검도 9단을 한 번도 본 적이 없는데, 있다면 저런 표정일 거야. 인생의 시련과 굴곡, 집착과 미련이 모두 지나가고 정확함만이 남은 선한 얼굴."

그 말을 듣는 순간 전율을 느꼈다. 늘 느끼고 있었지만 표현하지 못한 핵심적인 이미지를 검도 유단자인 소설가가 콕 집어냈다. 왕육성 사부는 대한민국을 대표하는 중식 요리사로서 엄청난 성공을 거두었지만 잘난 척하지도 고집을 부리지도 않는다. 늘

세심하게 관찰하고 주변을 배려하며 자기 자리를 지킨다. 진진의 오늘은 모두 손님들 덕분이라며 겸손함을 잃지 않는다. 혼자 온 손님에게도 음식이 입에 맞는지 다정하게 물어본다. 자신의 직관을 믿고 따른다. 정확한 사람, 왕육성.

진진에서 군만두를 먹고 놀란 친구가 이런 말을 했다.

"영화 「올드보이」에서 사설 감옥에 갇힌 주인공에게 식사로 매일 중국집 군만두를 주잖아. 그게 만약 진진 군만두라면 탈출하고 싶지 않을 것 같아."

2015년부터 지금까지 매년 생일 저녁을 진진에서 먹고 있다. 앞으로도 매년 생일에 사랑하는 사람들과 진진에서 저녁을 먹으며 진진과 함께 늙어가고 싶다. 큰 욕심은 없지만, 좋아하는 사람들에게 진진에서 부담 없이 밥을 살 만큼의 경제적 여유가 늘 있기를 소망한다. '말이 끊어지게 하는 맛', '탈출하고 싶지 않을 것 같은 맛'을 좀 더 많은 사람들과 나누고 싶다. 밥 잘 사주는 예쁜 누나로 오래오래 기억되고 싶다. 나의 사랑 진진에서.

이성당의 진심

•
•
•

군산에 가서 누구나 들르는 곳은 유명 관광지가 아니라 빵집이다. 1945년에 개업한 한국에서 가장 오래된 빵집 이성당. 이곳에서 가장 잘 팔리는 빵은 단팥빵과 야채빵이다. 이 빵을 사기 위해 길게 줄을 선 사람들로 이성당 앞은 항상 북적거린다.

요즘 빵집들은 '곤트란쉐리에', '메종드조에', '브리오슈도레'처럼 기본 외국어에 이름이 긴 경우가 많은데, 오래된 빵집 이성당李盛堂은 이름도 참 고전적이다. '이씨가 하는 집은 번창한다'는 뜻 그대로, 대기업들이 운영하는 프랜차이즈 빵집들의 위협 속에서도 70년 넘게 사랑받고 있다.

1945년, 일본이 패전하면서 일제 강점기가 끝났다. 식민지 조선으로 이주해서 호사를 누리며 살던 일본인들은 도망치듯 조선

248

을 떠나야 했다. 금붙이 같은 귀중품이야 몰래 몸에 지니고 가더라도, 살던 집을 이고 갈 수는 없었다. 일본인들이 살다가 떠난 '적의 재산이었던 집'을 '적산가옥敵産家屋'이라고 하는데, 1910년에 '히로세 야스타로'라는 일본인이 개업한 '이스보야 제과점'이 해방 후 적산가옥으로 등록되었고 이를 이성당의 창업자 이석우 선생이 인수해 지금에 이르렀다.

가족들과 군산 여행을 갔을 때가 3월 초, 바람이 아직 찼다. 오후에는 줄이 어마어마하게 길다고 해서 아침 일찍 가서 문을 열기도 전에 줄을 서 있었다. 털모자를 쓴 일곱 살 조카랑 서 있는데, 직원분이 문을 열어줬다.

"아이가 춥겠어요. 들어와서 기다리세요."

영업시간이 되기도 전에 손님이 추울까 봐 문을 열어주는 직원의 모습에서 따뜻한 배려심이 느껴졌다. 8월의 찜통더위 속에 줄을 서 있는데 이성당 직원들이 나와서 얼음물을 나눠줬다는 친구의 말이 생각났다.

우리는 아침 8시부터 10시까지만 파는 '모닝 세트'를 주문했다. 야채 수프, 우유 한 잔, 양배추 샐러드, 계란프라이, 토스트 네 조각, 딸기잼과 버터가 나오는 구성이다. 호텔 조식처럼 차려져 나오는 이 한 상이 단돈 5천 원. 군산에 다녀온 여행자들의 블로그에서 사진으로 본 적이 있었지만, 가격 대비 너무나 훌륭한 차림을 직접 보니 더욱 감탄스러웠다.

테이크아웃용 커다란 종이컵에 든 라떼는 자주 마셨지만, 투명한 유리컵에 따른 하얀 우유는 너무 오랜만이라 보는 것만으로 기분이 좋았다. 우유 광고에서 어여쁜 모델이 긴 목을 뒤로 젖히며 차가운 우유를 마시는 것 같은 청량감이 느껴졌다. 토마토를 가득 넣고 끓인 걸쭉한 야채 수프는 해장으로도 좋을 것 같았다. 후추를 많이 넣어서 찌개처럼 칼칼하기도 했다. 잘 팔리는 빵 만드는 것만으로도 손이 부족할 텐데, 하나하나 부친 계란프라이며 신선한 샐러드에 적당하게 잘 구운 토스트까지, 누군가 나를 위해 정성껏 차려준 것 같은 아침상을 받으며 경제성의 논리로 설명할 수 없는 어떤 진심이 느껴졌다.

줄을 서야 살 수 있는 이성당의 단팥빵은 하루에 1만 개가 넘게 팔린다고 한다. 오후 늦게 가면 빵이 떨어져서 못 살 때도 많다고. 단돈 5천 원짜리 모닝 세트를 준비하느라 야채를 다듬고 수프를 끓이고 달걀을 하나하나 부칠 시간에 단팥빵을 더 만든다면, 인건비도 적게 들고 매출과 이익도 훨씬 커질 것이다. 그럼에도 불구하고 늘 문전성시를 이루는 이성당에서 수고로운 모닝 세트를 파는 건 아침 일찍 찾아준 손님들을 대접하고자 하는 마음, 멀리서 찾아준 손님에게 뜨끈한 국물 한 그릇 먹여 보내려는 인심이 아닐까?

이성당은 고아원이나 양로원에 빵 기부를 자주 하는 것으로도 유명한데, 팔고 남은 빵이 아니라 새로 만든 빵을 배달한다고 한다. '이성당 할머니'로 유명했던 고 오남례 사장님이 이성당 앞에서 광주리를 늘어놓고 장사하는 노점상들에게 다른 데서 장사하라고 타박하는 대신 출출할 테니 드시라고 빵을 나눠줬다는 미담도 들려온다.

이성당에서 아침을 먹고 나오면서 단팥빵과 야채빵을 열 개씩 샀다. 단팥빵은 얇은 빵 안에 단팥소가 가득 들어 있었고, 야채빵은 크게 썰어 넣은 야채의 식감이 좋았다. 빵을 튀기지 않아서 그런지 느끼하지도 않았다. 70년의 세월이 느껴지는 건재하고 꾸준한, 그리고 단아한 맛.

제품이건 브랜드건 사랑받는 모든 것엔 이유가 있다. 어쩌면 한국에서 가장 오래된 빵집 이성당이 지금까지 사랑받는 이유는 그들의 변치 않는 진심 때문일지도 모른다. 더운 여름에 줄을 서서 기다리는 손님들에게 얼음물을 갖다 주고, 꼬마 손님이 추울까 봐 영업시간도 되기 전에 문을 열어주고, 가게 앞을 막고 장사하는 노점상들에게 요깃거리로 빵을 나눠주고, 갓 구운 따끈따끈한 빵을 기부하는 그들의 진심.

군산으로 여행을 간다면 아침 일찍 이성당에 가서 모닝 세트를 먹어보면 좋겠다. 칼칼한 야채 수프에 정성껏 부친 계란프라이를 먹다 보면 이런 빵집이 있어줘서 고맙다는 생각이 든다. 이성당이여, 영원하라!

그냥 장사하는 기라예

조선 후기 화가 강세황이 그린 산수화 〈도산서원도〉를 본 순간 그 아름다움에 반해 언젠가 꼭 도산서원에 가보리라 다짐했다. 그러던 어느 봄, 주말에 안동으로 여행을 가게 되었다. 처음 가본 도산서원은 상상했던 것보다 훨씬 아름다웠다. 도산서원 앞으로 굽이굽이 흐르는 강물과 빼어난 산세를 보며 나는 혼잣말을 했다.

"저렇게 아름다운 곳에서 공부가 될까?"

직접 보니 마치 내가 그림 속에 들어와 있는 것 같았다. 시간이 정지한 것 같은, 나도 모르게 길고 깊게 숨을 쉬게 되는.

도산서원을 비롯해 병산서원, 봉정사, 하회마을 같은 문화유산이 즐비한 안동은 무척 볼거리가 많은 곳이었으나 먹거리는 그다지 다양하지 못했다. 안동의 대표 음식답게 '안동찜닭'은 골목이 형성되어 있을 뿐 아니라 안동 전체가 찜닭 간판들로 구성된 거

대한 퍼즐 같았다. 총각찜닭, 종가찜닭, 유진찜닭, 중앙찜닭, 위생찜닭, 현진찜닭, 시골찜닭, 찜닭, 찜닭, 그리고 또 찜닭. 그 엄청난 기세에 눌려서 찜닭을 먹기가 싫어졌다.

뜻밖에 안동에서 제일 맛있게 먹은 건 '맘모스제과'의 커피와 크림치즈빵이었다. 대전 성심당, 군산 이성당, 목포 코롬방제과 등과 함께 전국 몇 대 빵집으로 꼽히는 맘모스제과는 이름처럼 맘모스급으로 훌륭했다. 커피도 대형 프랜차이즈 빵집들보다 159배 정도 맛있었다. 여행지에서 맛있는 커피를 마시면 급 행복해진다.

지역 명소로 널리 알려진 곳이라 그런지 맘모스제과에는 테이블에 앉아서 빵을 먹는 사람들이 많았다. 20대 초반으로 보이는 옆 테이블의 어린 연인들은 아침부터 빵을 산처럼 쌓아놓고 먹고 있었다. 그들은 뭐가 그렇게 재미있는지 어깨를 들썩이며 웃다가 빵을 먹다가, 먹여 주다가를 반복했다. 이왕 여기까지 왔으니 탄수화물 걱정 따위 접어두고 맘모스제과에 있는 빵들을 종류별로 다 먹어보려는 것 같았다. 같은 여행자로서 그들이 부러웠다. 나는 그 맛있는 크림치즈빵을 먹으며 속으로는 칼로리를 걱정했다. 하나 더 먹으면…… 안 되겠지?

맘모스제과에서 나와 시내를 걷다가 작은 음반 가게를 발견했다. '아름드리레코드'. 이름부터가 정겨웠다. 보통 음반 가게들은 가게 밖에서도 음악 소리가 들리기 마련인데, 이곳에서는 아무 소리도 새어 나오지 않았다. 잠시 생각했다. 안에 주인이 없나? 문을 열고 들어가니 50대 후반으로 보이는 여자 사장님이 계셨다. 사장님이 인사 대신 물었다.

"테이프 사러 오셨어예?"

사장님의 질문처럼 그 가게에는 카세트테이프가 많았다. 그러니까 그 옛날 워크맨, 마이마이 같은 카세트 플레이어로 듣던, 테이프가 늘어질 때까지 듣고 또 듣던 바로 그 추억의 카세트테이프! LP에 이어 카세트테이프가 다시 유행하기 시작하면서 서울에서 카세트테이프를 사려고 내려오는 사람들이 많다고 했다. 한 번씩 오면 싹쓸이를 해간다고. 원래 테이프가 훨씬 많았는데 서울에서 내려오는 손님들이 많이 사가서 이제 얼마 남지 않았다고 했다.

세 개의 벽면을 가득 채운 진열장에는 테이프뿐 아니라 CD에 악보, 포스터까지 가득했다. 우연히 들어간 소도시의 음반 가게에서 나는 보물찾기를 하듯 들떠 하나하나 살펴보았다. 재미있는 앨범들도 꽤 많았다. 나는 뜻밖의 수확에 신이 나서 음악도 틀지 않고 가만히 앉아 있는 사장님에게 말을 걸었다.

나: 사장님도 음악 좋아하세요?

사장님: (1초도 망설이지 않고) 아니예. 가게는 오래했지만 음악은 안 좋아해예. 그냥 장사하는 기라예.

예상치 못한 반응에 잠시 당황했다. 그리고 그 솔직한 대답에 마음이 흔들렸다. 음악을 좋아한다고 음반 가게를 하고, 책을 좋아한다고 책방을 하는 건 아니니까. '일'은 '취미'가 아니라 먹고 사는 엄중한 문제가 걸린 '생업'이니까.

술을 좋아해서 술집을 열었다가 허구한 날 혼자 다 마셔버리는 술집 사장, 주인의 취향이 너무 강해서 되레 손님을 불편하게 하는 식당이나 카페, 대표가 좋아하는 스타일의 안 팔리는 책들만 계속해서 펴내는 출판사들을 어디 한두 번 보았는가? 좋아하는 일을 하는 사람들이 그렇지 않은 사람들보다 성공할 확률이 높다고 말하기는 어렵다. 그건 '성공'의 영역이 아니라 '만족감'과 '행복'의 영역이기 때문이다.

혼자 한참을 생각하다가 음반 가게 사장님과 눈이 마주친 나는 머쓱해서 눈에 보이는 앨범 하나를 가리키며 말했다. "이 앨범 정말 좋아요." 그러자 사장님은 무덤덤한 표정으로 이렇게 대답했다. "좋다고들 카대예." 자기가 좋아하는 음악을 크게 틀어 놓지도 않고, 은연중에 손님들에게 자신의 취향을 강요하거나 타인의 취향을 무시하지도 않고, 오래된 나무처럼 한자리를 지키며 '그냥'

장사를 하는 거라는 사장님에게서 자신만의 철학이 느껴졌다.

음반 가게에서 나와 다시 맘모스제과로 갔다. 그 순간의 감정을 기록해두고 싶었다. 진한 커피를 마시며 짧은 여행 일기를 썼다. 외람되게도 위대한 문화유산 도산서원보다 그 작은 음반 가게에서 더 큰 깨달음을 얻었다. 취미와 직업은 다르다. 직업인으로서의 우리에겐 독특한 취향이나 증발하기 쉬운 열정보다 꾸준함과 성실함, 지루할 정도의 일관성이 필요하다. 일희일비하지 않는 태도, 쉽게 포기하지 않는 덤덤한 자세가 필요하다.

카세트 플레이어도 없는데 테이프를 몇 개 사왔다. 듣지도 못하는 테이프를 보며 안동의 음반 가게 사장님을, 그분에게서 배운 직업인으로서의 자세를 마음속에 되새긴다.

"그냥 장사하는 기라예."

산수로 계산할 수 없는 일

•
•••
•

스쿠버 다이빙 강사 출신이라 '물개'라는 별명이 붙은 친한 언니
가 직장을 그만두고 식당을 하겠다는 중대 발표를 했다. 요리할
때가 제일 행복하다는 그녀는 작은 식당을 하며 사람들이 그녀의
음식을 먹으며 행복해하는 모습을 보는 게 오랜 꿈이었다고 했
다. 요리 학교를 나왔다거나 직업 요리사로 활동한 적은 없지만,
그녀는 요리 경연 프로그램 「마스터셰프 코리아」에 출연하기도
했고, 전국의 시장을 돌며 공수한 제철 식재료로 음식을 만들어
SNS에 올리는 등 끊임없이 학습하고 도전하며 요리를 좋아하는
아마추어 이상으로서의 실력을 쌓아왔다.

난 언니의 음식을 누구보다도 좋아했지만, 거의 매일 자영업
자들의 경영난과 높은 폐업률에 관한 뉴스를 보면서 마흔이 훌
쩍 넘어 식당을 하겠다는 그녀를 가능하면 말리고 싶었다. 언니

는 누구보다도 요리를 사랑하고 요리 실력도 훌륭하지만, 식당을 운영하며 수익을 내야 하는 사장으로서의 능력이 있는지는 사실 의문이었다. 요리사가 되는 것과 식당 주인이라는 경영자가 되는 것은 엄연히 다른 일인데, 그녀에겐 '원가 개념'이 없어 보였다. 식당을 하겠다는 예비 창업자가 연습으로 메뉴를 만들어보며 음식 가격을 책정하는 데 오직 '재료비'만을 따졌다. 난 그녀의 계산법을 보다 못해 이렇게 말했다.

"언니, 음식의 원가에 재료비만 들어가는 게 아니잖아. 가게 월세, 전기세, 수도 요금 같은 고정적으로 나가는 비용이 어디 한두 푼이야? 처음에는 식기랑 주방 도구들도 다 사야 하잖아. 그 감가상각비도 계산에 넣어야지. 그리고 언니 월급은 계산 안 해?"

그녀는 진지한 표정으로 내 얘기를 들으며 한 번씩 고개를 끄덕였다. 난 감히 인생의 선배인 그녀에게 훈화 말씀을 하며 이렇게 쐐기를 박았다.

"꿈을 지속시키기 위해서는 마진을 남겨야 한다구."

그녀는 술을 마시다 말고 스마트폰을 들어 손가락을 움직였다. 누군가에게 카톡을 보내는 줄 알았는데, 그녀는 이렇게 말했다.

"내게 꼭 필요한 말이네. 꿈을 지속시키기 위해서는 마진을 남겨야 한다. 메모장에 썼어. 늘 보면서 기억할게. 수선아, 너무 걱정하지 마. 언니 잘할 거야."

그로부터 얼마 후, 그녀는 영등포구 양평동에 식당을 열었다. 소박하지만 정체성이 잘 드러나는 이름 '부엌'. 내부는 ㄱ자로 된 바와 작은 테이블이 있는데, 일고여덟 명 정도 앉으면 자리가 꽉 차는 아담한 규모다. 그녀는 손님들과 대화하며 그 앞에서 요리를 한다.

처음 오픈했을 땐 메뉴가 몇 개 없었다. 꽃게장 라면, 전복 만두, 전복죽, 꼬마 김밥. 언뜻 보기엔 식당 콘셉트도 애매하고, 대표적 저가 메뉴인 김밥/라면과 고가 메뉴인 전복죽의 조합도 뭔가 어색했다.

그녀는 좋은 전복을 구하느라 배를 타고 완도군의 작은 섬까지 가고(완도군은 265개의 크고 작은 섬으로 이뤄져 있다), 신선한 달걀을 구하기 위해 전라남도 장성에 있는 농장까지 직접 찾아가며 전국을 누비고 다녔다. 발이 닳도록 돌아다니는 분주한 그녀를 보며 호텔 레스토랑도 아니고 작은 동네 식당에서 그렇게 비싸고 좋은 재료를 쓰면 남는 게 있을까 걱정도 되고, 김밥에 방사 유정란을 넣은들 누가 알아주기나 할까, 그렇게까지 할 필요가 있을까 그녀의 비효율적인 열정을 말리고 싶기도 했다.

결론부터 말해 나의 모든 우려는 쓸데없는 오지랖이었다. 좋은 재료를 듬뿍 넣은 그녀의 음식은 마니아층을 만들어내며 사랑받기 시작했다. 이제는 갈 때마다 익숙한 얼굴의 단골들이 붙박이처럼 앉아 있다. 그녀는 손님들의 고민 상담도 해주고, 가끔 맥주도 홀짝홀짝 마시며 신이 나서 요리를 한다. 단골들은 편안한 분위기에서 그녀의 음식을 행복한 표정으로 먹고 도란도란 얘기를 주고받는다. 그 공간에서 가장 행복해보이는 사람은 다름 아닌 그녀다. 언니가 직장을 그만두고 식당을 열겠다고 했을 때 요리는 그냥 취미로 하면 안 되겠냐고 반대했었는데, 너무나 행복해하는 그녀의 모습에서 함부로 남의 결정에 참견하거나 어쭙잖은 충고를 해서는 안 된다는 교훈을 얻었다. 나름 원가 계산 좀 할 줄 안다고 주제넘게 잘난 척했던 것 같다. 그건 조금만 배우면 누구나 할 수 있는 산수일 뿐인데.

좋아서 요리하는 여자 물개 셰프의 '부엌'은 계속 진화하고 있다. 2015년 오픈 후 시즌제 드라마처럼 시즌별로 주력 메뉴를 바꾸며 성업 중이다. 시즌 2 스테이크 김치찌개, 시즌 3 한우 버거에 이어 2019년 2월 현재 시즌 4 주력 메뉴는 불맛을 제대로 살린 굴짬뽕과 청정한 장성의 방사 유정란이 꽃잎처럼 펼쳐진 계란 김밥이다. 손이 큰 그녀는 메뉴에 없는 음식도 재료가 있으면 척척 만들어준다. 어느 겨울엔 제주로 여행을 다녀와서는 제주에 갈치가 풍년이라며 두툼한 갈치로 조림을 해서 단골들과 갈치 파티를 열었다. 좋은 재료가 들어왔다고 그녀가 문자를 보내면 은밀히 접선하는 비밀 요원들처럼 단골들이 모인다. 서로 다 알기 때문에 혼자 오더라도 일행인 양 건배까지 하며 술을 마신다. 언제 가도 편하고 재미있다.

　2008년도부터 지금까지 쭉 같은 미용실에 다니고 있다. 10년 넘게 두세 달에 한 번씩은 머리를 하며 수많은 이야기를 주고받은 원장님은 이제는 막역한 친구처럼 친밀하게 느껴진다. 한번은 친구 결혼식 때 부케를 받기로 해서 머리를 하러 갔다. 원장님은 능숙한 솜씨로 머리를 만지면서 거울 속의 나를 보며 말했다.

　"자꾸 남의 결혼식 갈 때만 오지 말구, 자기가 결혼을 해. 나 진짜 자기가 결혼하면 내 모든 능력을 바쳐서 이쁘게 해주고 싶다."

　그 말에 뭐라고 대답을 못 하고 웃기만 하는 나를 보며 원장님은 조심스레 말했다.

　"자기가 왜 결혼을 못 하는지 알아? 너무 신중해서 그래. 돌다리도 두들기며 가는 건 좋은데, 그렇게 신중하면 결혼을 못 해. 해보고 정 안 맞으면 한 번 갔다 온다, 그렇게 대담하게 생각해야 할 수 있다니까?"

　원장님의 말은 늘 묘하게 설득력이 있어서 나도 모르게 고개를 끄덕이게 된다. 신중함도 좋지만 원하는 일이 있을 때는 과감히 질러볼 필요도 있다. 해봐야 후회가 없다. 해봐야 그게 진짜 자기가 좋아하는 일인지 알 수 있다. 해봐야 결과도 알 수 있다.

　흥에 겨워 요리하는 그녀의 뒷모습을 보며 말했다.

"그렇게 좋아?"

그녀는 활짝 핀 꽃처럼 웃음이 만개한 표정으로 뒤를 돌아보며 말했다.

"응!"

그녀는 여전히 계산을 잘 못 한다. 계산 실수로 음식값을 덜 받을 때도 있다. 그래도 그녀의 부엌은 잘만 돌아가고, 이제는 직원도 두 명이나 있다. 영화 「카모메 식당」처럼 중년 여성 세 명이 기쁜 마음으로 요리를 하고 진심으로 손님을 대한다. 그녀를 보며 배웠다. 세상에는 산수로 계산할 수 없는 일들이 많다는 것을. 그리고 또 배웠다. 인생이라는 거대한 바다에서 커다란 용기를 내서 방향을 전환하는 친구에게 필요한 건 어설픈 충고보다 지지와 응원이라는 것을. 지금 이 시간에도 행복한 마음으로 음식을 만들거나 새로운 요리를 구상하고 있을 물개 셰프에게 물개 박수를 보낸다.

좋은 걸 먹이고 싶은 사람의 마음

"보약을 먹지 말고 활동량을 줄여. 그렇게 몸을 혹사하고 보약만 먹으면 다냐?"

언젠가 내가 한약을 먹고 있는 걸 본 친구가 말했다. 하는 일의 특성상 장거리 출장도 많고, 그 와중에 책도 쓰고, 그러면서 술자리까지 남부럽지 않게 많은 내게 친구는 혀를 차며 말했다. 물론 나도 안다. 부족한 수면과 불규칙한 생활, 과로와 스트레스가 몸에 좋지 않다는 것을. 그렇지만 활동량을 줄이기 어렵다면, 그래서 자꾸 피로가 누적되고 몸이 축난다면, 좀 더 신경 써서 몸을 챙길 수밖에 없다. 난 가끔 침도 맞고 한약도 먹는다. 몸과 마음이 지칠 때 SOS를 치기 위해 찾아가는 곳은 마포에 있는 '이유명호 한의원'이다.

'꽁지머리 한의사'로 유명한 이유명호 선생님의 작고 아담한 한의원. 그녀는 1997년부터 '부모 성 함께 쓰기 운동'을 실천하며 이름에 엄마 성을 넣어서 '이유명호'라는 이름을 쓰고 있다. 마포에서 태어나 마포에서 자랐고, 30년 넘게 마포에서 한의원을 하고 있는 마포의 딸. 이유명호 한의원과 인연을 맺게 된 사람 중에는 그녀의 책을 읽고서 한의원을 찾아온 사람들이 많다. 나도 그중 한 명이다. 그녀는 『안녕, 나의 자궁』, 『몸을 살리는 다이어트 여행』, 『살에게 말을 걸어봐』 등 여러 권의 책을 썼다. 제목만 들어도 알겠지만, 그녀의 주요 관심사는 여성의 자존감과 건강이다. 그녀는 '부모 성 함께 쓰기 운동'을 실천하기 위해 이름을 바꾼 것처럼, 자신의 신념을 실천하기 위해 세상과 타협하지 않고 작고 돈 안 되는 한의원을 소신껏 운영한다.

이유명호 한의원에는 그 흔한 체지방 측정기도 하나 없다. 대형 한의원들은 최신식 설비로 환자들의 체지방을 측정하고 다이어트 프로그램을 운영하며 비싼 다이어트 약을 팔아 수익을 올리는데, 이유명호 선생은 환자 한 명 한 명과 20~30분씩 상담을 하며 돈 안 되는 진료들을 하느라 바쁘다. 환자들이 부담을 느낄까 봐 되도록 한약도 권하지 않는다. 20~30분씩 상담하고 침놓고, 그것도 모자라 밥까지 사줄 때가 많다. 난 15년 넘게 이유명호 한의원을 다닌 오랜 고객이자 지인으로서 한마디씩 주제넘은 소리를 할 때가 있다.

"한약값 좀 올리세요. 이러고도 남는 게 있어요?"

"대기실에 있는 소파 앉으면 푹 꺼져서 안 올라와요. 너무 오래 된 거 아니에요?"

"요즘 병원들이 마케팅을 얼마나 많이 하는데…… 광고 같은 거 안 해요?"

그러거나 말거나, 이유명호 선생님은 듣고 웃고 만다.

"돈 벌려면 진즉 벌었겠지. 그냥 나 하는 대로 할게. 지금 한약 가격도 부담돼서 못 먹는 사람 많아."

차도 없는 이유명호 선생님은 매일 아침 작은 배낭을 메고 지하철을 타고 출근한다. 운동은 생활 속에서 습관이 되어야 하는 거라며 늘 이렇게 말씀하신다.

"너도 편한 신발 신고 다녀. 그래야 조금이라도 더 걷지. 운동할 시간 없다고 핑계 대지 말고."

가끔 토요일 늦은 오전에 한의원에 가서 침을 맞고 이유명호 선생님과 함께 점심을 먹는다. 점심쯤은 내가 사도 되는데, 늘 선생님이 밥값을 낸다. 내게 '집밥'을 너무나 먹이고 싶어 하시기 때문에, 당신을 찾아올 때만이라도 제대로 된 끼니를 먹기를 간절히 바라시기 때문에, 그 마음을 잘 알기 때문에, 밥을 사겠다는 그녀의 고집을 꺾을 수가 없다. 늘 선생님의 작은 손에 이끌려 점심을 먹으러 가는 곳은 한의원 뒤, 작은 골목 안에 숨어 있는 '히말라야어죽'이다.

충청도식 어죽을 팔면서 이름은 왜 히말라야인지, 갈 때마다 먹느라 정신이 없어서 물어보지 못했다. 식당 이름에 '어죽'이 들어가는 만큼 민물 생선을 푹 고아낸 국물에 양념장과 깻잎, 들깻가루 등을 넣고 끓인 죽을 전문으로 하는 집이지만, 아직 어죽은 한 번도 먹어보지 못했다. 갈 때마다 선생님이 시키는 메뉴가 점심 특선 '집밥'이기 때문이다. '집밥'은 1인분에 7천 원인데, 어떻게 이 가격에 그렇게 정갈하고 단아한 상을 차려낼 수 있는지 모르겠다. 김치, 동치미도 시골에서 직접 담그고 배추, 무, 파, 양파 등의 식재료도 모두 충남 서산에서 기른 것들이라고 하는데, 재료가 좋은 만큼 반찬 하나하나가 신선하고 야무지다. 알감자조림, 양파장아찌, 시금치나물, 멸치볶음⋯⋯ 뭐 하나 허투루 만든 게 없다. '집밥'답게 갈 때마다 반찬이 바뀐다. 밥 한 공기에 찌개 하나, 불고기 같은 메인 반찬 하나, 밑반찬 일고여덟 개. 이 가격에 이렇게 먹어도 되나 미안한 생각이 들 만큼 황송한 밥상이다. 선생님은 먹으면서 늘 이렇게 잔소리하는 걸 잊지 않는다.

"집에서 이렇게 차려 먹지는 못할 테니 밖에서는 되도록 가정식 백반을 사 먹어. 그게 제일 좋아."

"이렇게 먹으면 살 안 쪄. 천천히 씹어 먹고."

"야채는 샐러드보다 익혀 먹는 게 더 좋아. 나물이 제일 좋고."
"너 고기 좀 줄이고, 술도 줄여라. 몸이 남아나겠냐?"

이유명호 한의원에서 한약을 지으면 택배 상자에 한약과 함께 '한약 복용법'이 쓰여 있는 종이 한 장이 딸려온다. 선생님이 항상 하시는 말씀은 이 종이 한 장에 깔끔하게 정리되어 있다.
"좋은 식사법으로 몸을 돌보세요. 가정식 백반이 최고!"

선생님 말씀대로 가정식 백반, 집밥이 최고다. 사실 그렇게 먹으면서 술만 줄이면 아무도 살찌지 않는다. 밥, 된장국, 생선구이, 나물을 날마다 챙겨 먹을 수는 없지만, 자극적인 음식의 유혹에서 완전히 피해갈 수는 없지만, 좋은 음식으로 끼니를 챙기려고 노력하는 습관이 평생 건강을 좌우하는 건 당연하다. 이유명호 선생님이 자꾸 나를 비롯한 환자들에게 밥을 사주는 건 돈이 남아돌거나, 같이 밥 먹을 사람이 없어서가 아니다. 선생님이 체지방 측정기도 하나 없이 빠듯하게 한의원을 운영하면서도 자꾸 밥을 사주는 건, 좋은 식사법으로 몸을 돌보라는 것을 말 대신 행동으로 보여주는 것이다. 가정식 백반이 제일 좋으니 이렇게 먹으라고 직접 보여주는 것이다. 자신의 몸을 돌보며 자존감도 높이고 건강할 수 있도록 일상생활 속에서 실천 가능한 건강법을 알려주는 것이다.

언젠가 선생님은 히말라야어죽에서 집밥을 먹으며 말했다.

"이렇게 싸고 정갈한 음식들이 많은데, 김영란법 3만 원을 지키기 어렵다는 게 무슨 말인지 모르겠어. 안 그래?"

늘 검소하지만, 주변 사람들 밥 먹이는 데는 돈을 아끼지 않는 우리 선생님, 따뜻하고 다정한 사람. 다음에는 선생님을 저녁에 만나서 히말라야어죽에서 어죽을 사드리고 싶다.

"선생님, 제가 한번 모실게요. 히말라야어죽도 장사 좀 되게 그날은 비싼 메뉴도 몇 개 시킬게요. 네?"

먹어본 자가 맛을 안다

•
•
•

가끔 낯선 도시로 여행을 떠나거나 뭔가를 먹고 싶은데 딱 떠오르는 식당이 없을 때, 누군가에게 물어보러 전화를 걸 때가 있다. 주위에 자칭 타칭 미식가들도 많고, 음식을 소개하는 일을 직업으로 가진 사람들도 많지만 늘 가장 먼저 떠오르는 얼굴은 경양식 요리사이자 아마추어 음식 사진가인 김재우. 그는 늘 주방에서 바쁘게 일하며 여름이나 겨울이나 땀을 삘삘 흘리고 있는 '빡빡이 아저씨'다. 몸에 열이 많다고 하는데, 음식에 대한 그의 열정은 열이 많은 정도가 아니라 이글이글 끓어오르는 용암 같다. '음식에 대한 열정'이라는 키워드 없이는 그의 현재를 설명할 수 없다.

그는 원래 요리사가 아니었다. 현재 50대 중반의 자영업자인 그는 대한민국 학부모의 열망인 SKY 대학의 경영학과를 나와 모 대기업 재무팀에서 일하던 회사원이었다. 만약 그가 빼곡한 숫자를 들여다보며 매일 밤 야근에 매달 말 마감 때는 철야를 하며 계속 회사를 다녔다면, 지금쯤 그는 수백 명의 부하 직원을 거느린 고위 임원이 되어 있을지도 모른다. 하지만 그는 몇 년 지나지 않아 일은 빡세지만 연봉 높기로 유명한 그 회사를 박차고 나왔다. 사직서를 보며 다시 한 번 생각해보라고 만류하는 상사에게 '재미있는 일'을 해보고 싶다고 말하고 증권 회사로 이직했다고. 그 후, 그는 증권 회사에서 영업을 하며 '고객 접대'를 위해 수많은 맛집들을 섭렵했고, 그 과정에서 '맛'에 눈뜨게 됐다고 했다. 숨겨진 맛집을 찾아내고 몰랐던 맛을 알아가는 게 너무 즐겁고 재미있어서 바쁜 와중에 식도락 동호회 활동까지 했다고. 그리고 시간이 흘러 그는 증권 회사를 그만두고 경양식집 주인이 됐다. 그러니까 사랑받는 경양식집 '그릴 데미그라스'의 사장이자 요리사인 그의 현재는 밤잠을 설치며 고민했을 그의 크고 작은 결정과 선택들의 총합이다.

그는 음식뿐 아니라 술을 무척 사랑하는 애주가로 가끔 영업시간이 끝나면 단골손님들과 함께 술을 마신다. 한번은 함께 술을 마시다 너무너무 궁금했던 질문 하나를 던졌다.

"사장님은 어떻게 회사를 그만두고 식당을 할 생각을 했어요? 그런 엄청난 용기가 어디서 났어요?"

난 소심한 회사원으로서 그의 엄청난 용기와 결단이 부럽기도 했다. 솔직함의 영역에 있어서 경쟁 상대가 많지 않을 것 같은 사장님은(내가 좋아하는 사람들의 공통점이 바로 솔직함이다) 뭘 술 마시다 이런 진지한 질문을 다 하나 하는 표정으로 대답했다.

"안 그만둬도 결국 실적 안 좋으면 다 짤려요, 증권 회사는. 하하."

내가 그릴 데미그라스에서 제일 좋아하는, 나의 최애 메뉴는 '오므라이스'다. (오므라이스는 메뉴판에 없다. 당황하지 마시고 친절한 직원에게 주문하시라.) 그가 만든 오므라이스를 처음 먹었던 날, 난 무척 행복했고 동시에 몹시 당황했다. 오므라이스가 이런 맛이었나? 그럼 여태까지 내가 먹어온 오므라이스는 뭐지? 볶음밥을 감싼 달걀이 너무나 푹신푹신했다. 그동안 먹어온 오므라이스의 달걀은 얇은 지단 같았는데, 그가 만든 오므라이스의 달걀은 안에 에어쿠션이 들어 있는 것처럼 푹신하고 부드러웠다. 메뉴판에 오므라이스가 없는 것도 그렇게 푹신푹신하게 달걀을 구워서 주문받은 오므라이스를 한 개씩 감싸려면 조리 시간도 오래 걸리고, 주방 인원도 더 필요하기 때문인 듯했다.

그가 만든 오므라이스를 처음 먹었을 때 극찬을 하며 말했다.

"어쩜 이렇게 푹신하게 만들 수가 있어요? 직장 생활하며 대체 요리는 언제 배운 거예요?"

그는 증권 회사를 그만두고 한 유명 요리사의 레스토랑 주방에서 일 년간 일하며 요리를 배웠다고 했다. 집에서도 매일 요리 연습을 했다고.

"우리 애는 이제 오므라이스만 봐도 질겁을 해요. 연습할 때 하도 많이 먹어서."

번듯한 회사를 그만두고 양복 대신 앞치마를 두르고 남의 주방에서 수습으로 일하는 중년 남자의 모습이 떠올라 살짝 숙연해졌다. 뭔가를 결단한다는 것은 그렇게 엄중한 것이다. 인생에 연습 따위 없으니까. 그는 경영학과 출신에 한때 재무팀에서 매일 숫자를 보며 일했던 사람이다. 본능적으로 숫자에 밝고 어떤 결정을 하건 머릿속에 대차대조표를 먼저 떠올릴 것이다. 단지 좋아하는 일을 하고 싶다는 이유만으로 무작정 회사를 박차고 나오지는 않았을 것이다. 요리를 좋아한다는 이유만으로, 주위 사람들이 내가 만든 음식을 맛있다고 한다는 이유만으로 덜컥 식당을 열지는 않았을 것이다. 그는 치열하게 계산을 하고 시뮬레이션을 하고 대차대조표를 그렸다 지웠다 다시 그렸다를 반복했을 것이다. 그게 그의 현재를 만든 힘이다, 라고 나는 그를 지켜본 지인으로서 생각한다.

'먹어본 자가 맛을 안다'는 한 TV 음식 프로그램의 카피를 보면 그가 생각난다. 그 말은 불변의 진리다. 먹어봐야 맛을 알고,

먹어본 자가 맛을 안다. 그래서 늘 난 그에게 물어본다.

"이번 주말에 부산에 가는데 만두 맛있는 데 좀 알려주세요."

"저 지금 연남동 어딘데요, 여기 뭐가 젤 맛있어요?"

"서울 최고의 해장국집은 어디일까요?"

증권 회사에서 고객 접대를 위해 먹으러 다니며 맛에 눈을 떴다는 그는 아직도 쉬는 날에는 부지런히 먹으러 다니며 음식 사진을 찍어 올리는 아마추어 사진작가다. 그는 가끔 식당을 추천해주며 이렇게 말한다.

"빡빡이 후배라고 해. 그럼 잘해줄 거야!"

그의 말대로 '빡빡이 후배'라고 하면 그의 단골집 사장님들이 너무나 반가워하며 환하게 웃으신다. 그를 떠올리는 것만으로 기분이 좋으신 것 같다. 빡빡이가 당신들의 음식을 얼마나 좋아하는지 그 진심을 알기에. 요리사이기 이전에 그는 누구보다도 음식을 좋아하는 음식 탐험가이며 최고의 음식 사진작가다. 그가 찍은 사진들을 보면 유명 셰프가 아닌, 음식을 만드는 노동자들의 땀과 눈물, 숨결이 느껴진다. 우리가 먹는 음식이 가성비 따위로 따질 수 없는 누군가의 수고와 정성으로 만들어진다는 사실을 알게 된다. 그가 사진전을 한다면 그가 사랑하는 수많은 만둣집, 중국집, 해장국집, 호프집, 생선구이집, 국숫집 사장님들이 모여 그의 등을 쓰다듬으며 눈물을 흘릴지도 모른다.

그가 만든 오므라이스는 어떤 위로를 준다. "오늘도 수고 많았어.", "오늘도 애썼어." 이런 말을 듣는 느낌이다. 지친 영혼을 우유가 듬뿍 들어간 푹신푹신한 달걀로 감싸주는 것 같은 맛. 어쩌면 그는 이 맛을 내기 위해 그렇게 노력했고, 아직도 쉬지 않고 먹으러 다니는지도 모른다. 먹어본 자가 맛을 안다.

최고의 조력자

.
. .
.

제주에는 유독 해장국집들이 많다. 모이세해장국, 은희네해장국,
우진해장국, 미풍해장국 등 상호에 '해장국'이 들어간 유명한 식
당들 외에도 육개장, 순댓국, 몸국, 고기국수, 짬뽕 등 해장에 탁
월한 메뉴를 파는 음식점들이 파다하다. 그래서 제주에 가면 어
쩔 수 없이(?) 술을 마시게 된다. 아침에 해장국을 먹어야 하니까.
그래야만 하니까!

제주에 갈 때마다 새로운 해장국집을 찾아가 먹어보는 재미가
쏠쏠하다. 한번은 제주에서 자란 후배가 제주 사람들은 갈칫국으
로 해장을 한다며, 그렇게 시원하고 맛있다며, 아침부터 갈칫국을
먹자고 졸랐다. 난 음식에 대한 호기심과 열정이 남부럽지 않게
강하지만 아침부터 갈칫국이라니, 썩 내키지 않았다. 기름기 많은
갈치로 국을 끓이면 비리지 않을까 걱정도 되고, 은색 갈치 토막

이 뜨거운 국물에 잠겨 있는 상상을 하니 그러자는 말이 쉽게 나오지 않았다. 하지만 후배의 말을 믿고 도전해보기로 했다.

후배가 안내한 서귀포 '네거리식당'에는 아침부터 갈칫국으로 해장하는 지역 어르신들이 많이 계셨다. 관광객들로 붐비는 갈치 전문점들과 달리 단골손님들이 대부분이었다.* 슬쩍 옆 테이블 어르신이 드시는 모습을 보니 국물에 기름기가 거의 없어서 한결 안심이 됐다. 이윽고 우리 차례가 됐다. 처음 영접하는 갈칫국이 내 앞에 딱, 차려졌다. 국그릇이 아닌 큰 대접에 통통한 갈치 토막들과 늙은 호박, 얼갈이배추가 가득 들어 있었다. 은색 갈치와 주황색 호박, 연한 초록색 배추, 송송 썬 청양고추가 어우러져 색깔이 참 고왔다. 예뻐서 사진을 먼저 한 장 찍고, 설렘과 두려움이 교차하는 심정으로 국물을 떠먹었다. 예상 외로 전혀 비리지 않았다. 눈을 감고 국물 맛을 봤다면 생물 갈치를 넣고 끓인 국이라고는 상상 못할 만큼 깔끔한 맛이었다. 게다가 어찌나 시원한지 가슴속까지 후련했다. 이래서 음식에 대한 선입견을 가지면 자기만 손해다. 새로운 세상을 만난 것 같았다. 소문만 듣고 탐탁지 않게 여겼던 누군가와 속 깊은 대화를 나누고 친구가 된 기분이랄까?

---

* 내가 다녀간 이후 「수요미식회」에 나와 지금은 관광객들도 많다고 한다.

갈칫국의 주연은 물론 생물 갈치다. 냉동 갈치는 비린내가 나서 쓸 수 없다고 한다. 하지만 갈칫국이 그토록 시원하고 깔끔한 맛을 내는 건 싱싱한 갈치와 함께 아낌없이 넣은 배추의 힘 같았다. 비린 맛은 잡아주고, 갈치의 풍부한 단백질과 지방을 최대한 끌어내서 깊은 맛을 낼 수 있도록 도와주는 조력자의 역할.

아주 까칠하고 괴팍했던 중년 남자를 알고 있다. 성격이 급하고 하루에도 몇 번씩 버럭버럭 화를 내 가급적 피하고 싶은 사람이었다. 그는 다른 사람이 자신에게 피해를 끼치거나 잘못했을 때가 아니라, 본인 스스로가 실수를 했을 때 화를 냈다. 스스로의 실수를 견디지 못해서 엄한 주위 사람들에게 성질을 부리는 것 같았다.

얼마 전 우연히 한 쇼핑몰에서 그 남자와 마주쳤다. 하마터면 못 알아볼 뻔했다. 전혀 다른 사람 같았다. 그는 늘 양미간에 주름이 잡힌 채 신경이 곤두선 얼굴이었는데, 믿어지지 않게도 편하고 유한 인상으로 바뀌어 있었다. 심지어 옅은 미소까지 짓고 있었다. 도대체 어떤 변화가 있었던 건지 궁금했지만 짧은 안부만 묻고 헤어졌다.
　그러고 나서 얼마 후, 지난 몇 년 간의 그의 인생 이야기를 듣게 됐다. 지금의 아내를 만나 재혼한 후에 전혀 다른 사람이 됐다고. 그의 아내는 애교도 없고 예쁘지도 않지만, 누구보다도 다정한 사람이라고. 그가 실수를 할 때마다 그의 아내는 핀잔을 놓거나 빈정거리는 대신 이렇게 말해 준다고.

"괜찮아요."
"당신이 그렇게 한 이유가 있겠죠."
"이만하기 다행이에요."

얘기를 들으니 나까지 마음이 환해졌다. 어떤 상황에서나 내편에 서서 이해해주는 사람이 옆에 있다면 얼마나 좋을까? 모순적이게도 나에게 말을 함부로 하거나 상처를 주는 사람은 대부분 가족이나 연인 같은 가까운 사람들이다. 실수를 했을 때, 잘못된 결정으로 손해를 봤을 때, 제일 속상한 건 바로 나 자신인데, 가까운 사람들이 위로는 못 해줄망정, 괜찮다고 등 두드려 주지는 못할망정 이렇게 말한다.

"내가 그럴 줄 알았어."
"네가 하는 일이 다 그렇지 뭐."
"내가 뭐라 그랬어?"

답답하고 안타까워서 하는 말이겠지만, 안 그래도 코너에 몰린 사람의 가슴을 저런 말들로 후벼 파야 할까? 주위에서 이렇게 몰아붙이면 심리적 안정이나 여유 따위는 먼 나라의 일이 된다. 또 뭐가 잘못될까, 오늘은 또 무슨 실수를 할까 두려워 강박적이고 신경질적인 사람이 될 수밖에 없다. 나도 내 자신을 들들 볶는 성격이라 누구보다 잘 알고 있다. 자기 자신과 사이좋게 지내는 게 얼마나 어려운 일인지. 괜찮다고 말해주는 사람이 곁에 있다는 게 얼마나 큰 축복인지.

갈칫국에서 푹 익은 배추를 건져 먹으며 그 남자의 아내가 떠올랐다. "괜찮아"라고 말해주는 다정한 사람, 최고의 조력자. 나도 그런 사람이 되고 싶다. 뭐가 잘못되면 같이 흥분하거나 전전긍긍하는 대신 괜찮다고 말해주는 사람, 별거 아니라는 표정으로 웃어주는 사람, 이만하기가 어디냐고 다독거려주는 사람.

재혼 후 인생이 바뀐 그 남자의 또 다른 에피소드를 들었다. 아내와 함께 근교에 나들이 가서 주차를 하다가 뒤에 있는 나무를 박아버렸다고. 남자가 찌그러진 범퍼를 보며 분을 삭이지 못하고 씩씩거릴 때, 그의 아내는 놀라거나 짜증을 내는 대신 웃으며 이렇게 말해줬다고 한다.

"참 예쁘게도 박았네요. 잘했어요."

언젠가 그 부부를 만나게 된다면 얼갈이배추가 가득 든 갈칫국을 한 그릇 대접하고 싶다.

기다리게 해서 미안해유

하루에도 몇 번씩 〈벚꽃 엔딩〉이 라디오에서 흘러나오며 봄이 왔음을 알렸던 어느 날, 충청남도 서산시 해미면에 있는 해미읍성에 갔다. '읍성邑城'은 '산성山城'과 달리 평야 지대에 백성들이 사는 민가를 둘러쌓은 성이다. 현재의 해미읍성은 초록빛 잔디가 물결처럼 펼쳐진 평화롭고 아름다운 곳이지만, 1866년 천주교 박해 때 1천 명 넘는 천주교 신자들이 끌려와 처형당한 슬픈 역사가 있는 곳이다. 해미읍성에는 '호야나무'라는 커다란 고목이 있는데, 이 나무에 수많은 천주교 신자들을 목매달아 죽였다고 한다. 비가 오나 눈이 오나 시련의 세월을 견뎌온 늙은 나무는 야속하도록 푸르기만 했다. 2014년 프란치스코 교황이 방문하기도 했던 천주교 성지 해미읍성에는 기도하는 사람들과 뛰노는 아이들, 연 날리는 가족들, 손잡고 걷는 연인들이 가득했다.

경건한 마음으로 해미읍성을 둘러보고 나왔는데, 바로 앞 읍내는 잔칫날처럼 흥겨웠다. 품바 공연을 하는 것 같은 의상에 분장까지 한 엿장수가 음악을 크게 틀어놓고 가위질을 하며 덩실거리고 있었다. 나도 모르게 몸이 들썩들썩했다. 테이크아웃 커피를 들고 걷는 연인들부터 아이스크림이나 꽈배기를 들고 종종거리는 아이들까지 엿장수의 최면에 걸린 듯 모두 들썩들썩.

읍내에는 꽈배기집, 분식집, 국숫집 같은 작은 식당들이 많았다. 뭘 먹을까 둘러보다가 유독 사람들로 북적거리는 분식집을 발견했다. 빈티지의 차원을 넘어 허물어질 것처럼 낡은 분식집, 이름하여 '얄개분식'. 저 집은 왜 저렇게 줄이 길지? 궁금한 마음에 검색해보니 드라마 「응답하라 1988」에서 주인공들이 '브라질 떡볶이'를 먹었던 곳이었다. 잠시 고민했다. 여기까지 와서 떡볶이를 먹기 위해 줄을 서서 기다릴 것인가? 그래도 서산까지 왔는데 게국지를 먹어봐야 하지 않을까? 여행을 할 때마다 제일 어려운 것이 메뉴 선정이다. 떡볶이와 한 번도 안 먹어본 게국지 사이에서 망설이다가, 그 자리에서 40년 가까이 장사를 하셨다고 하니 뭔가 달라도 다를 것이란 기대에 결국 떡볶이를 선택했다.

한 시간 넘게 줄을 서야 했지만 전혀 지루하지 않았다. 보통 전국의 관광객들로 북적이는 정신없는 식당들은 바쁜 나머지 불친절하기 마련인데, 알개분식 주인 할머니는 몇 번이나 나오셔서 기다리는 손님들에게 말했다.

"기다리게 해서 미안해유. 식당이 좁아서 그래유."

할머니의 충청도 사투리가 너무 구수해서 심지어 더 기다려도 괜찮을 것 같았다.

내 앞에 선 사람들이 다 들어가고 맨 앞에 서 있을 때 할머니가 나오셔서 말씀하셨다.

"들어와유, 이제야 자리가 나서 미안해유."

이 집의 메뉴는 오직 하나, 모둠떡볶이. 가격은 2인분에 만 원이다. 1인분도 안 팔고, 3인분도 안 판다. 무조건 짝수로 시켜야 한다. 칠이 벗겨진 미닫이문에는 김밥, 쫄면 같은 다른 메뉴들도 적혀 있었는데, 손님이 너무 많아서 떡볶이만 하는 것 같았다. 할머니는 주문을 받고, 아들과 며느리로 보이는 가족들은 불 앞에서 분주하게 떡볶이를 끓여 냈다. 떡볶이 먹는 한 장면을 촬영하기 위해 왜 이 먼 곳까지 찾아왔는지 알 것 같았다. 벽이며 테이블이며 의자며 벽에 붙은 메뉴 글씨체며 딱 80년대 분위기였다. 손님들 옷이나 머리 스타일, 메이크업만 복고풍이라면 완벽하게 세트장이나 다름없었다. 벽에는 종이로 덕지덕지 메뉴를 붙여놨는데 맞춤법이 다 틀렸다. 위에는 '떡볶기', 밑에는 '떡뽁이'. 그 모습도 참 정겨웠다.

두리번거리며 식당 안을 구경하고 있으려니 드디어 기다리던 떡볶이가 나왔다. 비주얼도 할머니의 말투만큼이나 구수했다. 넓적하고 커다란 접시에 깨가 솔솔 뿌려진 떡볶이가 가득 담겨 있었다. 모둠떡볶이답게 떡, 어묵, 당면, 라면, 만두, 삶은 달걀이 푸짐하게 들어 있었다. 평소 먹던 떡볶이들과 색깔도 달랐다. 보통 떡볶이는 밝은 빨간색인데, 이 집 떡볶이는 갈색을 품은 빨간색? 고추장에 춘장을 조금 섞은 게 아닌가 싶었다.

설레는 마음으로 떡을 하나 집어 먹으니 한 시간 넘게 줄을 선 게 하나도 아깝지 않았다. 보통 떡볶이는 너무 달거나 매운 경우가 많은데, 이 집 떡볶이는 시골길을 천천히 달리는 경운기처럼 여유가 넘쳤다. 세련된 맛은 아니지만 각각의 재료들이 적당하게 익은 상태로 국물을 머금고 있는 균형 잡힌 맛이었다. 구수한 충청도 말처럼 능청스럽고 입에 착 달라붙는, 이런 음성 지원이 될 것 같은 맛. "끝도 없이 먹게 되쥬?"

옆 테이블의 20대 커플은 맹렬한 속도로 떡볶이를 다 먹고 국물에 밥도 비벼 먹던데 우린 도저히 더 먹을 수가 없었다. 그렇다고 그냥 가기는 서운해서 고개를 들어 벽을 바라보니 '포장 가능'이라는 반가운 문구가 붙어 있었다. 2인분 1봉지에 만 원. 라면은 봉지째로 넣어주고, 삶은 달걀, 만두, 당면, 떡, 채소, 양념장을 넉넉하게 챙겨준다. 마음 같아서는 10봉지 정도 사고 싶었지만 상할 수도 있을 것 같아서 3봉지를 포장해달라고 했다. 할머니가 말씀하셨다.

"고마워유. 그런데 잘 끓여 드슈. 봉지 안에 있는 쪽지 보고 고대로 끓여유."

떡볶이도 떡볶이지만, 며칠이 지난 후에도 할머니의 구수하고 다정한 말투가 자꾸만 떠올랐다. 아무리 생각해도 충청도 말은 치명적으로 매력적이다. 책장에서 남덕현의 산문집『충청도의 힘』을 꺼내 얄개분식 할머니를 떠올리며 읽었다.

"야, 시상(세상)일이 한가지루다가 똑 떨어지는 벱(법)은 절대루 읎는겨. 사램(사람)이 뭔 일을 허잖냐? 그라믄 그 일은 반다시(반드시) 새끼를 친대니께? 빨래헐라구 벗으믄 새끼 쳐서 목간허구, 푸지게 먹으믄 새끼쳐서 설사허구 허는 거지. 따루 빨래허구 목간허구 먹구 싸는 거 절대루 아녀 야. 그라니께 빨래허믄서 허이구 언제 목간허냐 걱정헐 것두 읎구, 먹으믄서 언제 싸냐 계산할 것두 읎다 이 말이여 내 말은."

_『충청도의 힘』| 남덕현 | 양철북 | 2013

늘 허둥지둥 바쁘게 살아왔지만 지나고 나서 생각해보면 그렇게 서둘 필요가 없었던 일도 많다. 비행기는 툭하면 연착하고, 차는 툭하면 밀린다. 급해서 전화했는데 연락이 안 되는 경우도 많고, 먼저 메일을 보내라고 해놓고 꿀꺽 삼켜버리는 사람들도 많다. 그럴 때마다 분통을 터뜨리면 나만 손해다. 미리 걱정할 필요도 없고, 계산할 필요도 없다. 어차피 내 마음대로 안 되니까. 죄책감 없이 게으름 부리는 것도, 두리번거리는 것도, 뒹굴뒹굴하는 것도 어쩌면 훈련이 필요한 일이다. 매사에 너무 열심히 하려고 애쓰는 것도 병이다.

맛있는 걸 먹기 위해 줄을 서서 기다리는 것도 재미있는 일이다. 그리고 난 손님들이 줄을 서지 않도록 가게를 확장하는 사람보다 "기다리게 해서 미안해유"라고 말해주는 사람이 더 좋다. 그렇게 다정하게 말해줘서, 고마워유!

망원동 반나절 데이트권

책장 정리를 하다 보니 『한국의 시장』이라는 책이 두 권이나 있었다. 이런 경우가 여러 번 있었다. 있는 줄 모르고 또 사기도 하고, 책이 너무 많다 보니 못 찾아서 또 사기도 한다. 『한국의 시장』은 제주 동문시장, 전주 남부시장, 주문진 수산시장, 대구 서문시장, 부산 깡통시장 등 전국의 시장 15곳을 취재해서 묶은 안내서다.

어디에 가든 시장 구경을 빼놓지 않는다. 시장에 가서 천천히 두리번거리며 이것저것 사먹고 구경하는 걸 좋아한다. 언젠가 이른 봄에 충청남도 당진 5일장에 찢어진 청바지를 입고 갔더니 봄나물을 팔던 할머니들이 자꾸만 물어보셨다. "안 추워유?" 사지도 않을 쥐약도 한참 구경했다. 빨주노초파남보 각종 색깔의 파리채와 쥐약을 같은 좌판에서 팔고 있었다. 쥐약 종류가 너무 많아서 눈을 휘둥그렇게 뜨고 구경하고 있으려니 짧은 파마머리 아주머니가 쥐약 봉지를 하나 내밀며 말씀하셨다.

"이게 젤 잘 죽어유."

얼마 전에는 망원동에 친구를 만나러 갔다가 망원시장을 구경했다. 방송에서 장미여관 육중완이 망원시장을 돌아다니는 건 여러 번 봤지만 실제로 가본 건 처음이었다. 먹거리도 다양하고 재미있는 가게들도 많았다. 요즘 망원시장이 핫플(핫플레이스)로 알려져서 그런지 분주한 활기가 시장 전체에 가득했다. 주방 잡화를 파는 가게에서 2천 원짜리 국자를 하나 사고, 천천히 둘러보다가 한 빵가게 앞에서 걸음을 멈췄다. 추억의 찹쌀 도너츠와 설탕이 눈처럼 뿌려진 꽈배기가 세 개 천 원! 믿기지 않는 가격에 놀라 도너츠 천 원어치를 샀다. 시장 구경을 계속하며 막 만들어 따끈한 도너츠를 한입 베어 물었다. 친구와 나는 도너츠 기름을 입술에 묻힌 채 서로 쳐다보며 말했다.

"도너츠가 원래 이렇게 맛있는 거였어?"

우리는 뒤를 돌아 다시 빵가게로 갔다. 난 너무 흥분해서 하이톤으로 말했다.

"아까 찹쌀 도너츠 먹고 너무 맛있어서 다시 왔어요! 먹고 기절하는 줄 알았어요!"

아주머니가 금니를 드러내며 활짝 웃으셨다.

"우리 빵은 도너츠 말고도 다 맛있어."

우리는 찹쌀 도너츠, 꽈배기, 소보로, 단팥빵, 슈크림 등을 눈에 보이는 대로 골랐다.

"슈크림은 천 원에 두 개야. 재료가 비싸."

아주머니는 양해를 구하는 듯한 표정으로 말씀하셨다.

슈크림은 천 원에 두 개, 나머지는 천 원에 세 개, 까만 비닐봉지에 다섯 종류의 빵을 가득 담았는데도 5천 원, 겨우 커피 한 잔 값.

빵이 어쩜 이렇게 맛있냐고 묻자 아주머니가 말씀하셨다.

"여기 주인은 매일 새벽 3시 30분에 나와서 빵을 만들어."

빵집 안을 들여다보니 '파티셰'라는 고급진 이름보다 '기술자'라는 말이 더 어울릴 것 같은 장년의 남자들이 좁은 주방에서 도너츠를 튀기고 있었다. 머리가 희끗희끗한 제빵 기술자들은 근사한 흰색 가운 대신 목이 늘어난 티셔츠에 앞치마를 하고 불 앞에 서 있었다. 밀가루 포대와 기름에 청춘을, 아니 인생을 바쳤을 것 같은 장엄한 포스로.

요즘 비싼 빵집들이 너무 많다. 장기 불황 속에 디저트 시장이 폭발적으로 성장하며* 이름도 발음하기 어려운 온갖 해외 베이커들이 들어왔다. 작은 빵집에 가도 저 멀리 프랑스나 일본 제과학

---

* 불황일수록 디저트가 잘 팔린다. 일시적인 불황엔 매운맛을, 스트레스가 지속되는 장기 불황 때는 단맛을 선호하게 된다고 한다. 한적한 백화점도 지하 식품 코너는 붐빈다. 긴 불황에 지친 사람들은 달콤한 디저트 같은 '작은 사치'를 즐긴다.

교 졸업장 또는 수료증이 무공 훈장처럼 벽에 붙어 있다. 사실 외국에서 배워 왔다고 하면 더 있어 보이고, 한번 먹어봐야 할 것 같은 생각이 들기도 한다. 밥보다 비싼 가격에 망설이다가도 이렇게 스트레스 받아가며 열심히 사는데 이거 하나 못 사먹나 하는 마음에 지갑을 연다.

빵을 사고 걸어가면서, 까만 비닐봉지를 손가락에 끼고 천천히 걸으면서, 이런 생각을 했다. 어쩌면 내 삶에도 허세가, 사치가, 불필요한 품위 유지 비용이 이름도 어려운 비싼 빵집의 페이스트리처럼, 고급 스테이크의 눈꽃 같은 마블링처럼 겹겹이 껴 있는 건 아닌가?

비싼 걸 안 먹어도 맛있고 재미난 데이트 코스들을 열심히 개발하고 있다. 서대문 안산 자락길을 걷고 내려와 이대 앞 화상손만두에서 튀김 만두를 먹는 코스, 삼청동에서 방앗간떡볶이나 수제비를 먹고 산책하다가 안국역 창덕호프에서 학꽁치구이에 생맥주를 한잔하는 코스, 남대문시장에서 갈치조림을 먹고 서울타워까지 천천히 걸어 올라가는 코스 등. 개구장이빵집 찹쌀 도너츠를 먹고 감탄한 이후 망원시장 코스를 추가했다.

요즘 들어 부쩍 힘들어하는 친구에게 망원동 반나절 데이트권을 선물했다. 시장표 아이스 아메리카노를 마시며 망원시장을 산책하고, 간식으로 찹쌀 도너츠를 먹고, 해가 지면 동네 치킨집에서 시원한 생맥주를 한잔 마시는 코스다. 친구에게 말했다.

"다 내가 쏠게. 신발이나 편한 거 신고 와. 가방도 크고 가벼운 에코백으로. 가방 가득 빵 사가야지!"

꽁치김밥에서 배우는 마케팅

제주에 가면 재미난 김밥들이 참 많다. 꽁치김밥, 성게김밥, 흑돼지김밥, 전복김밥…… 그중 압도적인 비주얼로 가장 큰 화제를 몰고 다니는 것이 꽁치김밥이다. 노릇노릇하게 잘 구운 꽁치 한 마리를 김밥 안에 통째로 넣어 앞뒤로 뾰족한 대가리와 꼬리가 삐죽 나와 있다. 인스타그램에 '#꽁치김밥'으로 조회를 하면 게시물이 5천 개가 넘는다. 횟집 직원들이 간식 삼아 먹던 꽁치김밥을 단골손님들에게 나눠줬더니 반응이 폭발적이었고, 그걸 계기로 오늘에 이르게 되었다고 한다.

꽁치김밥을 먹기 위해 내가 찾아간 곳은 서귀포 올레시장 안에 있는 횟집 '우정회센터'다. 회를 시키면 서비스로 꽁치김밥을 한 줄 준다. 꽁치김밥만 사가려는 관광객들도 많아서 한 줄에 4천 원씩 받고 포장 판매를 하기도 한다. 나 역시 그럴까 했지만 좀 비

릴 수도 있을 것 같아서 회와 소주를 곁들이는(?) 게 낫겠다고 생
각해 자리를 잡고 앉았다. (술꾼들은 늘 핑곗거리를 찾느라 바쁘다.)

4천 원짜리 꽁치김밥을 먹기 위해 거금 6만 원짜리 모둠회를
시켰다. SNS에서 줄곧 꽁치김밥을 봐온 터라 비주얼을 직접 보
고 싶었고 맛도 궁금했다. 횟집엔 나 같은 손님들로 가득했다. 김
밥이 나오자마자 사람들은 스마트폰을 들어 사진 찍기에 바빴다.
거대한 DSLR 카메라를 들고 와서 연사로 찍는 사람도 있었다. 유
사 이래 꽁치가 이토록 카메라 세례를 많이 받는 곳은 전 세계에
서 서귀포 우정회센터가 유일할 것이다.

SNS에 꽁치김밥 사진을 올렸더니 역시나 수많은 댓글들이 달
렸다. 가장 먼저 맛이 어떠냐는 댓글이 달렸다. 솔직히 놀랄 만큼
맛있지는 않았다. 꽁치구이 맛이야 다들 알고 있으니까. 맛보다
는 재미 삼아 먹는 경우가 더 많을 것이다. 여자 셋이서 먹었는데,
한 명(나)은 맛있다고 한 줄 더 먹었고, 한 명은 먹으면서 고개를
갸웃거렸고, 유독 입 짧은 한 명은 딱 한입 먹더니 비리다며 먹지
않았다. 그럼에도 불구하고 세 명 모두 SNS에 사진을 올렸다. 깜
짝 놀란 토끼눈을 하고서. "김밥 속에 꽁치 한 마리가 들어 있어
요!"

이런 댓글들도 있었다.

"가시는 어떻게 해요? 뼈 바르기 싫어서 꽁치 끊은 1인입니다."

"유행 따라서 꽁치도 패딩을 입었네(12월이었다)."

"터키 고등어 샌드위치 같은 느낌이에요?"

어떻게 먹는지 궁금해하는 사람들이 많았는데, 그냥 여느 김밥처럼 한입 크기로 잘라 하나씩 먹으면 된다. 고들고들한 밥에 뼈를 발라낸 꽁치를 올리고 둘둘 말아서 싼 단순한 형태의 김밥이다. 쌀밥과 꽁치 외에는 아무것도 들어 있지 않다. 그럼에도 그 강렬한 비주얼 덕분에 제주에 가면 꼭 먹어봐야 할 음식 중 하나로 진화하게 되었다.

요즘 식당들은 해야 할 일이 참 많다. 맛과 청결, 친절한 서비스는 기본이다. 사진이 잘 나오는 환경과 SNS에서 눈길을 끌 수 있는 참신하고 독특한 비주얼을 제공해줘야 한다. 레인보우 베이글, 타워 빙수, 괴물 짜장면, 빅버거, 악마 셰이크 같은 예쁘거나 웃기거나 엽기적인 메뉴가 필요하다. 나도 음식 사진을 자주 올리는데, 음식 사진을 잘 찍는 것도 오랜 훈련과 연구가 필요하다. 예를 들어 선지해장국을 찍을 때, 음식이 나온 채로 그냥 찍으면 해장국 위에 가득한 대파만 나온다. 숟가락을 넣어서 탱탱한 선지와 싱싱한 콩나물을 들어서 보여줘야 한다. 그래야 이런 댓글들이 달린다. "저 지금 미국인데 바로 비행기 타고 가고 싶어요!"

찍기 위해 먹는 시대가 도래했다. 트렌드를 주제로 한 책들은 모두 SNS에 음식 사진을 올리는 현상을 심도 있게 다룬다.

> 이미지 중심의 SNS 인스타그램을 열심히 하는 사람들은 '인스타그래머블Instagrammable'이라는 단어를 자주 사용한다. '인스타그램'과 '할 수 있는'이라는 뜻의 영어 'able'을 합친 말로서 인스타그램에 올릴 만큼 시각적으로 예뻐야 한다는 뜻이다. 이제 아무리 맛있는 식당도 사진에 잘 나오지 않으면 손님을 끌기 힘들다.
>
> _『트렌드 코리아 2018』 | 김난도 외 | 미래의창 | 2017

4천 원짜리 김밥 한 줄 팔기 위해 꽁치를 굽고 일일이 뼈를 발라내는 게 얼마나 수고스러운 일인가? 가격 대비 지나치게 노동 집약적이다. 그럼에도 불구하고 그 수고로움 덕분에 이 횟집은 전국구로 유명한 식당이자(외국인 관광객들도 꽤 많이 온다) 인스타그래머블의 대표 사례가 되었다.

잘되는 식당에 가면 자주 느끼는 건데, 마케팅을 전문적으로 배우지 않고도 그저 열심히, 정성을 다해 꾸준히 해온 일들이 마케팅 성공 사례가 되어 책에도 나오고 널리 알려지는 경우가 많다. 모르고 했는데 알고 보니 그게 마케팅의 정석인 경우도 많다.
서귀포 올레시장 안의 작은 횟집이 스마트폰도 보급되기 전에
SNS 마케팅을 미리 알고 준비했을 리 없다. 그저 손님들이 좋아
해서 힘들어도 꽁치 뼈 발라가며 하다 보니 이런 성공을 거두게
된 것이다. 꽁치김밥을 먹고 나오며 "잘 먹었습니다"라는 말 대신
나도 모르게 이렇게 인사했다.

"많이 배우고 갑니다."

---

*우정회센터에서는 2006년부터 꽁치김밥을 팔기 시작했다고 한다.

빨간 뚜껑

.
.
.

대학 2학년 때, 아주 잠깐이지만 연극배우가 되고 싶었던 적이 있었다. 그래서 '연극학 개론' 수업을 들으며 연극을 해보기도 했고, 소극장 연극도 많이 보러 다녔다. 짧은 기간 동안 두 가지 사실을 알게 되었다. 하나는 나는 발성도 발음도 좋지 않고, 그건 노력한다고 해서 금방 좋아질 문제가 아니라는 것이다. (난 해도 안 되는 일, 가능성 낮은 일에 대해서는 포기가 빠른 편이다.) 다른 하나는 대체로 연극배우들은 너무 가난하다는 것이었다. 연극 한 편 올리려면 몇 달 동안 연습을 해야 하는데, 연습 기간 동안 수입이 전혀 없는 배우들이 많았다. 간혹 영화에 출연해서 유명해진 연극배우 출신 스타들의 인터뷰를 보면 차비가 없어서 대학로까지 걸어 다녔다는 말을 하는데, 그게 과장이 아니라 연극배우들이 흔히 겪는 일이라는 걸 알게 되었다. 재능도 없었지만 가난을 각오할 굳건한 의지도 없었다. 그래서 난 직업으로서의 연극배우를 일찌감치 포기하고, 대학로를 자주 찾는 연극 팬이 되었다.

연극을 자주 보러 다니다 보니 연극배우들도 꽤 많이 알게 되었고, 가끔은 연극이 끝난 후 뒤풀이 자리에도 동행한다. 한번은 이호재 선생 주연의 「언덕을 넘어서 가자」를 보러 갔다가 배우, 스태프들과 함께 뒤풀이에 갔다. 15명 정도가 함께한 제법 큰 술자리였다. 연극인들의 아지트 같은 술집, 대학로 '달빛마루'는 갈 때마다 뒤풀이하는 연극배우들을 볼 수 있는 곳이다. 커다란 테이블을 둘러싼 많은 사람들 중에 연극 관계자가 아닌 사람은 나와 함께 간 내 친구밖에 없었다. 20대부터 70대까지 다양한 연령대가 어우러진 술자리는 그날이 처음이었다. 20대 초반의 스태프들부터 1963년에 연극 무대에 데뷔한 고령의 대배우까지.

나이 차도 많이 나고 스태프, 배우, 감독, 제작자가 다 모여 있으니 어린 스태프들에게는 어려울 수도 있는 자리였는데, 분위기가 전혀 경직되지 않고 편하고 자유로웠다. 술도 하나로 통일해서 인원수에 맞게 잔을 돌리는 대신, 각자 마시고 싶은 술을 마셨다. 맥주를 마시고 싶은 사람은 맥주를, 소주를 마시고 싶은 사람은 소주를, 콜라를 마시거나 물을 마시는 사람도 있었다. 그 자리의 큰 어른이자 연극의 주인공인 이호재 선생께서는 참이슬 '빨간 뚜껑'을 시켰다. 소주병에는 빨간색 두꺼비가 한 마리 그려져 있고, 큼직한 글씨로 '진짜 소주'라고 쓰여 있었다. 알코올 도수는 20.1도. 그는 빨간 병뚜껑을 돌려서 딴 뒤 소주잔이 아닌 맥주컵에 소주를 콸콸콸 따랐다.

나와 친구가 놀라서 그 모습을 쳐다보자 선생은 겸연쩍어 하며 말씀하셨다.

"예전에는 소주가 25도였어요. 요즘 나오는 순한 소주들은 너무 싱거워서 빨간 뚜껑을 마시지."

어렸을 때부터 TV에서 보아온 대배우는 맥주컵에 따른 투명한 소주를 조용히, 그리고 천천히 마셨다.

"오늘 연극은 어땠나요?"

선생께서 나를 보며 물어보셨다. 난 긴장해서 살짝 목소리를 떨며 대답했다.

"생각보다 경쾌하고 유쾌해서 놀랐습니다. 다소 무거울 거라고 생각했었거든요. 그리고 이 대사, 너무 좋았습니다. '젊었을 때는 사랑을 몰라. 격정만 있고 연민을 모르지.'"

연극 「언덕을 넘어서 가자」는 50년이 지나서 '첫사랑'을 만나 서로 사랑했었음을 뒤늦게 알게 되는 노인들의 사랑 이야기다. 첫 장면에서 〈휘파람 불며〉라는 옛날 노래가 구식 라디오에서 흥겹게 흘러나온다.

휘파람을 불며 가자 언덕을 넘어

호랑나비 춤을 추는 고개를 넘어

두 가슴 얼싸안고 속삭이는 첫사랑

휘파람을 불며 가자 어서야 가자

산새들이 쌍쌍 노래를 부르는 언덕을 넘어서 가자

마지막 장면에서 이 노래가 다시 나온다. 오해와 고통과 외로움이 뒤섞인 50년을 보냈으나 다시 만난 세 명의 친구들이 함께 신나게 춤을 추며 노래를 부른다. 열 번 정도 크게 웃었고, 두세 번 코끝이 찡했고, 한 번은 참지 못하고 눈물을 흘렸다.

대개의 회식은 연장자 또는 서열이 가장 높은 권력자가 혼자 말을 하고 나머지 참가자들은 맞장구를 치기 마련인데, 이호재 선생은 거의 말씀이 없으셨다. 분위기가 가라앉는다 싶으면 "자, 다들 잔 들고!" 하며 건배를 제의하는 정도였다. 맥주컵에 든 소주를 한 잔 다 마셨을 때, 선생은 남은 소주 반병을 마저 따랐다. 소주 한 병이 맥주컵에 딱 두 잔 나온다는 걸 그때 처음 알았다.

"이게 내 정량이야. 이렇게 딱 두 잔을 마시지."

그는 천천히 소주를 마시며 후배들의 얘기를 듣고, 한참 어린 후배들을 일일이 챙겼다.

"○○야, 안주도 좀 먹고."

"○○ 잔이 비었네. 맥주 한 잔 더 시켜줘."

두 번째 잔을 다 마셨을 때, 그는 조금도 지체하지 않고 자리에서 일어났다.

"난 이제 간다. 내가 이런 데 오래 있으면 안 되지."

평생을 연극 무대에서 보낸 노배우는 빨간 뚜껑 한 병을 마시고 홀연히 사라졌다. 그가 지금까지 대중들에게 사랑받고 후배들에게 존경받는 배우로 활동하고 있는 이유를 알 것 같았다. 절제와 배려는 세월이 흐른다고 저절로 몸에 배는 덕목이 아니다. 선생은 평생을 그렇게 자신을 단속하고 점검하며 살아왔을 것이다.

그가 떠난 후, 나는 선생을 따라 해보고 싶은 마음에 '빨간 뚜껑' 한 병을 시켰다. 주연 배우 흉내를 내며 맥주컵에 소주를 콸콸콸 따랐다. 옆에 앉은 친구는 안주로 나온 소시지를 자르기에 바빴다. 맥주컵에 소주를 가득 채우고는 무게를 잡고 점잖게 한 모금 마셨는데…… 너무 썼다. 난 애써 표정을 숨기며 친구에게 속삭였다. "이것 참, 쿨하고 멋진 것도 아무나 하는 게 아닌가 봐."

그날 그의 뒷모습을 기억한다. 떠나는 그의 늙은 등은 여전히 곧고 단단했다. 가야할 때가 언제인가를 분명히 알고 가는 이의 뒷모습은 얼마나 아름다웠던가. 떠나야 할 때 떠날 줄 아는 사람이 되자. 스스로의 '정량'을 지킬 줄 아는 사람이 되자. 그리고 뒷모습이 아름다운 사람이 되자.

장인의 비효율적인 일념

. . .

'짬뽕'은 참 만만하고 흔한 음식이다. 직장인들에게 짬뽕은 라면과 양대 산맥을 이루는 인기 해장 메뉴이며, 중국집에 가면 늘 짜장이냐 짬뽕이냐 고민을 하게 되는 짜장의 숙명적인 경쟁자다. 난 해장으로 '짬뽕밥'을 자주 먹는다. 숙취로 부대끼는 속은 간절하게 국물을 갈구하지만, 면까지 먹으면 칼로리가 너무 높을 것 같아서 절충한 메뉴다.

동네 중국집에서 짬뽕밥을 시키면 일반 짬뽕보다 건더기가 좀 더 많은 국물에 공깃밥을 따로 준다. 그런데 이 밥이 꺼끌꺼끌하고 퍽퍽해서 잘 안 넘어가는 경우가 종종 있다. 보통 중국집에서는 밥보다 면이 더 많이 팔리고, 밥도 볶아서 쓰는 메뉴가 많다 보니 아무래도 밥 자체에 신경을 덜 쓰는 것 같다. 해장으로 짬뽕밥을 먹으며 늘 아쉬웠던 점이다.

그러던 어느 겨울, 인천 '용화반점'에서 짬뽕밥을 먹고 나서 짬뽕밥에 대한 인식 자체가 달라졌다. 자타공인 중식 애호가로서 전국 방방곡곡의 중국집들을 찾아다녔지만, 공깃밥을 따로 내지 않는 짬뽕밥은 처음이었다.

인천에는 화교들이 하는 오래된 중국집들이 많다. 인천과 중국 산둥성의 거리는 350킬로미터밖에 되지 않는다. 인천에서 닭 우는 소리가 산둥성에서 들린다는 말이 있을 정도로 가까운 거리다. 1900년 전후 의화단 사건으로 산둥성 일대가 전란에 휩싸이자 중국인들이 대거 조선으로 건너왔는데, 지리적으로 가까운 인천은 조선으로 이주한 중국인들의 삶의 근거지가 되었다. 모질었던 근대의 역사 속에 많은 화교들이 한국을 떠났지만, 아직도 인천에는 그곳에서 평생을 보낸 화교 요리사들이 남아서 웍wok을 돌리고 있다. 차이나타운 밖에도 크고 작은 화상 중국집들이 여럿 있다. 용화반점도 차이나타운에서 꽤 멀리 떨어진 동인천역 근처의 호젓한 골목에 있다.

이미 전국적인 유명세를 타고 있는 용화반점은 저녁 6시가 되기 전의 이른 시간에 갔는데도 자리가 없었다. 곧 자리가 날 것 같아서 잠시 서서 기다리고 있었는데, 알록달록한 패딩 조끼에 분홍색 슬리퍼를 신은 안주인께서 말씀하셨다.

"대기석에 앉아서 기다리세요. 드시는 손님 불안하잖아요."

보통 손님들이 줄 서서 기다리는 사람 많은 식당은 합석을 강요하거나 빨리 먹고 나가라고 눈치를 주기 마련인데, 혼자 온 손님에게 4인 테이블을 내주고 옆에 서서 기다리는 사람들에게 손님 불안하니 대기석에 앉아서 기다리라고 했다. 말투는 퉁명스럽지만, 마음결이 참 고운 사람 같았다.

대기석에 앉아서 기다리며 지켜보니 짜장면보다 짬뽕밥이나 볶음밥을 먹는 손님들이 압도적으로 많았다. 전국의 중국집들을 찾아다니면서 짜장면에 계란프라이를 올려주는 집들은 많이 봤지만, 짬뽕밥에 계란프라이를 올려주는 집은 처음이었다. 시뻘건 짬뽕밥 위에 노른자가 덜 익은 반숙 계란프라이가 턱 하니 올려져 있었다. 비주얼 쇼크를 느끼며 얼른 먹고 싶어서 안달이 났다. 드디어 자리가 났을 때 난 흥분해서 말까지 더듬으며 짬뽕밥을 시켰다.

계속 주변 테이블을 둘러보며 군침을 삼키고 있으려니 드디어 우리가 주문한 음식이 나왔다. 둘이서 짬뽕밥 하나, 간짜장 두 개를 시켰는데(간짜장은 1인분 주문 불가) 짬뽕밥에도 간짜장에도 웍에서 튀겨내듯 부친 계란프라이가 얹어져 있었다. 하얀색 테두리는 과자처럼 바짝 튀겨지고 노른자는 덜 익은 반숙, 아주 뜨거운 웍에서만 만들 수 있는 예술적 경지의 프라이였다.

공깃밥을 따로 내지 않는, 심지어 계란프라이까지 올려져 있는 독보적인 짬뽕밥을 영접하는 순간, 가슴이 뛰었다. 짬뽕밥에 공깃밥을 따로 내지 않으므로 국밥처럼 국물에 밥이 말아져 있으리라 예상은 했었지만, 상상을 훌쩍 뛰어넘는 파격적인 맛이었다. 글쎄, 밥이, 그냥 밥이 아니라 '볶음밥'이었다. 어떻게 짬뽕에 밥을 볶아서 넣을 생각을 했을까?

놀랄 일은 여기까지가 아니었다. 볶음밥이 무척 고소해서 무슨 기름에 볶았기에 이런 맛이 날까, 식용유도 아니고 버터도 아닌 것 같은데 도대체 뭘까 한참 생각했는데, 정답은 라드^{lard}, 바로 돼지기름이었다. 라드는 고소할 뿐 아니라 풍미도 아주 좋다. 흔히 식물성 지방이 몸에 더 좋다는 편견을 갖고 있지만, 올리브유 등의 식물성 지방은 발화점이 낮아서 높은 온도에서 쉽게 산패된다. 튀김 및 볶음류를 만들 때는 동물성 지방이 적합하다. 빈대떡도 돼지기름에 구운 게 훨씬 맛있다.

난 테이블도 몇 개 없는 허름한 중국집에서 짬뽕밥을 먹으며 크고 작은 충격을 계속 받았다. 비주얼과 형식의 파격뿐 아니라 맛도 무척 독특했다. 라드에 잘 코팅된 고소한 볶음밥이 얼큰한 짬뽕 국물을 쏙쏙 끌어당겨 자꾸 떠먹게 되는 복합적이고 중독적인 맛이 났다. 짬뽕 국물에 볶음밥을 넣으면 느끼할 것 같지만, 홍합과 오징어, 매운 건고추를 가득 넣어 알싸한 매운맛이 느끼함을 잡아주고, 고소한 기름 맛이 매운맛을 중화시켰다. 언뜻 어울릴 것 같지 않은 재료들로 만들어내는 놀라운 밸런스! 정말이지 허를 찌르는 맛이었다.

　주방을 살짝 들여다보니 일흔이 훌쩍 넘은 것 같은 단단한 체구의 주인장이 웍을 잡고 있었다. 그의 표정은 딱 보기에도 고집스러워 보였다. 생각했다. 용화반점의 짬뽕밥은 주인장의 고집이 없다면 설명할 수 없는 음식이라고. 단돈 7천 원짜리 짬뽕밥을 만들기 위해 일일이 계란을 굽고 밥을 볶는다는 것은 매우 비효율적인 일이다. 그렇게 시간 많이 잡아먹는 비효율적인 일을 시간제 아르바이트에 의존하는 프랜차이즈 식당들이 하는 것은 불가능하다. 짬뽕에 볶음밥을 넣는 언뜻 이해가 가지 않는 일을 주인장이 아닌 요리사가 하는 것도 불가능할 것 같다. 오직 주인장의 뚝심만으로 가능한 일, 고집스러운 주방장의 비효율적인 일념!
　어떤 직업에서나 장인匠人이라고 불리는 사람들은 비효율적인 일념을 갖고 있는 것 같다. 일본의 스시 장인, 우동 장인 같은 사람들의 다큐멘터리를 봐도 본인을 제외한 사람들은 구분할 수 없는 미세한 차이를 잡으려고 평생을 아낌없이 바친다. 남들은 알지도 못하는 미세함을 잡기 위해 쏟아 붓는 하염없는 시간. 대개의 사람들은 그런 시간에 다른 메뉴를 개발할 텐데. 언뜻 이해되지 않는 비효율적인 일념이 장인을, 독창성을, 그리고 자기만족을 만들어내는 것 같다.

용화반점에서 짬뽕밥을 먹고 난 후, 아이디어 부재에 시달린다는 주변 사람들에게 이렇게 말하곤 한다.

"바람도 쐴 겸, 인천에 짬뽕밥 먹으러 갈래요?"

그리고 내게 던져진 과제를 포기하고 싶어질 때마다 문득문득 나 자신에게도 묻곤 한다.

"당신은 그 문제에 대해 얼마나 고민했나요?"

할 일이 없어서

.
.
.

「냉장고를 부탁해」라는 요리 프로를 보다가 울었던 적이 있다. 요리 프로를 보다가 울어본 적은 처음이라 아직도 생생히 기억난다. '함박웃음치~즈'라는 이름의 치즈가 들어간 함박스테이크로 정호영 셰프가 첫 우승을 했던 날이다. 이날의 게스트 타블로는 '우리 집 공주님들을 위한 동화 같은 요리'를 해달라는 미션을 줬고, 정호영 셰프는 함박스테이크를 자르면 노란색 치즈가 용암처럼 흘러나오는 동화 속 그림 같은 음식을 만들었다. 마침내 타블로가 선택 버튼을 눌렀고, 정호영 셰프의 이름 아래에 '승'자가 떴을 때, 덩치도 큰 정호영 셰프는 뒤돌아서서 팔로 눈물을 훔쳤다. 첫 출연 후 내리 4연패를 한 정호영 셰프의 첫 번째 승리였다. 함께 출연 중인 셰프들도 덩달아 눈물을 흘렸다. 첫 승리의 소감을 말하라고 하자, 그는 그럴듯한 말 대신 나직한 목소리로 두서없이 말했다.

"마음고생도 많이 하고······ 사실 촬영하러 오면 주눅도 들고······ 앞으로 더 열심히 하겠습니다."

그 후로 난 정호영 셰프의 팬이 됐다. 그는 요란한 기교를 보여주거나 방송용 유머를 구사하는 대신 말없이 분주하게 음식을 만들었다. 조용하게 집중해서 요리만 하다 보니 액션이 화려한 셰프랑 대결을 하면 카메라에도 잘 잡히지 않았다. (요즘엔 프로 방송인답게 예능감이 폭발하고 있지만, 방송 초기의 그는 무척 조용했다.) TV에서 정호영 셰프를 보면서 자신이 맡은 일에 묵묵히 최선을 다하는 직업인의 자세를 봤다. 자신의 능력 또는 성과를 과장해서 포장하거나 쇼잉하는 대신, 그저 자기가 맡은 일을 열심히 하는 사람. 말 한마디를 해도 진심이 뚝뚝 흐르는 사람. 농담 한마디를 해도 진중한 사람.

그가 운영하는 연희동 '카덴'에 처음 갔을 때, 마침 얘기를 나눌 수 있는 기회가 있었다. 정호영 셰프의 지인과 같이 간 덕분에, 정호영 셰프가 우리 테이블로 잠시 인사차 왔던 것이다. 나는 그의 요리를 극찬하며 연예인을 만난 것처럼 들떠서 말했다.

"요리를 하시게 된 계기가 뭐예요?"

그는 뭔가 근사한 말을 하는 대신, 전혀 예상하지 못한 대답을 했다.

"군대를 갔다 왔는데 할 일이 없더라구요. 어머니도 식당을 하셨었고, 그래서 요리를 하게 됐어요."

누군가에게, 그것도 성공한 누군가에게, 일에 대해 물어보면서 그렇게 솔직한 말은 들어본 적이 없었다. 할 일이 없어서, 군대를 갔다 왔는데 딱히 할 일이 없어서 요리를 시작하게 됐다는 그의 말. 맛있는 음식으로 사람들을 기쁘게 하고, 좋은 음식으로 널리 세상을 이롭게 한다는 홍익인간 같은 말보다 훨씬 멋있어 보였다. 마침 그때 우리는 스지 오뎅탕을 먹고 있었는데 국물이 기가 막혔다. 팬심이 폭발한 나는 주방으로 돌아가야 할 바쁜 사람을 붙잡아 놓고 말했다.

"도대체 이런 국물 맛은 어떻게 내는 건가요? 진한 고기 국물 맛이 나다가 엄마가 끓여준 뭇국 같은 개운한 맛이 나다가, 너무 놀라운 맛이에요!"

이런 경우 대다수의 셰프들이 조리법에 대해 설명하거나 자신만의 특별한 노하우를 자랑하기 마련인데, 그는 그러지 않고 진심이 느껴지는 말투로 짧게 말했다.

"감사합니다, 성작가님."

그는 다시 주방으로 향했다. 방송이 있는 날이 아니면 항상 주방을 지킨다고 했다. 주방으로 가는 길에 손님들이 사진을 찍자고 하자 유명 셰프답지 않게 쑥스러운 표정으로 포즈를 취했다.

거창한 대의명분으로 직업을 선택한 사람은 사실 많지 않을 것이다. '우리는 민족 중흥의 역사적 사명을 띠고 이 땅에 태어났다'는 국민교육헌장의 첫 줄처럼 엄청난 사명감을 갖고 직업을 선택한 사람도, 어렸을 때부터 꿈꿔왔던 일을 하고 있는 사람도 알고 보면 그리 많지 않을 것이다. 금수저를 물고 태어나지 않은 이상 누구나 일을 해야 하고 밥벌이를 해야 한다. 내가 할 수 있는 일, 내게 주어진 환경에서 먼저 시작할 수 있는 일을 찾아야 한다. 하지만 그 시작에 대해 정호영 셰프처럼 솔직하게 말하는 사람은 드물다.

공헌, 기여, 사명, 희생 같은 단어들을 자주 쓰는 사람을 나는 신뢰하지 않는다. 이런 단어들은 말로 할 때가 아니라, 묵묵히 몸을 써서 일을 할 때 실현된다. 어떤 그럴싸한 명분으로 직업을 선택했는지가 중요한 게 아니라, 어떻게 그 일에 최선을 다했는지, 어떻게 해서 그 일로 최고가 될 수 있었는지가 중요하다.

요리를 잘하지는 못하지만 잘 먹을 줄은 아는 사람으로서 감히 말하건대, 카덴의 스지 어묵탕은 아무나 쉽게 만들 수 있는 음식이 아니다. 무엇보다 스지는 엄청난 수고와 정성을 필요로 하는 재료다. 핏물 빼는 데만 몇 시간이 걸린다. 손질 단계에서 제대로 안 하면 누린내가 난다. 그래서 손질을 잘 못한 스지로 첫 경험을 한 사람들은 누린 맛에 대한 안 좋은 기억 때문에 스지를 기피하기도 한다.

카덴의 스지 어묵탕과 같이 깊고 그윽한 국물 맛을 내기 위해서는 질 좋고 잘 손질한 스지를 쓰는 것은 기본이다. 여기에 온갖 신선한 채소를 함께 넣고, 카덴의 자랑인 우동 국물을 살짝 섞어 오랜 시간 끓여내지 않았을까 짐작해 본다. 지금의 국물 맛을 완성하기까지는 아마도 수많은 시행착오를 거쳤을 것이다. 거듭 국물을 버리고 또 버리며 다시 끓이고, 불 앞에서 땀을 뻘뻘 흘리며 서 있었을 것이다. 하지만 말수가 적고 말주변이 좋지는 않은 그는 누가 그의 음식을 극찬해도 고개를 숙이며 말할 뿐이다.

"감사합니다. 더 열심히 하겠습니다."

촬영할 때마다 주눅이 들었다는 말, 군대를 갔다 왔는데 할 일이 없었다는 말, 그렇게 솔직하게 말하는 정호영 셰프를 보면서 느꼈다. 자신의 분야에서 인정받는 사람은 멋 부려 말하지 않아도 멋있다는 걸. 솔직할 수 있다는 건 내면에 자신감이 있을 때만 가능한 일이다. 그리고 우리는 그런 상태를 '내공'이라고 부른다.

배려의 기본

'작지만 확실한 행복'이라는 뜻의 '소확행'이 행복 추구의 패턴으로 자리 잡으면서 평생 한 번이나 가볼 수 있을까 하는 지중해 크루즈나 아프리카 일주, 알래스카 여행보다는 부담 없는 비용으로 자주 갈 수 있는 근교 여행이 생활 여행자들의 관심을 받고 있다. 나도 가까운 거리로 당일 여행이나 1박 2일 여행을 자주 떠나는데, 서울에서 지하철을 타고 갈 수 있는 여행지 중 내가 추천하는 곳은 근대의 숨결이 살아 있는 항구 도시 인천이다.

1883년 개항한 인천항 주변 개항장^{開港場}은 당시 외국인들이 밀집해 살던 거주지였다. 인천 개항장은 근대 조선에서 가장 번성했던 곳 중 하나로, 조선 최초의 호텔인 대불호텔도 이곳에 자리 잡았다. 개항장 거리를 걸으면 타임머신을 타고 온 것처럼 근대의 흔적을 느낄 수 있다. 일본 제일은행 건물은 '인천개항박물관'

이 되었고, 1978년 철거되었던 대불호텔은 외형을 복원해서 '중구생활사전시관'이 되었다.

지하철 1호선을 타고 인천역에서 내리면 바로 차이나타운이다. 세네 단으로 쌓여 있는 엄청난 양의 컨테이너와 하역 장비들이 늘어선 장엄한 인천항도 보인다. 차이나타운의 짜장면박물관에서부터 개항장 거리의 인천개항박물관, 한국근대문학관, 인천화교역사관, 중구생활사전시관까지 박물관들도 즐비하고, 차이나타운에서 신포시장에 이르기까지 맛집들도 셀 수 없이 많다. 볼거리와 먹거리가 가득하고, '노포'라 불리는 술맛 나는 오랜 역사의 술집들도 많으므로 당일치기보다는 1박 2일 여행을 추천하고 싶다.

점심으로는 차이나타운의 만둣집 '원보*', 줄이 좀 길긴 하지만 유니짜장이 유명한 '신승반점', 앞서 소개한 독창적 짬뽕밥이 시그니처인 용화반점을, 술 한잔 곁들이는 저녁으로는 스지탕이 유명한 오래된 노포 '대전집', 역시 스지탕 및 전이 유명한 바로 앞 '다복집', 꾸덕꾸덕 말린 박대를 노릇노릇하게 구워주는 신포시장 입구의 '신포주점'을 추천한다. 모두 40~50년 이상의 역사를 자랑하는 곳들이다.

그리고 다음 날 아침으로는 다소 평범할지 모르지만 '백반'을 추천한다. 박물관들이 즐비한 개항장 거리에서 신포시장으로 이

---

* 만두가 떨어지면 일찍 문을 닫으므로 저녁에는 못 먹을 확률이 크다.

어지는 길에 있는 '명월집'은 1966년부터 인천 시민들의 사랑을 받아온 오래된 밥집이다. 메뉴도 백반 하나뿐이다.

백반白飯은 말 그대로 '흰 밥'이라는 뜻이다. 하지만 웰빙의 시대에 발맞춰 명월집에서는 흑미밥을 낸다. 기본적으로 백반집은 매일의 반찬 구성이 다르고, 아침-점심-저녁의 상차림이 다르다. 메뉴 고민할 필요 없고, 주는 대로 먹으면 되는 것이 백반집의 가장 큰 매력이다. 솔직히 어느 백반집을 가도 대단히 색다르거나 충격적으로 맛있는 음식이 나오지는 않는다. 그저 집에서 먹는 것처럼 편하고, 조물조물 무친 나물 반찬에 생선 한 마리를 내어주는 정겨운 차림이다.

토요일 아침 일찍 찾은 명월집에서는 흑미밥에 미역국, 계란프라이, 조기조림, 멸치볶음, 도라지나물, 애호박볶음, 버섯무침, 취나물로 한 상을 차려줬다. 여기에 커다란 석유풍로 위의 양은냄비에서 부글부글 끓고 있는 돼지고기 김치찌개는 셀프 서비스다. 각자 원하는 만큼 떠다 먹으면 된다. 조기 축구회를 마치고 온 것 같은 11명의 장년 남자들은 아침부터 김치찌개에 든 돼지고기를 안주로 막걸리를 마시고 있었다.

아무리 서해안이라지만 조기는 비싼 생선인데 7천 원 상차림에 인당 한 마리씩을 준다. 잠시 사장님과 대화하면서 조기는 아침에만 주고, 점심부터는 꽁치를 구이나 조림으로 낸다는 사실을 알게 되었다. 아침부터 상대적으로 비린 맛이 더한 등 푸른 생선을 주면 못 먹는 손님들도 있어서 비싸도 조기를 낸다고 했다. (이 집을 아침에 가야 할 또 하나의 이유다.) 게다가 아침에는 계란프라이를, 점심부터는 계란말이를 낸다고 한다. 아침부터 계란말이를 먹기에는 퍽퍽하므로 노른자를 터뜨려 밥에 쓱쓱 비벼 먹을 수 있게 프라이를 낸다고 한다.

아침 일찍 밥벌이를 가기 전 밥을 먹으러 찾아오는 손님들을 위해 그런 속 깊은 배려를 한다는 말에 고개가 끄덕여졌다. 단순히 장사로만 여겼다면 그렇게까지 살뜰하게 챙기지는 못할 것이다. 손님의 입장에서 무엇이 필요한지를 먼저 생각하는 마음이 없다면 말이다.

배려의 기본은 살피는 마음이다. 살피고, 관찰하고, 물어봐야 배려할 수 있다. 한국에 자주 출장 오는 독일인 친구가 말했다. 갈비가 지긋지긋하다고. 미팅하는 회사마다 물어보지도 않고 여기가 제일 유명한 Korea BBQ 레스토랑이라며 초대를 하니 미쳐버리겠다고. 아무리 갈비가 맛있다 한들 어떻게 매일 갈비를 먹을 수 있겠냐고.

누군가를 식사에 초대할 때는 먼저 상대가 피곤하지는 않은지, 못 먹는 음식은 없는지, 전날 뭘 먹었는지(저녁 초대라면 점심에 뭘 먹었는지) 물어보는 과정이 선행되어야 한다. 억지로 초대하지 않는 것, 음식을 강권하지 않는 것, 못 먹는 음식은 제외하는 것, 전날 또는 전 끼니에 먹은 음식이나 식재료가 겹치지 않게 하는 것이 배려다. 고객, 새로운 만남을 시작한 연인, 나와 식사를 함께하게 될 누구에게나 다 마찬가지다.

새로 문을 연 식당 둘 중 하나는 일 년도 못 가서 문을 닫는다는 험한 세상에서 수십 년간 변함없이 사랑받는 오래된 식당들은 반드시 특별한 비결이 있다. 아침에는 계란프라이를 내고 점심에는 계란말이를 낸다는 백반집 사장님의 말이 어느 경영학 구루의 말보다도 마음에 깊이 와닿았다. 같은 재료라도 손님의 컨디션에 맞춰 다르게 요리하는 그 섬세함이, 손님을 배려하는 그 살뜰한 마음이, 백반 하나로 50년 넘게 건재한 명월집의 영업 비결일 것이다.

명월집에서 나오다가 오랜 단골인 것 같은 어르신 손님들이 하시는 말씀을 들었다.

"이 집 덕분에 아침 하나는 참 잘 먹어."

퇴사를 반대합니다

⠿

"요즘 뜨는 라면 한번 먹어볼래? 국물떡볶이 맛인데 맛있어. 마침 내가 지난 주말에 대구 갔다가 납작만두 사온 게 있거든. 그거 넣고 라볶이처럼 해줄게."

선배네 집에 놀러 갔다가 준비한 모든 음식을 메뚜기떼처럼 싹쓸이했을 때, 선배가 비장의 카드를 꺼내듯이 말했다. 직업이 요리사인 선배는 라면을 뚝딱 끓여서 식탁으로 옮기며 말했다.

"몇 개 선물 받았는데 맛있더라고. 라면 좋아하는 지인들이 모여서 만들었대. 인터넷에서만 팔고."

"네? 몇 명 모여서 라면을 만들었다고요?"

선배의 말에 마시고 있던 맥주를 뿜을 뻔했다. 라면은 농심, 오뚜기, 삼양 같은 대기업들만 만드는 건 줄 알았다. 국내 라면 시장 판매량 1위인 신라면의 누적 판매량은 300억 개 이상, 안성탕면은 150억 개 이상이라고 한다. 단위가 너무 커서 쉽게 상상이 되지 않는다. 이런 거대한 라면 시장에 개인이 몇 명 모여 라면을 만들었다니 굉장히 비현실적으로 느껴졌다. 먹어보니 진짜 국물떡볶이 맛이었다. 살짝 맵다가 뒤이어 단맛이 훅 치고 나오는 익숙한 맛. 라면과 국물떡볶이 중간에 걸친 새로운 포지셔닝. 이름도 '요괴라면'. 여러모로 특이했다.

맛있어서 그 이후로 인터넷에서 몇 번 주문했다. 1봉지 1,500원이니 라면 치고는 꽤 비싼 편이다. 국물떡볶이 맛 라면이라는 게 신기하기도 하지만, 내가 가끔 이 라면을 주문해서 먹는 건 내게 각성을 주기 때문이다. 라면 같은 공산품도 아이디어만 있으면 만들 수 있구나, 위탁 생산을 하고 판매는 인터넷에서 하면 되는 거구나, 개인은 절대 못 들어갈 것 같은 거대한 라면 시장에도 콘셉트만 확실하면 진입할 수 있구나, 라면 1봉지를 1,500원에 팔아도 재미있고 맛있으면 팔리는구나, 산업의 영역에 대한 내 고정관념을 버려야겠구나…… 요괴라면을 먹고 있노라면 생각이 꼬리에 꼬리를 문다.

요괴라면을 탄생시킨 다양한 직업군(패션, 인테리어, 무역, e-커머스 등)의 동료 여섯 명은 자신들을 '가공식품 제조 기획자'라고 소개한다. '제조자'가 아닌 '제조 기획자'. 한 방 맞은 듯했다. 맨날 여기저기 바쁘게 먹으러 다니면서 나는 왜 이런 생각을 한 번도 못 해봤을까?

청년 취업 대란의 시대에 아이러니컬하게도 '퇴사'가 유행이다. 『퇴사하겠습니다』를 시작으로 '퇴사'를 주제로 한 책들이 쏟아져 나오고, '퇴사 학교'라는 것도 인기고, 용감하게 퇴사를 하고 인생이 달라졌다는 성공기가 온갖 잡지들의 테마 기사로 나온다. 난 이런 '퇴사 마케팅'이 좀 걱정된다. 퇴사 관련 좋은 책이나 강연들도 많지만, 한 번뿐인 인생 갑갑한 직장에서 멍청이가 될 거냐며 조롱하는 듯한 태도의 책들은 매우 거슬린다. 남의 인생 책임질 것도 아니면서 왜 자꾸 부추기는가? 왜 퇴사하고 성공한 사람들 얘기만 하는가? 맡은 일 열심히 하면서 직장 묵묵히 다니는 게 용기나 결단력이 없어서 그런 건가?

여행가나 여행 작가가 되겠다고 직장을 그만두고, 인기 유튜버가 되겠다면서 하루 종일 구상만 하고, 미래에 대한 아무런 대책 없이 적금을 깨서 산티아고 순례를 떠나고…… 그러지 않았으면 좋겠다. 기회는 준비된 자들에게만 온다.

요괴라면을 만든 기획자들에 대해 개인적으로 잘 알진 못하지만, 그들이 거대한 라면 시장에 뛰어들어 성공할 수 있었던 건 그들 모두가 직업인이기 때문이라고 생각한다. 여섯 명 모두 확실한 직업이 있고 안정적인 수입이 있으니 "우리 라면 한번 만들어볼까?" 할 수 있었던 게 아닐까? 한국인의 입맛을 획기적으로 바꿀 라면을 개발하겠다는 야심 찬 계획을 갖고 여섯 명 모두 생업을 포기하고 라면 회사를 차렸다면 어땠을까? 가정이지만 지금만큼 잘되진 않았을 것이다. 무리한 계획과 투자는 합리적 판단의 적이다. 자기계발서들은 간절하게 바라면 꿈이 이루어진다고 하지만, 아무런 대책 없이 간절하기만 하면 무리수를 두게 될 뿐이다.

TV만 켜면 비트코인으로 엄청난 부자가 됐다는 사람들의 얘기가 나오던 시절, 지하철에서 옆에 앉은 직장인들이 이런 대화를 나누었다.

"그거 들었어? OO학번 누구 회사 그만뒀대. 비트코인 해서 집도 사고, 이제 회사 다닐 필요가 없는 거지."

듣고 있던 친구가 무연한 표정으로 말했다.

"야, 그냥 적금이나 붓고 살아."

그 말에 격하게 동감한다. 일단은, 지금 하고 있는 일을 열심히 해야 한다. 대책 없는 퇴사를 강력히 반대하는 바입니다, 저는.

우리, 먹으면서 얘기해요

초판 1쇄 발행 2019년 12월 9일
초판 2쇄 발행 2019년 12월 23일

지은이 성수선
펴낸이 정상우
편집 이민정
디자인 김해연
관리 남영애 김명희

펴낸곳 오픈하우스
출판등록 2007년 11월 29일(제13-237호)
주소 서울시 마포구 동교로13길 34(04003)
전화번호 02-333-3705
팩스 02-333-3745
facebook.com/openhouse.kr
instagram.com/openhousebooks

ISBN 979-11-88285-71-6 03810